El relojero de la guerra

LUIS MOLLÁ

EL RELOJERO
DE LA GUERRA

El espía que puso en jaque a Churchill

ALMUZARA

Editorial Almuzara • Colección Historia
Director editorial: Antonio Cuesta
Editora: Rosa García Perea
Corrección: Antonio García
Maquetación: Miguel Andréu

www.editorialalmuzara.com
pedidos@almuzaralibros.com - info@almuzaralibros.com

Editorial Almuzara
Parque Logístico de Córdoba. Ctra. Palma del Río, km 4
C/8, Nave L2, n° 3. 14005 - Córdoba

Imprime: Romanyà Valls
ISBN: 978-84-11310 98-7
Depósito Legal: CO-1699-2022
Hecho e impreso en España - *Made and printed in Spain*

Ataca al enemigo cuando menos se lo espere,
donde menos se lo espere,
como menos se lo espere.

Sun Tzu

A José Prieto y Amelia González. Dos personas buenas.

Índice

Capítulo 1

BUCOVINA, RUMANÍA
PRISIÓN MILITAR DE TARA FAGILOR
FEBRERO DE 1917

El estridente chirrido del pestillo hizo saber al prisionero que el carcelero estaba abriendo la puerta de la celda, a pesar de lo cual permaneció impasible frente a la ventana enrejada contemplando los extensos campos de hayas que jalonaban el ascenso al viejo monasterio de Tara Fagilor, en la provincia rumana de Bucovina.

—Buenos días señor Boozer, tiene visita.

Al escuchar la voz del carcelero, el prisionero se giró lentamente y contempló a su visitante por encima de los lentes. El abrigo largo salpicado de botones dorados y el emblema de tela en el hombro izquierdo con el águila sobre los dos rayos cruzados señalaban su pertenencia a los servicios especiales del imperio. Sin inmutarse, Steve Boozer volvió a girarse y regresó a la contemplación de la naturaleza al otro lado de los barrotes de su celda. A su espalda, el visitante avanzó hasta situarse a un par de metros de él.

—Señor Boozer, soy el comandante Franz Haller, tenemos que hablar —dijo señalando con la mano libre la cartera que sujetaba en la otra.

—Tengo todo el tiempo del mundo —respondió el prisionero girándose y encogiendo los hombros—. Usted dirá.

El comandante dio media vuelta y abandonó la celda seguido por el preso. En el pasillo esperaba una pareja de soldados que echaron a caminar detrás de ellos con los fusiles al hombro.

—Es por aquí —dijo Haller señalando unas escaleras una vez abandonaron el pasillo.

—Conozco el camino a la sala de interrogatorios, comandante. Antes que usted vinieron otros y no tengo nada que añadir a mis declaraciones anteriores.

—Esta vez no queremos interrogarle, señor Boozer —puntualizó Haller abriendo una puerta y cediendo el paso al prisionero.

Steve Boozer aspiró enérgicamente. Llevaba cerca de dos años encerrado en aquella prisión militar y le habían interrogado docenas de veces, pero en esa ocasión sentía que un halo diferente flotaba en el ambiente.

—Tome asiento por favor —dijo el comandante acercando una silla a la mesa en medio de una sala adornada con banderas de diferentes regimientos del Imperio austrohúngaro—. ¿Cómo sigue su pierna, señor Sparks? —completó Haller clavando en los de su interlocutor sus acuosos ojos azules.

El prisionero se removió incómodo en su asiento. En cuantos interrogatorios había sufrido, había manifestado reiteradamente que aunque el nombre que aparecía en el pasaporte que llevaba en el bolsillo cuando lo recogieron en la superficie del mar tras el hundimiento del vapor *Lusitania* era el de Steve Boozer, su nombre real era Cyril Sparks, ingeniero eléctrico de profesión, nacido en Alemania, de padre británico y madre germana, contratado por la Cunard Line para la construcción del *Lusitania*, convertido en espía al servicio de la corona británica bajo amenazas de muerte e infiltrado en los Estados Unidos al principio de la guerra con el falso nombre de Steve Boozer.

—Soporto el dolor, gracias. ¿Puedo saber a qué viene este cambio? Es la primera vez que uno de ustedes se dirige a mí por mi nombre real.

—Hemos comprobado la veracidad de sus declaraciones.

El prisionero volvió a moverse incómodo y la pierna herida le envió un mensaje de dolor. Durante un segundo Cyril Sparks, alias Steve Boozer, recordó la caída al agua desde las alturas del puente del agonizante *Lusitania* después de que el buque fuera alcanzado por un torpedo alemán, y cómo se había destrozado la pierna al impactar con una enorme viga de madera que flotaba en la superficie del océano.

—¿Y eso cambia las cosas? Imagino que no van a dejarme en libertad así como así.

—Naturalmente que no, señor Sparks, pero tampoco tenemos intención de hacerle daño. Si lo dejáramos en libertad no tendría ninguna posibilidad de sobrevivir; tanto en Inglaterra como en los Estados Unidos se le busca por traidor y el castigo a los traidores en tiempos de guerra es la muerte. Y tampoco creo que sobreviviera en Alemania. No tiene dónde ir y con su pasaporte tampoco duraría mucho. En realidad, le hacemos un favor reteniéndole en Tara Fagilor.

Cyril Sparks emitió un gruñido. Visto desde la perspectiva del oficial alemán era cierto que la cárcel era el único lugar en el que podía sentirse relativamente seguro, pero el hecho de retenerlo allí era decisión de los alemanes y no suya. De poder elegir, correría el riesgo de viajar a Inglaterra a reunirse con su mujer. Al recordar a Amelia sus ojos se empañaron en lágrimas.

—Señor Sparks, comprenda que su historia resulta bastante rocambolesca. Nos ha llevado tiempo desenredarla e investigarla a fondo, pero somos perseverantes y al final hemos conseguido atar todos los cabos. Créame, más que nunca hoy los servicios de información tienen que moverse con pies de plomo.

Cyril Sparks volvió la mirada a la ventana de la sala en la que no había barrotes. En su cabeza los recuerdos se sucedían como fotogramas, dando lugar a una película que cada día le parecía más irreal. Su mente volvió a recordar la dolorosa caída al mar desde el puente del *Lusitania* y la aparición del submarino alemán, a bordo del cual lo habían recogido y registrado para quitarle el paquete de fotografías que demostraban que el hundimiento del trasatlántico había sido una conspiración entre el gobierno inglés y el norteamericano para empujar a estos últimos a entrar en guerra. Inmediatamente los recuerdos fueron sustituidos por el de dos rudos marinos alemanes del submarino balanceando su cuerpo en el aire antes de arrojarlo al agua de nuevo y cómo había dedicado a su esposa Amelia sus últimos pensamientos antes de rendirse a la evidencia de que iba a morir ahogado. La súbita reaparición del submarino para volver a recogerle y llevarle hasta una confortable litera antes de sumergirse de nuevo, ponía fin a un caleidoscopio de imágenes que le habían hecho enloquecer en su celda mientras se debatía en la duda de si no hubiera sido mejor que lo dejaran morir en el océano. A partir de aquel último recuerdo, su cabeza permanecía sumida en brumas. Los dolores de su pierna quebrada sumados a la humedad de la mazmorra en la que llevaba dos años consumiéndose le hacían la vida insoportable, y sólo el recuerdo de su amada Amelia le impulsaba a vivir un día tras otro en la esperanza de que de alguna forma que no acertaba a vislumbrar se produjera el milagro de volver a encontrarse con ella.

—¿Han sabido algo de mi esposa? —Dijo enjugándose las inoportunas lágrimas.

El comandante Haller permaneció mirándole a los ojos y Cyril Sparks creyó distinguir una mirada de piedad en los suyos.

—¿Dónde está? Por el amor de Dios no me tengan así. ¿Está bien? ¿La tienen encerrada en alguna cárcel inglesa?

—Cálmese, señor Sparks. No hay nada que podamos hacer por ella.

Lejos de sosegarle, la mano del comandante Haller sobre su brazo no hizo sino disparar sus alarmas.

—Por los clavos de Nuestro Señor, dígame lo que sepa; no irá a decirme que Amelia está…

Haller permaneció impasible contemplándole con mirada sobria. Al descubrir en sus ojos un rictus de compasión, Cyril se llevó las manos al rostro y no pudo evitar un sollozo.

—Lo siento señor Sparks —dijo el comandante en un susurro—. Encontramos su tumba cerca de Liverpool.

Cyril se derrumbó sobre la mesa y lloró amargamente hasta que, repentinamente, levantó el rostro y preguntó quedamente.

—¿Está seguro? ¿Tiene alguna prueba? ¿Cómo sé que puedo confiar en usted?

—Señor Sparks, por favor, tranquilícese. ¿Quiere una taza de café?

—No quiero café. Lo que quiero es que me diga cómo y cuándo murió Amelia y qué pruebas tiene de que no está mintiendo.

—Tengo fotografías, señor Sparks —repuso el comandante Haller con aflicción y sin descomponer el gesto en su mirada—. Pero no se las recomiendo. Le aseguro que es preferible que la recuerde como la última vez que estuvieron juntos. También tengo copias de los certificados de defunción e inhumación.

Cyril Sparks levantó la cabeza. En su rostro había una extraña determinación.

—Quiero ver esas fotografías, comandante Haller. Y los certificados, y todo lo que tenga. Necesito estar seguro de lo que dice.

—Señor Sparks, no hay razones para que dude de mí. Durante algún tiempo ha sido usted nuestro prisionero, pero lo que he venido a decirle hoy es que hemos comprobado cuanto nos dijo y ahora sabemos que usted no es un enemigo del imperio. En cuanto termine esta conversación quedará libre y será dueño de su vida. Yo mismo podría dejarle en el pueblo cuando baje, si ese es su deseo. No he venido aquí a intentar convencerle de nada; siento mucho que le hayamos privado de la libertad durante este tiempo y, por supuesto, lamento profundamente la muerte de su mujer.

Cyril volvió a agachar la cabeza y sollozó quedamente. Durante meses había esperado ansiosamente el momento de recobrar la libertad para marchar a buscar a Amelia, pero si ella estaba muerta la vida dejaba de tener sentido.

—Comandante Haller, se lo ruego, muéstreme esas fotografías.

Franz Haller dudó, pero finalmente se agachó, levantó la cartera que traía y la depositó sobre la mesa. A continuación se colocó los lentes parsimoniosamente y rebuscó en el interior.

—Por las llagas de Cristo, comandante Haller, enséñeme esas malditas fotografías —bufó Cyril nervioso viendo lo ceremonioso de la búsqueda de Haller en su cartera.

—Disculpe señor Sparks, no es usted mi única preocupación —resopló el militar colocando finalmente un sobre delante de Cyril—. Le repito que son fotografías fuertes. Si fuera usted, preferiría no verlas.

Cyril agarró el sobre y permaneció mirando a su interlocutor, después lo abrió, extrajo la primera de las imágenes y la estuvo contemplando durante un rato. Finalmente miró al comandante con los ojos anegados en lágrimas.

—¿Quién ha podido hacerle esto? ¿Por qué?

El comandante Haller rebuscó en su cartera y sacó un documento que entregó a Cyril.

—Es el certificado de defunción. Como ve, Amelia falleció a consecuencia de una explosión. ¿No le parece extraño?

—¿Qué insinúa?

—Encontrará miles de certificados similares para reseñar las muertes en los frentes de combate más difíciles de explicar. Explosión es el eufemismo que suele emplear el Ministerio de la Guerra británico para referirse a un bombardeo. Ya sabe, cuando los cuerpos quedan mutilados y, en muchos casos, irreconocibles.

—¿A dónde quiere llegar, comandante Haller?

—En la zona en la que murió su esposa no ha habido combates, bombardeos ni tampoco explosiones. No tiene sentido, a menos que su muerte estuviera relacionada con la caída de un rayo, pero sabemos que ese no es el caso.

—¿Entonces?

—Señor Sparks, lamento decirlo, pero en nuestra opinión Amelia fue torturada antes de morir. Creemos que trataron de sacarle algún tipo de información, probablemente sobre usted. ¿Hay algo que no nos haya contado y quiera hacerlo ahora? Insisto en que ya no es nuestro prisionero, pero usted nació en Alemania y su madre también era alemana. Deberá decidir con quién y contra quién está.

—¿Cree usted que esto lo hicieron los ingleses?

—Todo apunta en esa dirección. Desde luego, fueron ingleses los que la capturaron y la interrogaron, de eso no tenemos dudas; por otra parte usted fue testigo de algunas cosas que podrían poner en un serio compromiso al gobierno de Su Majestad, y en sus bolsillos encontramos fotografías y un manifiesto de carga del *Lusitania* que no tiene nada que ver con el oficial. Es usted un testigo incómodo y suponemos que los ingleses lo buscaban para eliminarlo. Probablemente pensaban que Amelia conocía su paradero.

—Amelia ni siquiera sabía que embarqué en el *Lusitania* en Nueva York para encontrarme con ella en Inglaterra. Supe que su intención era embarcar en Liverpool para venir a verme a los Estados Unidos; para entonces yo ya sabía que el gobierno inglés pensaba dejar al trasatlántico a merced de los submarinos alemanes para que lo hundiesen y de esa forma empujar a los americanos a entrar en guerra. Creí que expondrían el barco en el viaje de regreso a Estados Unidos, cuando ondease pabellón norteamericano como mandan las leyes del mar. Por esa razón embarqué a toda prisa en Nueva York, para evitar que ella lo hiciera en Liverpool. Fue mi huida de América lo que me puso en la línea de tiro de los ingleses. Todo eso se lo he explicado a ustedes en varias ocasiones.

—Comprenda que teníamos que comprobarlo.

—De haber actuado con mayor celeridad, mi esposa estaría viva. Fue lo único que les pedí a cambio de contarles lo que sabía.

—Lo siento, señor Sparks, pero, créame, en ningún caso hubiéramos llegado a tiempo. Su esposa estaba sentenciada desde el primer momento. La buena noticia es que aparentemente los ingleses lo dan a usted por muerto.

—Y muerto estoy —susurró Cyril abatido.

El comandante Haller permaneció en silencio mientras Cyril volvía a sumirse en un sollozo interminable.

—Señor Sparks –dijo el militar alemán cuando Cyril pareció tranquilizarse—. No voy a negarle que usted representa una opción muy interesante para nosotros, pero en ningún caso quiero que interprete que la libertad es el precio de su adhesión.

—No le comprendo.

—Mire, señor Sparks. Usted se alistó y perteneció a los servicios secretos británicos; por sí sola esa es una razón suficiente para fusilarlo. Pero hemos comprobado que se vio obligado a hacerlo y que la alternativa en caso de que se hubiera negado era la muerte.

—Es cierto que salvé la vida al aceptar unirme a los servicios de información británicos, pero me dijeron que mi mujer quedaría al margen y que además la ayudarían mientras yo permaneciera trabajando para ellos en los Estados Unidos.

Cyril volvió a repasar las fotos hasta seleccionar una que permaneció contemplando fijamente.

—Es ella. No hay duda. Ni siquiera las marcas de la muerte han conseguido borrar la dulzura de su rostro.

—Le decía, señor Sparks, que usted podría resultarnos útil, aunque a diferencia de los ingleses nosotros no vamos a forzarle. Como le he dicho, a partir de este instante es completamente libre.

—¿Útil? ¿Para qué? ¿Me está ofreciendo algo? A estas alturas deberían saber que como agente de información no soy demasiado bueno.

—En realidad no sabría qué ofrecerle. Nuestros servicios de información están muy deteriorados. Desde el asunto Redl nadie confía en nadie...

Cyril recordó haber leído algo años atrás sobre un agente alemán que había sido sorprendido trabajando para los rusos. Seguramente debería ser ese Redl que mencionaba el comandante.

—Nuestra situación no es buena, señor Sparks. Los Estados Unidos han roto relaciones con el imperio. Se trata, sin duda, del preludio de la declaración de guerra. Una vez que ésta se produzca nuestras posibilidades serán prácticamente nulas. El esfuerzo de guerra nos ha dejado exhaustos; la maquinaria de producción norteamericana al servicio de los ingleses sería nuestro fin. Ese zorro de Churchill se ha salido con la suya.

—¿Cree usted que lo del *Lusitania* ha tenido que ver?

—Sin duda, aunque hay otras razones tanto o más poderosas. En cualquier caso, desde que nuestros submarinos hundieron el trasatlántico, aquí y allá la prensa ha venido modulando la opinión pública y ahora el pueblo norteamericano es favorable a la entrada en guerra.

—Malditos bastardos. Ellos son los responsables del hundimiento. Vi con mis propios ojos la bomba que arrastró el barco a los infiernos.

—Lo sabemos, señor Sparks. Está en sus primeras declaraciones. No nos costó comprobarlo.

—Pero los americanos no son tontos, hay pruebas suficientes para convencer a su presidente de que todo fue una sucia maniobra de Churchill.

—Wilson lo sabe. Pero sabe también que la entrada en guerra de su país llevará las fábricas americanas a su máximo rendimiento. Cuando todo esto termine, Norteamérica será el país más rico del mundo.

Cyril permaneció en silencio esperando que el comandante añadiera algún otro comentario.

—En cuanto a su situación, tampoco podemos decir que sea la mejor —añadió Haller volviendo a guardar en la cartera los documentos que acababa de mostrar a Cyril.

—¿Qué quiere decir?

—Fuera de Alemania es usted vulnerable. Y si los americanos entran en guerra, no pasará un año hasta que esta termine y aquí tampoco estará seguro. Francamente, se enfrenta usted a un espinoso dilema.

—Pero acaba de decir que podría resultarles útil.

—Eso es cierto. Habla inglés y alemán sin acento, y aunque ni siquiera usted mismo crea en sus virtudes, lo cierto es que sobrevivió mucho tiempo infiltrado por los ingleses en los Estados Unidos. De no haber sido porque se puso en evidencia al intentar salvar la vida de su mujer, hubiera seguido siendo un agente razonablemente discreto. Además, para los ingleses usted está muerto. En estas circunstancias, podríamos reclutarle si fuera voluntario aunque, para ser honestos, con la guerra medio perdida ahora mismo no sabríamos qué hacer con usted.

Cyril permaneció pensativo. Se había arrepentido cientos de veces de haberse dejado arrastrar por los ingleses al juego de los agentes de información y ahora los alemanes parecían proponerle otro tanto.

—A menos que…

Cyril giró la cabeza y miró a los ojos al comandante. En su mirada creyó detectar un brillo que hasta ese momento no existía.

—Usted dirá…

—No nos costaría crear un personaje y a continuación sacarle del país. Como le digo, en estos momentos no se nos ocurre cómo podría servirnos, pero más adelante tal vez pudiera surgir algo.

—Usted mismo ha dicho que tampoco tengo demasiadas alternativas.

—Señor Sparks, el hecho de que sea posible que no ganemos esta guerra no quiere decir que vayamos a rendirnos sin pelear. Lo que quiero decir es que si adquiere un compromiso con nosotros, quizás nunca lleguemos a reclamarle nada, pero si lo hacemos deberá cumplir o en caso contrario tendremos que deshacernos de usted. Y créame que lo haremos. ¿Estaría de acuerdo con un compromiso de este tipo?

Cyril Sparks volvió a sumirse en sus reflexiones. Por su cabeza volvieron a pasar los momentos de angustia que había vivido sirviendo a los ingleses en Nueva York, pero al final, entre la bruma de pensamientos contrapuestos que afloraron a su cabeza surgió el rostro amable de Amelia y sintió en el corazón el oscuro mordisco del lobo del rencor.

—Comandante Haller –dijo volviendo a sentir que los ojos se le anegaban en lágrimas—. Cuando salga de aquí, esas fotografías y documentos que lleva en su cartera desaparecerán con usted, pero le aseguro que permanecerán conmigo para siempre y serán el motor que me lleve a cumplir cualquier misión que me permita vengar la muerte de mi mujer.

Franz Haller se incorporó y extendió la mano para despedirse de su interlocutor.

En ese caso dispondré que le alojen en la zona reservada a los oficiales. Dentro de unos días vendré a buscarle. Para entonces tendrá una nueva identidad, y tal vez un objetivo que cumplir.

Después de cuadrase y dar un taconazo acompañado de una inclinación de cabeza, el comandante Haller abandonó la habitación dejando a Cyril solo con su melancolía.

Capítulo 2

STEINACH, SUIZA
ENERO DE 1918

Con un movimiento coordinado de todos los músculos
de su cuerpo, Albert Oertel dio un último impulso a los
remos antes de izarlos a bordo, dejando el bote a merced de la suave brisa que acariciaba la superficie del lago
Constanza, y tras avanzar unos metros por su propia inercia la pequeña embarcación quedó detenida en la quietud
de las aguas. No lejos de él un grupo de jóvenes practi-
caban carreras deslizándose elegantemente con sus *outri-
ggers* sobre la superficie del lago, y Albert los inmorta-
lizó con su cámara esperando captar el sincronismo de la
boga, mientras a sus oídos llegaban las voces de los timoneles tratando de coordinar el esfuerzo de los remeros.
Algo más alejados, próximos al pantalán del pequeño
muelle deportivo de Steinach, un grupo de chicos y chi-
cas seguían con atención las enseñanzas de un monitor
tratando de aprender los secretos de la vela a bordo de sus

pequeños *optimist*. Ajena al bullicio, una pareja remaba en busca de la intimidad al otro lado del pequeño islote de Mainau. Más al oeste, en la parte alemana, justo donde el río Rin delimita la frontera entre Alemania y Suiza, el lago se expandía en una pequeña lengua de agua que solía helarse en invierno, permitiendo a un numeroso grupo de jóvenes deslizarse con sus patines sobre el hielo azul bajo la austera fachada del monasterio benedictino de Reichenau.

Hacía frio, pero el alto gabán abotonado hasta el cuello, la bufanda y los guantes de piel de oveja le permitían soportarlo sin demasiado sufrimiento. Según se decía en la ciudad, el lago solía helarse al completo una vez cada setenta años, para lo cual era necesario un verano desapacible, persistencia en los vientos alpinos del este y un otoño e invierno extremadamente fríos, circunstancias que los habitantes de las aldeas ribereñas del lago habían soportado estoicamente ese año. Un rayo de sol se coló entre las nubes iluminando las aguas y Albert aprovechó para seguir tomando fotografías.

Hacía casi un año que vivía en Suiza. Durante ese tiempo había tenido tiempo de sobra para interiorizar su nueva identidad. En realidad, muerta su mujer, no esperaba que nadie volviera a dirigirse a él como Cyril Sparks, y mucho menos como Steve Boozer, aquel oscuro y atemorizado agente secreto que estuvo a punto de dejarse la piel en los Estados Unidos primero y más tarde a bordo del *Lusitania*, buque del que había conseguido escapar en el último momento al precio de una cojera que le acompañaría de por vida.

Contemplando la quietud del lago le parecía imposible que al otro lado de las montañas que se insinuaban más allá de Meersburg o de Lindau tuviera lugar una guerra que, según decían, se había cobrado ya las vidas de más de nueve millones de personas, aunque, por otra parte, la entrada de los Estados Unidos en el conflicto había dado un vuelco a la situación y se esperaba que el emperador Guillermo II pidiera la rendición en cualquier momento.

Las cosas habían sucedido tal como las había pronosticado el comandante Frank Haller en la prisión de Tara Fagilor. Tras el ataque del U-20 al *Lusitania* en mayo de 1915 con el resultado de 1200 personas muertas, más de un centenar de ellas ciudadanos de los Estados Unidos, los submarinos alemanes restringieron sus lanzamientos de torpedos a lo largo de 1916, pero eso no disuadió al presidente Woodrow Wilson de iniciar una campaña de prensa que poco a poco consiguió alterar la opinión de los norteamericanos respecto a la intervención de los Estados Unidos en la guerra europea. Por su parte, los alemanes eran conscientes de que la única forma que tenían de ganar la guerra era estrangulando el tráfico comercial de Inglaterra, una gran isla, en realidad, que necesitaba importar cuanto consumía excepto el agua para el té y el carbón para calentarlo. Según decían los propios analistas británicos, tras una semana sin suministros Inglaterra tendría que racionar los principales alimentos, y si la situación se prolongaba una semana más el país se vería sumido en una crisis irreversible. Los alemanes pensaban que después de tres o cuatro semanas desabastecida, Inglaterra no tendría más remedio que pedir la rendición.

Y la única forma de someter la isla a un bloqueo férreo y asfixiante era mediante el uso de submarinos. Tras la batalla de Jutlandia, la Flota alemana no tenía otro remedio que permanecer encajonada en sus bases. Cualquier movimiento de sus grandes buques era detectado inmediatamente por las unidades británicas de patrulla y en pocos minutos la noticia llegaba a Scapa Flow, donde la Gran Flota del Almirante Jellicoe era capaz de posicionarse en el mar del Norte en menos de dos horas para impedir la salida de los buques alemanes a mar abierto.

En esas circunstancias, el Káiser ordenó la construcción masiva de submarinos para tratar de estrangular el tráfico comercial a base de torpedos. Hombre de firmes convicciones militares, pensaba, al igual que su canciller Otto Von Bismarck, que Alemania ganaría la guerra en las trincheras gracias a su novedoso armamento, pero sabía también que la mejor forma de debilitar al enemigo era asfixiando el tráfico comercial para impedir la entrada de material militar en Gran Bretaña. A partir de 1917 Berlín anunció que proseguiría su guerra al tráfico marítimo centrándola exclusivamente en los buques mercantes, pero como la mayoría de los suministros y pertrechos llegaban a la isla desde América, los incidentes no tardaron en reaparecer y el 3 de febrero de ese año los Estados Unidos rompieron relaciones diplomáticas con el imperio austrohúngaro. La entrada en guerra de los americanos era sólo cuestión de tiempo.

En Washington, Woodrow Wilson necesitaba la implicación de la ciudadanía. Uno de los eslóganes que lo habían aupado a la presidencia de los Estados Unidos en 1913 fue la promesa de no intervención en la guerra europea. Más tarde, cuando sus asesores le hicieron ver el enorme desarrollo económico que la entrada en la guerra en Europa supondría para el país, entendió que si quería ser reelegido, debería conseguir que la participación norteamericana en la guerra pareciera una decisión popular y no personal. De ese modo la prensa amarillista a sueldo del Gobierno empezó a bombardear a la opinión pública con las atrocidades cometidas por los alemanes en todos los escenarios bélicos, y de ese modo Wilson fue aplaudido por los americanos cuando primero rompió relaciones diplomáticas con el Káiser Guillermo en febrero de 1917 y, más tarde, cuando el dos de abril de ese mismo año, el congreso de los Estados Unidos declaró la guerra a Alemania. Obviamente Wilson aún no lo sabía, pero su decisión de entrar en guerra al lado de los aliados, lo que habría de costar la vida a decenas de miles de jóvenes norteamericanos, le llevaría, paradójicamente, a ganar el premio nobel de la paz en 1919.

Los ruidosos aprendices de la navegación a vela se acercaron lo suficiente como para que las aguas empezaran a balancear su bote. Albert levantó la mano y les devolvió el saludo, aunque inmediatamente echó los remos al agua y comenzó a bogar buscando la tranquilidad al otro lado de la isla de Mainau, tomando precauciones para no acercarse demasiado a los sauces cuyas ramas escondían los apasionados arrebatos de las parejas que buscaban su solaz tras su tupido tapiz verde.

Que los aliados iban a ganar la guerra estaba en la mente de todos y no parecía menos evidente que era algo que iba a suceder pronto, lo que le hacía enfurecer ya que no veía llegado el momento de devolver a los ingleses el golpe recibido con la tortura y muerte de Amelia, cuya fotografía permanecía grabada a fuego en su mente. Conocía su personaje, había aprendido a cifrar sus comunicaciones y ya hacía tiempo que era capaz de fabricar relojes precisos y de calidad tal y como le habían exigido sus nuevos jefes. Sin embargo, su contacto, un suizo mofletudo que utilizaba una mano para apoyarse en el bastón y la otra para secarse continuamente la frente con un pañuelo, aseguraba que no corrían buenos momentos para la infiltración, y cada vez que lo decía cerraba la frase con un atormentado «*es la herencia que nos dejó el engominado de Redl. Yo lo advertí docenas de veces…*».

El reloj de la torre de Reichenau acababa de dar las cinco cuando atracó al pequeño espigón de botes de Steinach. Comenzaba a anochecer y el cielo se había cubierto con una densa capa de nubes bajas de color grafito que arrojaban sobre su rostro una miríada de pequeñas gotas de lluvia. Con el cuello del gabán levantado, las solapas cerradas y el sombrero embutido hasta las orejas, Albert avanzó por la calle del Mercado regocijándose para sus adentros al imaginar que debía ofrecer el aspecto de un verdadero espía. Al llegar al hotel Guillermo Tell se detuvo, giró la vista a ambos lados de la calle y entró al vestíbulo de un modesto café, allí el portero le dio la bienvenida y le ayudó a deshacerse del gabán.

Esperó pacientemente a que el camarero le trajera una taza de té antes de encender la pipa y comenzar a leer el vespertino. Suiza era un país neutral y sólo en sus periódicos era posible encontrar una cronología de la guerra razonablemente alejada de soflamas propagandísticas.

Estancado el frente occidental en Francia, los alemanes se volvieron en 1916 contra las desalentadas tropas zaristas en el este. A pesar de los malos augurios parecía que el binomio prusiano formado por los generales Ludendorff y Hindenburg sería capaz de imponerse a sus homólogos aliados y rusos, y así se mantuvieron las cosas hasta la llegada de la Navidad de 1917, pese a la entrada en guerra de los Estados Unidos ocho meses antes.

Fue un espejismo. En realidad, la pasividad del ejército norteamericano se debió sólo a que entrenaban a marchas forzadas una fuerza expedicionaria que empezó a caer sobre Europa en los primeros días de 1918, y su empuje no tardó en hacerse notar en el frente de Francia.

Albert dejó caer el periódico sobre las rodillas y fijó su mirada en el cuadro que presidía el salón de lectura, el cual mostraba unos riscos nevados con unas verdes praderas a sus pies en las que crecía salvajemente la flor de lis. Su pensamiento, en realidad, estaba muy lejos de aquellos bucólicos paisajes. Aunque el hundimiento del *Lusitania* y la feroz campaña de prensa posterior habían contribuido notablemente a que el pueblo norteamericano aprobara la entrada en guerra de su país, Frank Haller había silenciado un detalle que escondía la razón principal de que los americanos terminaran decidiendo unirse a sus primos europeos en la guerra: el telegrama Zimmermann.

El 16 de enero de 1917, el Ministro de Exteriores alemán, Arthur Zimmermann, envió un telegrama a su embajador en México, Heinrich von Eckardt, con órdenes precisas para que tratara de convencer al presidente Venustiano Carranza de que México entrase en guerra del lado del Imperio austrohúngaro. A cambio, el telegrama prometía a México la restitución de los territorios anexionados por Estados Unidos tras la guerra de 1847 en virtud del Tratado de Guadalupe-Hidalgo. Dicho telegrama también sugería que el presidente Carranza se comunicase con Tokio para llegar a un acuerdo que hiciera que el Imperio japonés se alinease con los intereses alemanes. El telegrama fue interceptado por fuerzas de inteligencia británicas que lo entregaron a sus homólogas en los Estados Unidos, lo que provocó la ira de Woodrow Wilson y la del pueblo norteamericano cuando se hizo público. Por su parte, Carranza no aceptó la oferta, puesto que México estaba inmerso en una revolución y no se encontraba en las condiciones económicas adecuadas.

Agitando la cabeza Albert retomó la lectura del periódico, que dedicaba un buen número de páginas al desarrollo de la guerra. Si el telegrama Zimmermann había significado para los alemanes el principio del fin, el estallido de la Revolución Rusa en febrero de 1917 junto a la fase de entrenamiento del ejército expedicionario norteamericano les había dado un respiro. Depuesto el zar, el país quedó bajo la bota de Aleksandr Kérenski, quien continuó en guerra contra Alemania, aunque el frente occidental quedara prácticamente inmovilizado mientras Rusia trataba de solucionar sus cuestiones internas. Cuando en noviembre estalló la revolución bolchevique que depuso al gobierno de Kérenski, se creó un clima de inestabilidad que permitió a los alemanes avanzar considerablemente hacia el este. Pero fue un espejismo; con la llegada de los tanques y aviones norteamericanos el frente ruso comenzó a deshincharse como un globo y la superioridad aérea de los aliados se hizo evidente. Por su parte, la Gran Flota alemana seguía prisionera en sus propias bases y en el mar el único éxito alemán era algún hundimiento esporádico por parte de sus submarinos que en absoluto mermaba la entrada en Inglaterra de todo tipo de material militar norteamericano, así como el suministro de alimentos para la población civil.

A pesar de que carecían del más mínimo interés para él, Albert repasó las páginas locales del periódico como si fuera realmente un suizo preocupado por la situación del país. Una de las cosas que le habían enseñado los alemanes era que en los enclaves neutrales como Suiza abundaban los informadores de uno y otro bando, y supo desde el principio que sus movimientos serían estudiados y analizados en profundidad, aunque sabía también que a esas alturas los aliados ya habían sometido su documento de identidad a un análisis severo en Londres del que había salido airoso. Por fin y después de leer por encima algunos apuntes deportivos y sociales, sus ojos buscaron en la sección de anuncios por palabras hasta encontrar uno que capturó su atención. Se trataba de una conocida marca de vehículos nacionales que buscaba mecánicos. La combinación de nombres, número de letras y el teléfono final le hicieron saber que debía encontrarse con alguien dos días después en Zúrich. Tras cerrar parsimoniosamente el periódico y limpiar la pipa, Albert Oertel abandonó el hotel y se dirigió a su casa, donde tomó un baño caliente, cenó algo ligero y se acostó.

Dos días después el relojero estaba en el sitio y hora indicados disimuladamente en el escueto mensaje en el periódico. Contra sus sospechas no se trataba de un lugar escondido y alejado de la gente, sino justo lo contrario, pues consistía en una granja reconvertida en fonda donde los suizos se sentaban a beber cerveza y comer salchichas al estilo alemán, de forma que los parroquianos ocupaban cualquier asiento en la larga mesa de madera en el exterior y compartían sus bebidas con quien se sentara a su lado, en el caso de Albert un individuo entrado en carnes, con gafas de vidrio grueso y entradas pronunciadas. Nadie hubiera sospechado que aquel tipo de aspecto vulnerable pudiera ser un agente secreto, pero a esas alturas Albert había aprendido que si existía un colectivo en el que en ningún caso la cara era el espejo del alma era el de los espías, y como no tenía más remedio que suceder, a la media hora larga de disfrutar de una enorme jarra de cerveza de trigo, el tipo entró en conversación.

Se presentó como Hans Dutruel, un representante de espectáculos circenses y vodeviles, y durante los primeros compases de la conversación alabó la cerveza que ambos paladeaban. Después de referirse a la suerte en cuanto al tiempo que les había tocado disfrutar ese domingo y cuando parecía que el resto de la concurrencia permanecía pendiente de la música y trucos de magia de un grupo de actores, se dedicó a contarle en pocas palabras el objetivo de la reunión. Cuando se levantó y se despidió estrechando su mano y la del resto de parroquianos próximos, Albert se dio cuenta de que había dejado un pliego de papel sobre la madera del asiento.

Lo leyó en el auto que le devolvió a casa desde Zúrich, un trayecto de apenas sesenta kilómetros que se le hizo interminable. En aquellas letras quedaba recogida perfectamente su misión y cómo debía memorizar cada una de las instrucciones y objetivos de la misma antes de destruir la nota que le había dejado aquel agente regordete de nombre ficticio.

Nada más llegar a casa aseguró la puerta y las ventanas y esperó quince minutos con los papeles en la mano y una vela encendida listo para quemarlos si se producía cualquier eventualidad, pero más allá de los maullidos de un gato en los tejados no escuchó ningún otro sonido. Cuando imaginó que había trascurrido un tiempo de espera prudente, volvió a leer sus instrucciones anotando mentalmente los aspectos más importantes de la misión y antes de prender fuego a la nota, abrió un atlas y buscó la página correspondiente al mapa de Escocia.

Durante unos minutos su mirada se concentró en los aledaños de su querida Glasgow y en los terrenos ribereños del río Clyde, donde había ayudado a construir el *Lusitania*. Aquellos habían sido los mejores años de su vida y un pellizco en el corazón le hizo exhalar un suspiro. Poco a poco el recuerdo de Amelia se fue abriendo paso en su cabeza. Los días de recién casados, cuando regresaba cansado del trabajo y le exponía su punto de vista sobre los bocetos que su mujer había dibujado a lo largo de la jornada, dieron paso en su pensamiento al tacto suave de su piel cuando se acostaban, los pétalos de rosa en que se convertían sus labios cuando los besaba, los delicados granitos rosáceos que coronaban sus pechos que se endurecían al contacto con la yema de sus dedos, y cómo su respiración se entrecortaba hasta convertirse en un jadeo cuando hacían el amor. Repentinamente, la imagen de Amelia torturada y muerta afloró en su mente como el fogonazo de una bengala y su dedo se deslizó decididamente hacia el norte presionando la textura del mapa hasta alcanzar su objetivo: la pequeña localidad de Kirkwall, en las islas Orcadas, situada junto a la base principal de la Home Fleet británica: Scapa Flow.

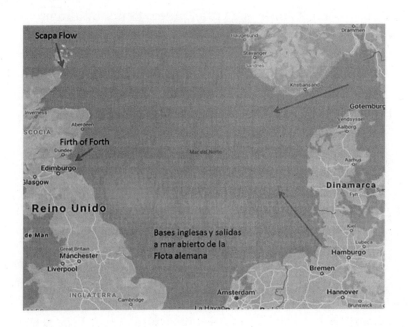

Capítulo 3

KIRKWALL, ISLAS ORCADAS
JULIO DE 1918

El padre Kenneth saludó a sus fieles, se giró hasta darles
la espalda y dio comienzo a la misa. Desde su banco de
madera, Albert Oertel paseó la mirada por la pequeña
capilla lateral de la catedral de San Magnus, en Kirkwall,
la pequeña capital de las islas Orcadas. Fuera había anochecido y la lluvia golpeaba con furia los cristales policro-
mados que representaban el martirio del santo noruego
al que honraba el templo, patrón de las Orcadas desde
hacía más de ochocientos años.

Albert se había convertido en visitante asiduo de la catedral y era frecuente verlo orar en el último banco de aquella pequeña capilla añeja, a los pies de un enorme cuadro
que representaba a santa Margarita en actitud orante.

Se había sentido intimidado por la mirada inquisitiva
de los lugareños desde el mismo instante en que descendió del transbordador de Aberdeen. Más allá de los cua-

renta mil marinos que permanecían en alerta en la vecina Base Naval de Scapa Flow, Kirkwall, la pequeña villa alejada un par de kilómetros del extenso fondeadero de la Royal Navy, apenas sumaba unos pocos miles de habitantes, gente huraña y desconfiada que recelaba de los forasteros por el simple hecho de serlo. Sin embargo, poco a poco, su carácter pacífico, su discreción y sobre todo su capacidad de beber cerveza al ritmo de los escoceses le ayudaron a ganarse un sitio en la pequeña sociedad del pueblo. Al fin y al cabo su presencia en las frías tierras de las islas Orcadas se debía a una petición del alcalde, que en su día solicitó un relojero a la administración central en Edimburgo.

Albert se movió nervioso en su asiento. A su lado, un individuo de aspecto taciturno y manos de pescador, carraspeó antes de arrodillarse en el reclinatorio del banco que compartían.

Aquella no era la mejor forma de pasar la información a sus jefes en Berlín, pero las cosas se habían hecho tan precipitadamente que los sistemas propuestos inicialmente para ese fin le parecieron demasiado arriesgados y se negó a ponerlos en práctica.

Para los ingleses, la Base Naval de Scapa Flow representaba un emplazamiento de una importancia estratégica fundamental. En esencia, la guerra en la mar entre las dos naciones más poderosas en el momento de desatarse las hostilidades consistía, para los alemanes, en bloquear los suministros ingleses, y para estos en tratar de evitarlo a toda costa. Para ello los alemanes tenían dos formas diferentes de emplearse, una aprovechando la discreción de los submarinos, que podían surgir en cualquier lugar frente a las costas británicas para hundir con sus torpedos los barcos encargados del aprovisionamiento, y otra mediante la flota de superficie, un conjunto de grandes buques cuya autonomía y velocidad les podrían permitir aparecer también en cualquier lugar de la geografía inglesa, además de en cualquier otro punto del vasto imperio colonial, aunque para poder hacer uso de su potente flota buques germanos necesitaban antes alcanzar el mar abierto, es decir, el Atlántico, al que podían acceder de dos maneras, una por el Canal de la Mancha, cosa prácticamente imposible debido a las defensas costeras del sur de Inglaterra, y la segunda ascendiendo por el mar del Norte para rodear a continuación la gran isla por encima de las Orcadas o incluso por el norte de Islandia. Pero era precisamente para eso para lo que la Home Fleet fondeaba en Scapa Flow, para que una vez avisada de la salida de cualquiera de las dos flotas alemanas, la del Mar del Norte concentrada en Wilhelmshaven o la del Báltico amarrada a sus esclusas en Kiel, acudir a su encuentro a toda máquina para evitar su salida a mar abierto. En cualquiera de los dos casos, y si su salida era avisada con tiempo, los poderosos buques del Almirante Jellicoe llegaban siempre a tiempo de establecer una barrera insuperable para los alemanes, a los que no les quedaba otra opción que la de regresar a sus bases con el rabo entre las piernas.

Así estaban las cosas cuando ambas flotas se encontraron al oeste de la península de Jutlandia en una batalla que apenas duró un par de horas y en la que ambos bandos sufrieron importantes pérdidas humanas y de unidades navales, tal vez con una mínima ventaja a favor de Alemania, cuyos barcos, en cualquier caso, se vieron obligados una vez más a buscar refugio en sus bases. Un empate técnico, como se apresuraron a escribir los analistas, aunque quien mejor lo expuso fue un periodista británico que escribió que Alemania había golpeado a su carcelero, pero seguía detrás de los barrotes.

Por esa razón los alemanes estaban sumamente interesados en atacar a los ingleses en Scapa Flow. De conseguirlo les harían ver que su principal base naval era vulnerable, y mientras se implementasen las necesarias medidas de defensa la Royal Navy tendría que concentrar sus buques en la base de Edimburgo, en el conocido fiordo del Firth of Forth, trescientas millas al sur de Scapa Flow, donde tal vez la Home Fleet no tuviese tiempo de reaccionar ante una eventual salida en fuerza a mar abierto de la Flota alemana del Báltico.

Así las cosas, en noviembre de 1914, apenas iniciada la guerra, la Marina alemana trató de golpear a los ingleses en su punto más estratégico, enviando al submarino U-18 a penetrar las defensas de Scapa, para, una vez en la rada, torpedear a su gusto cuantas unidades pudiera poner en el retículo de su periscopio. En realidad, el capitán de corbeta Von Henning fue capaz de llegar más lejos de lo que nadie se hubiera atrevido a pronosticar, pues consiguió enmascararse en la estela de un buque mercante y así pudo penetrar en el fondeadero. Sin embargo, para su desesperación, aquella noche no había una sola unidad de combate en Scapa, pues los grandes buques ingleses habían salido a unos ejercicios de adiestramiento. Von Henning decidió entonces recostar su submarino en el lecho de la rada y esperar el regreso de la flota, pero antes de la llegada de los buques era habitual que un pesquero arrastrase una serie de cables por el fondo tratando de localizar posibles enemigos. De esa forma el U-18 fue detectado y hundido con toda su tripulación.

Los alemanes extrajeron dos enseñanzas de la pérdida del U-18: La entrada a la base era posible, pero era necesario contar con un mínimo de inteligencia en el escenario, un punto de apoyo capaz de informar a la Marina alemana de la situación de los buques dentro de la enorme rada. De haber tenido un informante, el U-18 se hubiese mantenido merodeando por la zona hasta el momento en que la Flota Británica estuviese presente en la ensenada.

Y ahora esa responsabilidad era suya. En Alemania no todos habían aceptado la derrota resignadamente. Cierto que las últimas ofensivas de Erich Ludendorf en el frente este habían sido un fracaso debido a la fuerte presión de los aliados y que, cansadas y mal alimentadas, las tropas germanas habían cedido al empuje del mariscal francés Ferdinand Foch, que a la llegada del verano estaba a poco más de cien kilómetros de París, pero el general alemán pensaba que aún tenía una posibilidad si se conseguía un golpe de efecto en la retaguardia aliada que le permitiese reagrupar sus fuerzas antes de la segunda acometida de los aliados en Marne. Fue entonces cuando el Gran Almirante Von Tirpitz, que había sido comandante en jefe de la Kaiserliche Marine hasta 1916, desempolvó el viejo sueño alemán de golpear a los ingleses en su base estrella. El plan, disimulado bajo el nombre secreto de «Escorpión», había sido minuciosamente desarrollado por Karl Dönitz, un joven oficial de submarinos que a lo largo de la guerra se había empleado con inteligencia y acierto a bordo del U-68. En esencia, Dönitz se veía capaz de asaltar la fortaleza británica en Escocia con un submarino enano de diseño especial, siempre que contase con una quinta columna en tierra capaz de proporcionarle información esencial.

El ofrecimiento de Dönitz fue lo que condujo a Albert Oertel a emplearse en Kirkwall como relojero, donde con el paso de los meses terminó siendo aceptado por la comunidad. Su pasión por la ornitología le llevaba a salir de casa cada mañana al amanecer para fotografiar en sus nidos las colonias de gaviotas, alcatraces y frailecillos y la placidez de las focas y nutrias apostadas en las rocas sin inmutarse por el escándalo que formaban las aves ante la presencia humana cerca de sus nidos. Al atardecer, mientras apuraba una pinta de cerveza junto a los parroquianos del Gran Grifón, el único pub decente de la localidad a decir de Steve Mc Klintock, su propietario, Alfred compartía con el resto de parroquianos sus dibujos de las gráciles piruetas de los delfines sobre la rada de Scapa Flow y el majestuoso vuelo del águila pescadora sobre los acantilados que la protegían.

Aparentemente había conseguido consolidarse sin levantar sospechas, y eso que en una ocasión Mark Grinnell, el sheriff del condado de Mainland, le había sorprendido tras un risco exigiéndole la entrega de sus notas y la cámara de fotos. Pero Alfred era un tipo precavido y solía utilizar dos cámaras, una para fotografiar las grandes unidades inglesas en sus fondeaderos y el estado de los accesos a la bahía, y otra diferente con la que únicamente tomaba fotografías relacionadas con su supuesta pasión ornitológica y en la que cuando aparecía algún trozo de mar estratégicamente interesante, solía quedar tan descuadrado y difuso que carecía de la más mínima utilidad militar. Afortunadamente los riscos que rodeaban el fondeadero eran de una gran extensión y abundaban las oquedades en las que era posible disimular pequeños objetos ocultándolos entre los abundantes líquenes, de modo que la cámara sensible permanecía guardada mientras Alfred tomaba nota mental de la distribución de unidades en la abrigada rada al mismo tiempo que fotografiaba la flora y la fauna del lugar con la otra cámara.

Cuando le devolvieron la cámara, huérfana de carrete tras la requisa, Alfred fue consciente de que el MI5, el servicio de seguridad ideado pocos años atrás por Sir Vernon Kell, debía haberle investigado a fondo y revisado a conciencia las fotografías y notas de campo aportadas por el sheriff Grinnell, aunque el agente al servicio de Alemania sabía que tanto su personaje como su coartada eran sólidos, lo que certificó el propio sheriff cuando volvió a sonreírle en el Gran Grifón, y las patrullas militares con las que solía encontrarse en el perímetro de la rada dejaron de examinarle de arriba a abajo cada vez que se topaba con ellas.

Sin embargo y a pesar de la aparente libertad con que se movía por entre los riscos y farallones que rodeaban el fondeadero, había dos circunstancias que hacían que el relojero no se sintiera completamente satisfecho de su trabajo. Una era que sus observaciones no podían ser completas, dado el disimulo con que tenía que llevarlas a cabo, razón por la que, más allá de la presencia de unidades en el interior de la dársena, los horarios de marea o las intensidades de las corrientes que medía por el simple método de arrojar un trozo de corcho al agua y calcular mentalmente su velocidad, no podía ofrecer otros datos de mayor enjundia a los que le habían incrustado en Kirkwall. La segunda circunstancia era que no contaba con un método apropiado con el que trasmitir sus observaciones. En 1918 la telegrafía sin hilos estaba completamente asentada y ya se fabricaban transmisores portátiles, aunque su tamaño seguía siendo excesivo para un informador que tuviera que disimular su presencia. Un aparato de esas características, además, resultaba difícil de esconder, las antenas eran demasiado largas y llamativas y el espectro de frecuencias tan estrecho que las trasmisiones serían fácilmente detectadas desde los goniómetros de los propios barcos fondeados y el emplazamiento del trasmisor sería descubierto inmediatamente. De ese modo Albert Oertel tenía que pasar la información a través de emisarios contratados y en lugares discretos, fundamentalmente la capilla de la catedral de San Magnus en la que en esos momentos escuchaba la palabra de Dios; pero si la información que podía proporcionar era relativamente pobre en virtud de su ajustada capacidad de observación, la misma podía cambiar de la mañana a la tarde, pues bastaba la menor alarma para que los buques salieran a la mar y a su regreso cambiasen sus posiciones en el fondeadero, por lo que la información que servía, además de escasa, no tenía una vida demasiado larga.

—Ite misa est.

El padre Kenneth se giró, bendijo a los feligreses en el nombre del Señor y se retiró a la sacristía. Sólo entonces la pequeña concurrencia movió pesadamente los pies en dirección al presbiterio para abandonar el templo por una salida lateral. Sin volver la vista atrás, Albert Oertel abandonó la pequeña capilla y callejeó cojeando hasta su casa dispuesto a cenar una sopa de avena caliente antes de sentarse a repasar sus notas ornitológicas.

Después de que la mayor parte de los feligreses hubieran abandonado el templo, el hombre que había compartido asiento con Albert se incorporó después de rezar unas oraciones, recogió el periódico que permanecía sobre el banco y abandonó el templo. Cuando sus guantes apretaron el diario, sintió algo duro en su interior. El informe debía de venir acompañado de un buen número de fotografías, lo que habría de reportarle una interesante cantidad de libras.

Capítulo 4

WILHELMSHAVEN, ALEMANIA
CUARTEL GENERAL DE LA FLOTA DE ALTA MAR
JULIO DE 1918

El sargento Jürgen Müller recorrió el pasillo a grandes zancadas con un sobre en la mano, y tras unos golpes rápidos en la puerta entró sin pedir permiso en el despacho del capitán de navío Hans Wiegmann.

—Mi comandante, ha llegado el informe que esperaba. Lo acaban de traer con la valija[1].

—¿Wiesel?[2]

—Sí, señor —contestó el sargento acercándose y dejando el sobre encima de la mesa de su jefe.

---

1   Fuera del ambiente naval existe cierta confusión en los empleos y tratamientos de los oficiales superiores de la Armada. Un capitán de navío equivale al empleo de coronel en otros ejércitos, pero le corresponde el tratamiento de "mi comandante".

2   En alemán, comadreja

El jefe de operaciones especiales de la flota dejó de lado lo que estaba haciendo, tomó el sobre en sus manos y lo examinó. Por la textura del contenido, intuyó que contenía fotografías, lo que le hizo sonreír, y por la escueta clave que aparecía escrita en el lomo, IV-58, supo que quien enviaba el informe era un «Informant Vertrauen», un agente de alto nivel, en este caso un informante conocido con el alias de Comadreja, a esas alturas el único que podía salvar el imperio.

Las fotografías no eran demasiado explícitas, pero permitían hacerse una idea de las dimensiones y configuración de la Base inglesa de Scapa Flow; un dibujo a mano firmado con un garabato por el propio Comadreja permitía comprender la distribución de accesos al fondeadero.

En esencia, la rada de Scapa Flow consistía en una extensa masa de agua circular de cinco kilómetros de radio, aprisionada en la parte sur entre tres grandes islas y algunas otras menores, y en la norte por la propia base naval, la gran isla de Mainland y la ciudad de Kirkwall. Por el sur, cinco enormes extensiones de tierra surgían del fondo del mar como guardianes celosos que impedían el acceso a otras unidades diferentes a las de la Home Fleet. Se trataba, de este a oeste, de las islas de Burray, South Ronaldsay, Flotta, South Walls y Hoy, en medio de las cuales yacían desparramadas un conjunto de islas menores y una serie de rocas puntiagudas que hacían imposible la navegación a otras unidades que no fueran pequeños botes o barcos de pesca de escaso calado. Los pocos puntos de comunicación con el exterior que podían llegar a constituirse en accesos naturales a la base para unidades de calado medio, estaban cegados artificialmente a base de tensos cables de acero y viejos vapores de hierro hundidos exprofeso, algunos de los cuales asomaban las plumas de carga de las bodegas por encima de la superficie del mar, arrojando sobre esta sombras espectrales la noches de luna llena. La entrada y salida de la Home Fleet se hacía por el Sound of Hoxa, un trozo de mar que se abría entre la punta de levante del islote de Flotta y la de poniente de la isla de South Ronaldsay, en definitiva un pequeño estrecho de poco más de dos mil metros de ancho y cien de profundidad que se controlaba mediante una malla metálica corrediza que se abría y cerraba como los rieles de una pesada cortina de hierro.

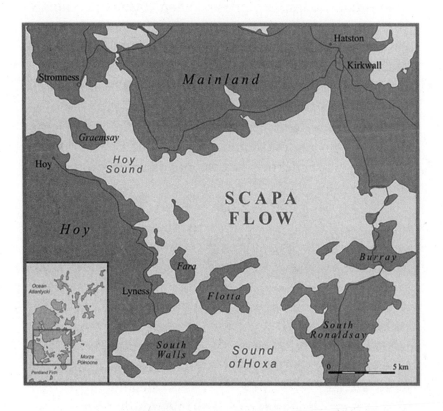

Gráfico disposición Base Naval Scapa Flow. Wikipedia.

Hans Wiegmann estudió el dibujo atentamente. Era evidente que la única forma de acceder a la rada con un submarino, por pequeño que fuera, consistía en esperar a que la malla se abriese. Pero eso era justo lo que había hecho el U-18 al principio de la guerra y ahora yacía despanzurrado en el fondo del océano con todos sus tripulantes muertos.

Las precisiones de Comadreja en cuanto a mareas y corrientes, resultaban en extremo interesantes de cara a la ejecución de la Operación Escorpión. Siendo las mareas muy vivas, las corrientes solían ser de mucha intensidad, imposibles, probablemente, para un submarino sumergido a poca velocidad, por lo que habría que evitar los periodos de mayor intensidad que solían producirse alrededor de una hora antes y después de los picos de la marea. Además, había que tener en cuenta los períodos de luna, ya que la única forma de acometer el objetivo era en la más absoluta oscuridad, lo que obligaba necesariamente a buscar una noche de luna nueva con una desviación máxima de dos días antes o después del novilunio.

Comadreja explicaba que debido a que los ingleses sabían que los submarinos alemanes merodeaban la entrada de la base esperando la salida de las grandes unidades, excepto en la canal de acceso, grandes espacios salpicados de campos minados, cuya disposición era materia reservada, se abrían en abanico hacia la mar a partir de la bocana de entrada a la base. Por otra parte, resultaba bastante interesante la descripción del modus operandi de la Flota inglesa en sus salidas y entradas a los fondeaderos.

A la hora de abandonarlos, primero lo hacían las unidades de escolta más menudas. Desde luego no tenían el armamento de sus hermanas mayores, pero maniobraban con rapidez y eran capaces de detectar los ruidos submarinos con sus hidrófonos, hostigando de ese modo a los posibles sumergibles en la zona. Durante un tiempo, estas unidades acostumbraban a lanzar bombetas capaces de causar problemas en la estructura de un submarino, pero muchas de ellas no explotaban quedando repartidas por el fondo, lo que representaba un problema que podía llegar a ser grave, pues en una ocasión una se activó al paso de una unidad de patrulla, activando en su explosión las que habían quedado desperdigadas en las inmediaciones. El patrullero sufrió averías graves y perdió tres hombres.

Con los escoltas posicionados impidiendo el acercamiento de un hipotético submarino, comenzaban a salir, uno tras otro, los dreadnoughts, acorazados y cruceros de batalla, los cuales nada más abandonar la seguridad de la rada alimentaban las calderas al máximo de su presión hasta alcanzar velocidades que hacían imposible el ataque de los potenciales submarinos enemigos. A la hora del regreso a la base la situación era la misma, pero a la inversa, es decir los grandes buques llegaban escoltados por los más pequeños, los cuales formaban un cordón de seguridad en un área llamada de desaceleración, donde las unidades pesadas ralentizaban la marcha para cruzar la malla metálica a velocidad moderada. Una vez establecida una velocidad de cinco nudos, un grupo de pesqueros armados con pequeños rezones en las pértigas en las que en otro tiempo extendían sus artes de pesca, cruzaban perpendicularmente la derrota de las grandes unidades por su popa, tratando de enganchar o golpear algún submarino en un área en la que la reverberación de las hélices de los buques propios hacía imposible cualquier tipo de escucha con los hidrófonos.

A la vista de las fotografías, dibujos y datos esparcidos sobre su mesa, Hans Wiegmann pensó que la fecha ideal para el ataque planeado era el 4 de agosto, día en que la fase lunar daba paso a la noche más oscura. El problema era la marea, pues la baja se alcanzaba hacia las seis de la tarde y la alta no se daba hasta pasada la medianoche, problema agravado por el hecho de que en esas fechas y latitudes, el sol salía alrededor de las cuatro y media de la madrugada y no se ponía hasta las diez de la noche. En cualquier caso, Wiegmann había acordado con el teniente de navío Dönitz, oficial responsable de la ejecución de «Escorpión», que la hora H quedaría enteramente a su elección, ya que como comandante del sumergible era quien debía elegir la distribución de una entrada discreta y salida en fuerza o viceversa, a la vista de los beneficios tácticos y el compromiso de la seguridad del submarino y su tripulación en cada caso.

—Müller —la voz de Wiegmann se dejó oír a través del mensáfono—. Envíe un mensaje a Dönitz, quiero verle en el despacho esta tarde.

En lugar del tradicional enterado, el sargento se presentó de nuevo ante su jefe y le comentó en un susurro:

—Mi comandante, el coronel Weitz estuvo aquí a primera hora para hablar con usted acerca de Dönitz. Dijo que tenía mucho trabajo en el hospital y dejó un informe que debe estar entre sus papeles —Müller señaló la pirámide de documentos que se levantaban a un lado de la mesa de su jefe.

El coronel Weitz era el jefe del Servicio de Sanidad de la Flota y seguía personalmente la evolución de Dönitz desde que un tranvía lo arrollara meses atrás en

Berlín fracturándole ambas piernas. El capitán de navío Wiegmann revolvió entre los papeles hasta encontrar uno con el membrete de la jefatura de Sanidad, haciendo una seña a Müller para que abandonara el despacho.

Durante cinco minutos Wiegmann se entregó a la lectura del informe médico de Weitz relativo a la salud del teniente de navío Dönitz. En él se recogía que aunque el propio oficial declaraba encontrarse muy mejorado y listo para volver a embarcar cuanto antes, su impresión era que los huesos no estaban recuperados de las terribles fracturas sufridas y no sólo desaconsejaba su embarque de forma precipitada, sino que valoraba negativamente hacerlo para una operación comprometida, pues cualquier tropiezo propio de la vida a bordo podía agravar su situación, dejándolo inservible para el mando de una unidad naval en el momento más inoportuno, poniendo de ese modo en peligro la vida de su tripulación, incluyendo la suya propia. El resto del informe eran valoraciones del estado de recuperación de las piernas y tiempo estimado para que el oficial pudiera volver a hacer una vida normal. Afortunadamente, pensó Wiegmann, en el mismo momento en que empezó el adiestramiento de Dönitz para «Escorpión», se desarrolló un plan alternativo con los mismos cometidos pero bajo la responsabilidad de otro oficial, el teniente de navío Hans Joachim Emsmann, que llevaba tiempo adiestrándose en la ejecución de la operación con un submarino enano del que era comandante, el U-116.

El mensáfono volvió a sonar en la mesa del sargento secretario de Wiegmann.

—A sus órdenes, mi comandante.

—Haga llegar un mensaje al teniente de navío Hans Emsmann, comandante del U-116. Lo espero en mi despacho esta tarde a las cuatro.

—Enterado, comandante.

Una vez dada la orden, Wiegmann echó la cabeza hacia atrás y se mesó el cabello con nerviosismo. Después agitó la cabeza y regresó a su pirámide de papeles.

Capítulo 5

KIRKWALL, ESCOCIA
AGOSTO DE 1918

Como cada sábado desde su llegada a la pequeña comunidad de Kirkwall, la noche del 3 de agosto de 1918 Albert Oertel se reunió con sus amigos en el Gran Grifón. Se encontraba cansado. Hacía días que no era capaz de pegar ojo y a la falta de descanso se sumaba la agotadora actividad ornitológica, a la que se había entregado de sol a sol a lo largo de toda la semana. Su objetivo era la anotación de movimientos en la atestada rada de Scapa Flow, aunque las cosas parecían estar tranquilas en la base naval de la Royal Navy y la única actividad durante la semana consistió en la salida de cuatro grandes unidades y sus correspondientes escoltas, que abandonaron sus fondeaderos el lunes para regresar el jueves después de participar en unos ejercicios de tiro de grueso calibre cuyos estampidos hicieron retumbar los cristales de las ventanas de la tranquila Kirkwall.

Días antes, por medio del tradicional sistema de anuncios por palabras en la prensa local, Comadreja había recibido la misión de informar directamente al submarino elegido para llevar a cabo la «Operación Escorpión» mediante un sistema de señales direccionales con una linterna de ecos pálidos, sin embargo Albert se negó. La observación y estudio de las aves, la flora y los peces de la zona le proporcionaban una magnifica coartada durante la luz del día, pero no habría sabido responder si una patrulla hubiera llegado a encontrarlo de noche enviando señales al mar con una linterna.

Sabía que un submarino entraría en la rada en una fecha cercana al domingo para torpedear la mayor cantidad posible de buques ingleses, pero el jueves regresaron las unidades que habían salido a efectuar prácticas de tiro y desde entonces no había habido ninguna actividad, y ahora el éxito de la operación descansaba en el hecho de que el domingo, el lunes o el martes a lo más tardar, los buques ingleses efectuaran algún movimiento que obligara a abrir la pesada malla que protegía la entrada al fondeadero.

En el Gran Grifón se vivía un ambiente festivo. Y aunque allí la guerra sólo había llegado a través de los periódicos y su único contacto con ella era la presencia de la Home Fleet a unos pocos kilómetros de la ciudad, la sensación de que el conflicto estaba a punto de terminar se vivía con la misma intensidad que en las localidades más castigadas de la campiña europea.

En una población como Kirkwall en la que la única excepción al idioma inglés era el gaélico escocés que hablaban apenas un cinco por ciento de sus habitantes, el hecho de que el pub más concurrido de la localidad ostentase un nombre español podía parecer una extravagancia, y sin embargo tenía una explicación bastante convincente.

Alrededor de cuatro siglos antes un ballenero tripulado por marineros de Kirkwall se vio obligado a fondear en la cercana isla de Fair para reparar una avería en el timón. La cosa no hubiera tenido mayor trascendencia de no ser porque aquella isla llevaba mucho tiempo sometida a un intenso litigio entre Escocia y Noruega y era visitada regularmente por los descendientes de los vikingos, de los que se decía que asesinaban a cualquiera que encontrasen en la isla, haciendo uso de la más refinada crueldad en el caso de que fueran escoceses. Sin embargo y para fortuna de los atemorizados balleneros, la isla se encontraba desierta cuando se vieron obligados a recalar en ella, y mientras trataban de reparar el timón y en vista de que allí no habitaba nadie, no se les ocurrió mejor idea que dedicarse a husmear. Fue así como descubrieron en el norte un cementerio con cincuenta tumbas, además de algunas oquedades en las rocas en las que encontraron espinas de caballas y arenques, conchas y otros restos de mariscos que sugerían el desesperado intento de supervivencia en aquella tierra inhóspita de los náufragos de alguna nave desdichada. Alguien con buen juicio esgrimió que el hecho de que hubieran enterrado a aquellos pobres seres humanos con respeto, no estaba en consonancia con la crueldad que se atribuía a los desalmados descendientes de los vikingos; en cualquier caso, la perplejidad se apoderó de ellos al encontrar diseminados por el suelo del cementerio restos de cruces de madera derribadas por los intensos vientos que asolaban constantemente la zona.

Así las cosas, una vez reparado el timón los balleneros abandonaron la isla como alma que lleva el diablo y a su regreso a Kirkwall cada cual contó una historia diferente sobre lo que habían encontrado en Fair, desde espíritus perversos que perseguían las naves para hundirlas, hasta versiones más racionales que apuntaban a unos pobres marineros cristianos perdidos en la mar en mitad de la noche. Con el paso de los siglos la historia corrió de boca en boca hasta convertirse en una leyenda conocida a lo largo y ancho de las diseminadas islas de los archipiélagos de las Orcadas y las Shetland, donde cada noche los relatos se enriquecían con nuevos detalles, a cual más surrealista, susurrados al calor del whisky. Cuando Fair pasó a formar parte de la Gran Bretaña como la isla más meridional del archipiélago de las Shetland, la leyenda del cementerio atrajo a numerosos estudiosos que se dejaron caer por allí hasta llegar a la conclusión de que en la isla no había tenido lugar ningún aquelarre de espíritus, que el cementerio no tenía relación con los vikingos y, principalmente que, en su día, los cincuenta marineros enterrados habían pertenecido a la tripulación del *Gran Grifón*, una de las naves que Felipe II envió en 1588 contra Inglaterra formando parte de la Gran Armada que se estrelló contra la costa y los buques ingleses.

El *Gran Grifón* era una urca de 650 toneladas y 38 cañones, buque insignia de la Flota de Apoyo que junto a otros 23 navíos mandaba un noble llamado Juan Gómez de Medina. Tras las escaramuzas iniciales en el canal de la Mancha, el buque consiguió escapar y se dispuso a remontar el mar del Norte para regresar a España rodeando Inglaterra por el norte, sin embargo la urca había quedado dañada y cuando una terrible tormenta se abatió sobre los buques españoles, la flota se dispersó y el *Gran Grifón* pasó a navegar en conserva con la Barca de *Hamburgo y la Trinidad*. La prueba, no obstante, resultó excesivamente dura para el primero de sus acompañantes, que se hundió a levante de las Orcadas, siendo su tripulación recogida por el *Gran Grifón*, que de ese modo pasó a navegar con 58 tripulantes y 234 soldados, lo que excedía en mucho su rol habitual.

Al avistar la isla de Fair, la urca trató de fondear en una de sus ensenadas para proceder a las reparaciones más urgentes, pero el casco de la nave no fue capaz de soportar las tremendas corrientes de la zona y terminó estrellándose contra los afilados arrecifes perdiéndose para siempre. Fue así como los cerca de trescientos hombres que transportaba llegaron a la inhóspita isla. Durante varios meses la tripulación deambuló de norte a sur buscando alimentos y tratando de protegerse del intenso frío, para el que su ropa resultaba completamente inadecuada. Con la llegada de la primavera los náufragos consiguieron construir una balsa con los troncos de los robles que crecían en abundancia en la isla, y con ella se lanzaron los pocos que conservaban un mínimo de fuerzas a deambular por entre las islas Orcadas, y así, poco a poco, consiguieron llegar a Edimburgo, donde fueron encarcelados y la mayoría murió entre rejas, aunque algunos vieron cumplido su sueño de regresar a España. En la isla de Fair quedaron cincuenta tumbas con los cuerpos de los marineros que habían llegado en peores condiciones y no habían conseguido sobrevivir a las exigentes condiciones de los elementos en la zona.

Por su posición geográfica, Fair podía haber sido considerada la isla más septentrional del grupo de las Orcadas, pero el gobierno de Escocia dejó su administración en manos de las autoridades de las Shetland, a cuyo archipiélago pasó a pertenecer como su enclave más meridional. Para entonces, los vecinos de Kirkwall y los de otros condados de las Orcadas habían popularizado la costumbre de peregrinar cada año a Fair, donde, entre otras cosas, se dedicaban a mantener el cementerio en el mejor estado de conservación; el hecho de que la fecha escogida para honrar a los muertos españoles fuera la equinoccial del 21 de septiembre no tenía que ver con ningún tipo de rito ancestral, como pronto comenzó a circular por entre las islas del archipiélago, sencillamente en esa fecha se daban las mareas de mayor amplitud y en la bajamar, todos a una, los visitantes trataban de localizar los restos de la urca española en el fondo del arrecife, donde, según sostenía la tradición, se había ido a pique.

Cuando Fair fue asignada administrativamente a las Shetland, los habitantes de este archipiélago comenzaron a ver con malos ojos que sus vecinos se presentaran cada año en una isla que al fin y al cabo era suya, por lo que estos encontraban cada vez más oposición a la hora de mantener viva la tradición de honrar la memoria de los desdichados náufragos españoles. De ese modo, si para entonces no era suficientemente popular en toda Inglaterra, la historia del Gran Grifón traspasó las fronteras de Escocia y desde la propia España comenzaron a llegar historiadores y curiosos interesados en conocer la hoja de servicios de la urca. En tales condiciones el alcalde de Kirkwall y el de la propia Fair decidieron que no podían seguir ofreciendo la imagen de bárbaros enfrentados que comenzaba a circular por toda Europa y terminaron llegando a un acuerdo: los vecinos de una y otra isla se harían cargo del mantenimiento del cementerio en años alternos, y en Kirkwall, además de como un pub escocés cualquiera, el Gran Grifón servía como oficina de enganche donde cada dos años los vecinos interesados en la excursión a Fair se apuntaban dispuestos a mejorar las reformas que hubiesen hecho sus vecinos de las Shetland y, naturalmente, a ser los primeros en encontrar los restos del barco perdido.

La alegría en el Gran Grifón iba en aumento. Poco a poco, el grupo que solía reunirse los sábados por la noche se iba haciendo cada vez más numeroso y la mayoría de los parroquianos habían dejado de lado las cervezas y comenzaban a trasegar largos tragos del whisky elaborado con la mejor malta de las islas. Por su parte, Albert Oertel permanecía fiel a la cerveza que bebía a pequeños sorbos. Sabía que el exceso de alcohol podría acarrearle problemas si se alejaba de las reglas de la prudencia que demandaba un trabajo como el suyo, mientras que, por otra parte, escudriñaba con atención las palabras de sus amigos esperando alguna indiscreción que le ayudara a elaborar sus informes con el pensamiento puesto en la idea de que el submarino encargado de la "Operación Escorpión" no debía encontrarse lejos de allí. Cuando el Padre Kenneth comenzó a entonar una de las canciones escocesas más populares, todos se engancharon y corearon el estribillo abrazados unos a otros. Sobre una repisa en la pared tras la barra del bar, el relojero contemplaba una maqueta de la urca que daba nombre al pub rodeada por docenas de recortes de periódico que recordaban las innumerables visitas al cementerio cursadas por la comunidad de Kirkwall. Aunque era un pensamiento recurrente que ya tenía superado, repentinamente se sintió un traidor a aquellos hombres a los que se abrazaba y a los que había aprendido a llamar paisanos y en algunos casos, amigos, pero el recuerdo de la fotografía en la que Amelia aparecía torturada tuvo la virtud de liberarle de aquellos molestos pensamientos. Al fin y al cabo, sus vecinosno habrían de sufrir ningún daño y cada uno de los torpedos que el submarino encajara entre las cuadernas de los barcos ingleses sería un afilado dardo al corazón de Churchill, responsable último de sus desdichas. Retomando la canción que voceaban sus amigos del Gran Grifón, su rostro esbozó la misma sonrisa que veía en los de los hombres con los que se abrazaba, aunque su corazón se mantuviera frío como un témpano de hielo. Sabía que lo que estaba haciendo sólo tenía un nombre: traición. Tal vez por eso habían acuñado para él el alias de Comadreja.

*   *   *

A pocos kilómetros de allí, en la pequeña sala de derrota del submarino U-116, el teniente de navío Hans Emsmann estudiaba detenidamente una carta náutica editada por el Almirantazgo británico. Desde luego no se trataba de una carta especial para la navegación submarina, pero la información que ofrecía sobre sondas, veriles y calidad de los fondos, le parecía más que suficiente para proceder al cumplimiento de su misión.

Mientras tomaba anotaciones con un lápiz apuró una taza de café y una gota se vertió yendo a caer sobre la carta, donde dejó una mancha oscura en forma de mariposa. Inmediatamente su mente voló lejos de allí, a la fiesta que seguramente le habría preparado su mujer a la pequeña Kerstin, que ese mismo día cumplía cinco años, y a la que imaginó rodeada de sus amigas con el rostro lleno de churretes parecidos a aquella marca oscura que acababa de dejar en la carta la oscura gota de café. Sacudiendo la cabeza Hans volvió a concentrarse en su misión, pensando con alivio que la parte más complicada ya estaba hecha.

Le había dado vueltas en la cabeza durante semanas, hasta que finalmente decidió entrar en Scapa pegado al casco de un barco enemigo en lugar de seguirlo a unas decenas de yardas por la popa. Desde luego se trataba de una maniobra arriesgada, pero después de practicarla unas cuantas veces con unidades de la Flota alemana en las tranquilas aguas del Báltico, había llegado a la conclusión de que era perfectamente ejecutable. De esa forma, a pesar de que su submarino había sido acondicionado para que los rezones lanzados desde la superficie por los pesqueros enemigos no pudieran encontrar un saliente al que hacerse firme, ni los más avezados pescadores pudieron imaginar la presencia de su submarino pegado al casco de un buque de hélices escandalosamente ruidosas bajo el que había penetrado en el fondeadero como la cría de una ballena adherida al vientre de su madre.

La operación no resultó sencilla. Gracias a los hidrófonos los sintió llegar desde lejos y pudo distinguir las unidades más pesadas de sus escoltas por el ruido de sus hélices, decidiéndose a despegar el submarino del fondo cuando estas le advirtieron que la unidad que se aproximaba debía ser un crucero pesado o un acorazado. Sabedor de que los buques solían entrar en su refugio a una velocidad inferior a los cuatro nudos, inició la maniobra de soplado de lastres en el momento en que el crucero se le echaba encima y arrancó los motores eléctricos cuando el ruido del pesado buque enmascaraba el propio, de ese modo y tras un avance de unos pocos cientos de yardas, ordenó parar los motores y dejó que la inercia lo llevara de nuevo al fondo, quedando sumergido en un banco de lodo a una profundidad de sesenta metros. Una vez dentro de la madriguera, pudo sentir la llegada del resto de las unidades conforme era práctica común de los ingleses, primero las más pesadas, de las que contó hasta cuatro, y a continuación los escoltas, mucho menos ruidosos que sus hermanos mayores. Poco después, el ruido de unos motores de intensidad sensiblemente menor le hizo saber que los pesqueros regresaban también a sus muelles. Estaban dentro de Scapa Flow y la consigna era no hacer el menor ruido, pues sabía que dentro de la base los ingleses tenían establecida una guardia de escucha por hidrófonos.

Con la llegada de la noche, Hans ordenó soplar lastres de una forma tan sutil que el U-116 tardó más de dos horas en ascender los sesenta metros de profundidad hasta alcanzar la cota periscópica. La operación fue un puro sufrimiento, pero de ese modo el ruido producido por el soplado resultó tan nimio que quedó enmascarado entre los muchos que se dan espontáneamente en los fondos de cualquier océano. Sus cálculos se demostraron perfectos, la corriente resultó la adecuada para permitirle avanzar algo más de una milla sin hacer uso de los motores y mediante el uso del periscopio pudo hacerse una idea de la distribución de la Home Fleet en el fondeadero. Desde su nueva posición tenía a tiro un enorme dreadnought, un acorazado y un par de cruceros de batalla. Con ayuda de un lápiz graso de los que sus hombres usaban para emborronar las pantallas en la sala de combate, dibujó un esquema de la posición del enemigo en el fondeadero y eligió un ángulo de disparo que le permitiría hundir al dreadnought y quizás algún otro barco con los torpedos que quedaran fuera de límite. Era suficiente. La misión consistía en hacer sentir a los ingleses la vulnerabilidad de su base principal en el mar del Norte. Haciendo uso de nuevo de la capacidad mínima de inundación de tanques, el U-116 volvió a sumergirse hasta reposar de nuevo la panza en el lodo. Entonces Hans ordenó que sus hombres ocuparan sus literas con excepción de la guardia suficiente para mantener las constantes del submarino. Obedientes, los marinos alemanes se retiraron con los pies descalzos y almohadillados especialmente para la ocasión. Una vez solo, volvió a repasar el diagrama que había hecho a mano alzada. Los churretes distribuidos por el folio le hicieron recordar los dibujos que solía hacer su pequeña Kerstin, y un poso de melancolía se abrió paso en su pecho. Dejando el dibujo sobre la carta, arrastró los pies hasta su cama y decidió descansar. Al día siguiente llevaría a cabo el ataque.

A las once de la noche del día siguiente la dotación al completo del U-116 ocupaba sus puestos para el combate. La discreción aún era importante para no señalar su posición antes de tiempo. La idea era ascender hasta cota periscópica y llevar a cabo el ataque disparando un ramillete de cuatro torpedos por la proa, virar ciento ochenta grados y disparar uno más con el tubo de popa en escapada. La marea estaba subiendo y la corriente entrante tenía cierta intensidad, lo que le permitiría mantener el rumbo de escapada con seguridad, confiado en que la velocidad del sumergible sería suficiente para acometer la malla metálica como un búfalo y que los dientes de sierra de la proa, afilados expresamente para la ocasión, serían capaces de cortarla, como un cuchillo la mantequilla caliente para permitirle salir a mar abierto, donde se sumergiría inmediatamente para despistar a las unidades que salieran a intentar neutralizarlo. Todo estaba preparado, pensó Hans sintiendo como la adrenalina se le acumulaba en algún lugar del pecho, mientras el casco comenzaba a despegarse del fondo.

En la sala de torpedos de proa, el suboficial Matts Rüdiger se ayudaba de la llave inglesa que le acompañaba a todas partes en la configuración de los torpedos, para un disparo en ramillete a cota periscópica. El tornillo de ajuste del pepino del tubo número dos estaba demasiado duro y untó un poco de grasa antes de proceder a ajustarlo de nuevo, entonces se desató la tragedia; la grasa hizo que la llave resbalara de sus manos yendo a caer sobre la cubierta con un estruendo que se trasmitió a lo largo de toda la eslora del submarino. Los hombres contuvieron la respiración mirándose unos a otros mientras el U-116 continuaba ascendiendo a poco más de un metro por minuto.

Los primeros ruidos que captaron los hidrófonos del submarino fueron los ya conocidos de los pesqueros, pero poco a poco se fueron uniendo otros hasta que en unos minutos a su alrededor se formó un escándalo ensordecedor. Parecía como si una jauría de mastines los estuvieran esperando en la superficie aullando salvajemente. La misión no tenía ninguna posibilidad, y Hans Emsmann ordenó arrancar motores y ponerlos a máxima velocidad mientras caía a una banda con todo el timón buscando desesperadamente la salida, sin embargo la fuerza de la corriente apenas le permitía avanzar a más de tres nudos y los hidrófonos señalaban que los perseguidores se les echaban encima, entonces, en una decisión valiente pero arriesgada, ordenó emerger para ayudarse de los motores diésel, consiguiendo llevar la velocidad hasta el doble, al precio de hacerse visible a sus perseguidores.

El primer disparo cayó a unas cincuenta yardas de la proa, pero sus perseguidores no tardaron en centrar el tiro y el submarino empezó a recibir el fuego de los ingleses cada vez más cerca. Hans sabía que estaban perdidos, pero siguió escupiendo órdenes desesperadamente. Un proyectil que penetró por la vela llenó de humo la sala de operaciones a sus pies, aunque la humareda no era lo suficientemente densa como para impedirle ver al timonel muerto sobre la pequeña caña del timón. La malla de entrada estaba a apenas doscientas yardas, y ordenó sumergir la proa para poder hacer uso de la sierra, pero antes de que la orden despegara de sus labios, una corbeta se les echó encima partiendo el submarino en dos con su afilada quilla. Hans recordó a su pequeña Kerstin en el último acto consciente de su vida, luego se sintió arrastrado al fondo de la rada en el amasijo de hierros retorcidos en que había quedado convertido su submarino. Cuando las aguas se serenaron, uno de los botes de la corbeta recogió un diagrama hecho con lápiz graso. Al entregarlo a su oficial, el marinero que lo había recogido sugirió que parecía el dibujo de un niño.

Capítulo 6

SCAPA FLOW, ESCOCIA
JUNIO DE 1919

El ciclista aceleró al llegar al final del camino de tierra de cinco kilómetros entre Kirkwall y el fondeadero de Scapa Flow hasta alcanzar el cerro, entonces se dejó ir cuesta abajo sin pedalear para recorrer los últimos metros aprovechando la inercia de la marcha. Después de dejar la bicicleta recostada sobre una roca pelada, se dirigió al pequeño espigón que penetraba unos metros en la ensenada, ajustándose la gorra y liberando las perneras del pantalón de las incómodas pinzas que usaba para pedalear.

—Buenos días, señor Oertel —le saludó uno de los pescadores que se alineaban en el pantalán.

—Buenos días, Jim. ¿Qué tal la pesca? —Sonrió Albert dejando ver una hilera de dientes perfectos—. Tu padre dice que en tu casa sólo se come pescado cuando es él quien baja a buscarlos.

El joven pecoso le devolvió la sonrisa y señaló con el dedo una cesta de mimbre en la que aleteaban algunos peces de un tamaño considerable.

Enviando un saludo al resto de los pescadores, Albert caminó hasta el final del pantalán, bajó los resbaladizos escalones que conducían al embarcadero y se subió a un pequeño bote amarrado a una argolla. Tras acomodar las pocas cosas que llevaba con él, comenzó a remar en dirección a la parte opuesta de la gran rada, donde fondeaban los buques de guerra alemanes internados tras el armisticio del 11 de noviembre un año antes.

Después del ataque fallido del U-116 a la flota inglesa en aquella misma ensenada en la que ahora remaba plácidamente, los acontecimientos se precipitaron en forma de una serie de victorias aliadas encadenadas que culminaron con la rendición de Alemania y la desaparición, entre otros, del imperio austro-húngaro.

En los Balcanes, las tropas francesas rompieron al fin las líneas búlgaras en Macedonia, lo que llevó al rey Fernando a pedir el armisticio a los aliados a finales de septiembre, y un mes después, en un evidente efecto dominó, el gobierno otomano siguió el ejemplo del búlgaro. Por su parte, los austríacos no tardaron en rendirse después de que los italianos derrotaran al imperio austro-húngaro en la batalla de Vittorio Veneto, victoria que sumada al descalabro del ejército imperial en los Balcanes hizo hundirse a la monarquía de los Habsburgo.

En esas circunstancias, el Reich quedó en una situación desesperada. Sin aliados, con la población civil sufriendo severas restricciones y un ejército sin reservas y desmoralizado, Ludendorff y Hindenburg se mostraron partidarios de la capitulación, viendo que las tropas estadounidenses de refuerzo no paraban de desembarcar en Europa e incluso Italia se preparaba para apoyarlas enviando un contingente armado a Francia. El 8 de agosto, un ataque aliado cerca de Amiens rompió las líneas alemanas y los británicos alcanzaron el corazón de Bélgica; Ludendorf y Hindenburg pidieron al gobierno iniciar con urgencia las negociaciones de paz. Los Hohenzollern tenían los días contados y tras una revolución obrera en Berlín, el Káiser huyó a Holanda. El gobierno de la nueva República alemana firmó el armisticio el 11 de noviembre de 1918 en el bosque de Compiègne sobre la mesa de madera de un vagón de tren.

En esa misma reunión de Compiègne, en la que Inglaterra estuvo representada por dos oficiales navales de alta graduación, se decidió el internamiento de la Flota alemana. Con los submarinos hubo un acuerdo inmediato. A pesar de la oposición de un almirante de prestigio como Sir John Fisher, los ingleses expresaron su falta de interés respecto a los sumergibles alemanes, que consideraban un arma pérfida y como tal los habían denunciado en la Convención de la Haya, esperando un acuerdo internacional que prohibiera su construcción. En 1915, Fisher y Churchill se habían enzarzado en una agria discusión por la decisión del segundo de enviar fuerzas a Turquía, lo que supuso que el almirante fuera cesado como Primer Lord del Mar. Como quiera que el desembarco de los ingleses en Galípoli resultó un desastre que costó la vida a cientos de miles de jóvenes ingleses, el Primer Lord del Almirantazgo se vio obligado a dimitir de su cargo y desde ese día Fisher y Churchill se convirtieron en enemigos irreconciliables. En cualquier caso, el hecho de que Inglaterra denunciara en La Haya el uso de submarinos en la guerra no se debía a que se tratara de un arma pérfida como aseguraban sus juristas; los marinos, entre ellos el Almirante Fisher, pensaban que se trataba del arma del futuro, pero los políticos, principalmente Churchill, consideraban al submarino el elemento que más daño podía hacer al tráfico comercial de una isla como Inglaterra en el caso de otra guerra como la que acababan de sufrir, circunstancia que muchos comenzaban a vislumbrar en un futuro no demasiado lejano. Lógicamente se impuso la opinión de los políticos, por lo que Inglaterra no pudo quedarse con unos submarinos cuya existencia había denunciado, a pesar de lo cual los sumergibles alemanes comenzaron a concentrarse a la semana de la firma del armisticio en una localidad costera cercana a Londres, y a finales de ese mismo mes el pequeño puerto de Harwich reunía 176 sumergibles alemanes que los aliados comenzaron a reclamar y que no tardaron en partir hacia su último destino, fundamentalmente puertos de Francia e Italia.

La flota de superficie era otra cosa. Al contrario que los submarinos, los ingleses tenían un marcado interés en estos barcos, básicamente por la calidad de su acero y la precisión de sus sistemas de artillería. Sin embargo, en Compiègne no se llegó a ningún acuerdo entre los aliados respecto a la flota de superficie alemana. Los americanos propusieron internarlos en algún puerto neutral, pero ninguno de los dos países propuestos, España o Noruega, aceptó recibirlos. Fue entonces cuando el almirante británico Rosslyn Wemyss sugirió que fueran concentrados en Scapa Flow bajo la supervisión y control de la Home Fleet.

La decisión fue trasmitida a Alemania al día siguiente del armisticio; en el mensaje se indicaba que su Flota de Alta Mar debía encontrarse lista para zarpar en el término de seis días, pero los alemanes alegaron problemas de índole interna que les impedían acatar la orden, pues en esos momentos la Marina estaba prácticamente en manos de comités de subalternos, aspecto que los ingleses conocían perfectamente a pesar de lo cual no ofrecieron alternativas: o la Flota alemana se ponía en marcha el 18, una semana después de la firma del armisticio, o se apoderarían de la isla de Heligoland, un pequeño trozo de tierra a 70 kilómetros de la costa alemana del mar del Norte y al que algunos ingleses se referían como la Gibraltar del norte de Europa.

La renuencia alemana a despachar sus barcos estaba plenamente justificada, pues, efectivamente, los oficiales navales alemanes habían perdido cualquier tipo de autoridad sobre sus subordinados, los cuales se sublevaron en Kiel cuando, bajo la consigna de salvar el honor de la Flota del Reich, supieron que el Mando Supremo planeaba lanzar un ataque suicida contra la Royal Navy en el canal de la Mancha. La fecha decidida para la ejecución era el 24 de octubre, pero el plan trascendió y levantó una decidida oposición entre la marinería, que consideraba el ataque un sacrificio innecesario. Para entonces las clases más bajas de la Armada y del Ejército habían sido impregnadas por las doctrinas anarquistas cuyos aires llegaban de la vecina Rusia, donde acababa de imponerse la revolución bolchevique.

El levantamiento comenzó en Wilhelmshaven, donde los buques alemanes permanecían atracados a la espera de lanzar el ataque. Al producirse la orden de salida, las dotaciones de los cruceros *Thüringen* y *Heligoland* desobedecieron, dando inicio al motín que no tardó en extenderse a otras unidades y dependencias en tierra y que culminó con el arresto de los oficiales en algunas unidades. Aunque finalmente pudo ser sofocado, el levantamiento dio al traste con la operación, pues los mandos de los buques en los que no había prendido, perdieron la confianza en sus subordinados. Los barcos regresaron entonces a Kiel con los sollados atestados con más de un millar de detenidos que debían enfrentarse a un consejo de guerra, pero lo que sucedió fue que los marineros que no habían sido arrestados se solidarizaron con sus compañeros prisioneros y nombraron un comité que los representara, el cual reclamó la liberación de todos los detenidos aduciendo que habían actuado en representación de la mayoría. Los oficiales no sólo se negaron a liberarlos, sino que amenazaron con llevar a juicio a cuantos otros se opusieran a sus órdenes, pero para entonces el motín se había extendido a otras bases en el mar del Norte, imposibilitando de todo grado el ataque a los ingleses. Cuando un teniente de navío ordenó disparar a un grupo de marineros que clamaban por la liberación de sus compañeros matando a nueve de ellos, fue atacado y despedazado por las hordas de marineros indignados, y el motín se generalizó en toda Alemania, lo que condujo a que los oficiales fueran desarmados en la mayoría de los buques y acuartelamientos. En tales circunstancias, los marineros no obedecían otras órdenes que las emanadas del presidente del comité, un sargento fogonero de nombre Kart Artelt. Al anochecer del 4 de noviembre la revuelta congregaba a más de cuarenta mil soldados y marineros insurrectos.

Así las cosas, cuando una semana después las autoridades alemanas firmaron el armisticio en el bosque de Compiègne, no pudieron aceptar el internamiento de la flota, argumentando que las tripulaciones no obedecían sus órdenes, pero los ingleses reaccionaron de manera inflexible amenazando con apoderarse de la isla de Heligoland, lo que llevó a las autoridades germanas a solicitar al comité de marineros una bochornosa reunión con vistas a desatascar la situación. Finalmente las dotaciones se avinieron a marchar con sus buques después de recibir de los ingleses una serie de garantías sobre su integridad personal.

Albert continuaba remando con brío sobre las grises aguas de la rada de Scapa. Bajo lo que en un principio, y debido a la niebla, no era más que un bosque de palos, comenzaron a surgir los cascos de las unidades de la otrora potente y orgullosa Hochseeflotte. Allí estaban los rebautizados cruceros *Nuremberg* y *Dresden*, émulos de los héroes de la batalla de Coronel frente a las costas de Chile, que aplastaron a la no menos orgullosa Flota inglesa que no había sufrida una derrota tan humillante desde 1741, cuando el español Blas de Lezo acabó con la numerosa escuadra de Edward Vernon en Cartagena de Indias. También estaban los cruceros de batalla *Von der Tann* y *Verrflinger*, encargados de localizar a la flota británica en Jutlandia y que soportaron estoicamente el castigo artillero de los buques de la vanguardia inglesa que causaron la muerte a más de un tercio de sus dotaciones. Los 74 buques internados en Scapa Flow a la finalización de la guerra se concentraban en la parte noroeste de la vasta ensenada. De entre ellos, fondeados en la parte sur, la más próxima a la derrota del bote en el que se desplazaba Comadreja, destacaban los cruceros de batalla que habían servido en Jutlandia a las órdenes del contralmirante Franz Von Hipper y que parecían querer mantener la primera línea de defensa de la flota o tal vez permanecían juntos como homenaje al *Lutzow*, buque insignia de Hipper hundido en la batalla. Sin sus gallardetes tremolando al viento y desprovistos de las grandes torres de artillería, los pesados buques alemanes parecían afligidos tigres desprovistos de sus garras. En medio del nutrido grupo de barcos que un día representó el intento de Alemania de equipararse a Inglaterra en la carrera de la construcción naval, el crucero ligero *Emden* aparecía como un barco más, a pesar de que se trataba del buque insignia del contralmirante Ludwig Von Reuter, que debido a las restricciones impuestas por los británicos no estaba autorizado a ondear ningún gallardete ni tremolar bandera alguna. Tras identificarlo en medio del grupo de buques rendidos, Albert lo contempló con compasión mientras remaba. A pesar de que el sheriff Grinnell le había autorizado a desplazarse en bote por la rada para sus observaciones ornitológicas, no estaba autorizado a detenerse ni a acercarse a menos de una milla de los buques, custodiados en todo momento por patrullas inglesas en botes a motor; por eso, sin dejar de remar en ningún momento, Albert contemplaba al Emden sabedor de que en algún oscuro compartimento del barco el almirante alemán lamentaba dolorosamente su derrota.

Tratándose de un crucero ligero, el *Emden* no era ni mucho menos el mayor de los buques internados, pero si el más moderno, pues había sido construido apenas un par de años atrás, a la finalización de la batalla de Jutlandia. Y aunque no pudiera verlo, Albert sabía que en la cubierta del castillo de proa incorporaba la pintura de una enorme cruz de hierro en memoria del crucero del mismo nombre hundido por una unidad naval australiana al principio de la guerra en la batalla de Cocos, en el lejano océano Índico. Dando un último impulso a la boga, el relojero depositó los remos en el interior del bote, que siguió deslizándose por las serenas aguas del fondeadero gracias a su inercia. Manteniendo el equilibrio con las piernas, Albert se irguió y se quitó la chaqueta, aunque se dejó la bufanda gris que le rodeaba el cuello. Después de doblar y colocar la chaqueta sobre la bancada, se sentó, volvió a echar los remos al agua y continuó bogando con brío en demanda de la isla de Hoy, ignorando la triste presencia de los buques alemanes.

Obtenido el consentimiento de la marinería, el contralmirante Hugo Meurer, en representación del almirante Franz Von Hipper, informó al Almirantazgo que la Flota de Alta Mar alemana estaba en condiciones de iniciar el que habría de ser su último viaje, y en la noche del 15 de noviembre de 1918, el formidable grupo de buques de guerra puso proa al norte en dirección al Firt of Forth, donde se rindió formalmente al almirante Beatty, de cuyos labios Meurer supo que la flota sería internada en Scapa Flow hasta la finalización de las negociaciones de paz. Con el objetivo de humillarlo por su participación en la batalla de Jutlandia, que costó a los ingleses la pérdida de catorce buques y más de seis mil vidas, el Almirantazgo exigió al Estado Mayor alemán que Hipper se hiciera cargo de conducir los barcos alemanes hasta Scapa Flow, pero el almirante alegó problemas de salud y finalmente el elegido fue el contralmirante Ludwig von Reuter, que fue recibido seis días después por su homólogo Reginald Tyrwhitt a bordo del Cardiff, en el Firt of Forth. Finalmente, el 25 los alemanes fueron escoltados hasta la rada de Scapa Flow por 370 buques aliados. En total los alemanes sumaban 70 unidades, pues el acorazado *Konig* y el crucero ligero *Dresden* tenían averías y se quedaron rezagados, mientras que un destructor tropezó con una mina al garete y se hundió. Una vez fondeados en Scapa, entre unidades rezagadas y otras que habían permanecido averiadas en Alemania, la Flota del Reich alcanzó el número final de 74 barcos, que fueron obligados a arriar todo tipo de banderas, insignias y gallardetes nada más echar el ancla en el fondeadero, y pocos días después les fue desmontada la artillería.

Inicialmente los buques internados quedaron bajo la custodia de la Fuerza de Cruceros de Batalla con base en Scapa Flow, pero muchos de los marinos que ejercían de carceleros habían estado en Jutlandia y la mayoría tenía alguien a quien vengar, de modo que los alemanes comenzaron a sufrir todo tipo de humillaciones y vejaciones, por lo que fue el propio comandante de este grupo de protección el que pidió al Almirantazgo que la tutela de los más de veinte mil marinos alemanes quedara bajo de la responsabilidad de otros cuerpos de la Marina que no se hubieran visto implicados en los horrores de los combates navales. La situación de los prisioneros, más allá de las humillaciones a las que eran sometidos a todas horas, era de completa desmoralización, pues pasaban las horas en un estado de ociosidad y hacinamiento lamentables. Faltos de disciplina y sin ningún tipo de adiestramiento o entretenimiento más allá de la pesca, los marinos tenían que permanecer a bordo de sus buques día tras día, ya que no se les permitía bajar a tierra ni moverse entre las unidades fondeadas, y las únicas distracciones eran la llegada del rancho y la del bote de la oficina postal.

La comida era enviada desde Alemania dos veces al mes. Era de baja calidad y solía llegar abierta por los marineros ingleses encargados de su distribución, que se quedaban con las mejores raciones y escupían y arrojaban inmundicias sobre el resto. En cuanto al servicio postal, era lento y estaba intervenido; tanto el de entrada como el de salida solía ser censurado con unos rotuladores grasos que ocultaban el ochenta por ciento del texto de cada carta. Para celebrar el aniversario de la Marina imperial, Alemania envió una remesa de garrafas de brandy, pero sólo una de cada diez llegó a su destino con señales evidentes de haber sido manipuladas y despidiendo un fuerte olor a orín. La mayor parte de los 300 cigarrillos mensuales asignados a cada marinero alemán se perdían, y los pocos que llegaban solían estar mojados, pues no era raro que las cajas de tabaco cayeran accidentalmente al agua en el momento de ser embarcadas.

En estas condiciones, la moral a bordo era de lo más baja. Las órdenes del contralmirante Von Reuter pasaban por un comité de marinería que no pocas veces decidía revocarlas. El propio almirante, que llegó a Scapa a bordo del *Friedich der Grosse*, se vio obligado a pedir a las autoridades inglesas que lo trasladaran a otro barco en el que los marineros le guardasen un mínimo de respeto, y así fue como terminó embarcando en el *Emden*. En la enésima humillación, para trasmitir sus órdenes de régimen interno a los barcos fondeados, los ingleses pusieron a disposición de Von Reuter a un vagabundo local que solía estar bebido desde primeras horas de la mañana.

La salud de los marineros concentrados en Scapa era otro problema y el almirante era el mejor exponente de ello, pues se encontraba enfermo de cierta gravedad y apenas recibía auxilio médico. Existía un servicio de sanidad para atender a los veinte mil marinos alemanes, pero funcionaba caóticamente y como no había gabinete odontológico, eran muchos los que padecían trastornos dentales sin otro recurso que las herramientas del servicio de máquinas de los barcos.

Fue el propio empeño que pusieron los ingleses en humillar a los alemanes lo que habría de volverse en su contra. El vagabundo que se movía en bote entre los barcos fue contactado por agentes alemanes y gracias a él pudieron obtener algunas informaciones de interés, aunque Albert Oertel nunca se valió de este hombre, pues había conseguido incrustarse profundamente en el modo de vida inglés hasta convertirse en una pieza demasiado valiosa para exponerse. Por otra parte, la orden de Londres de reducir paulatinamente el número de marineros internados, ayudó a Von Reute a tomar sus decisiones, puesto que desde las primeras reducciones pudo ir desembarcando a los subordinados más revoltosos y poco a poco consiguió rodearse de un grupo de marinos de confianza, con el denominador común del respeto a su almirante y el rencor a los ingleses que no perdían ocasión de humillarlos a todos.

Albert Oertel alcanzó su destino en Hoy, amarró el bote y se dispuso a escalar las escarpadas laderas de la isla. Para su trabajo solía ayudarse de dibujos y fotografías que tomaba de las diferentes aves, plantas y yerbas que encontraba en su camino. Las patrullas inglesas que vigilaban el perímetro de la gran rada ya lo conocían, y aunque al principio le decomisaron el zurrón alguna vez para estudiar sus notas, ya hacía tiempo que habían dejado de molestarle. Cuando los encontraba en su camino acostumbraba a sentarse a compartir con ellos el termo de café o la petaca de whisky cuando hacía frío.

Aquella mañana, sin embargo, Albert no se topó con ninguna patrulla. Anduvo enfrascado en su trabajo tomando notas y haciendo dibujos de una colonia de gaviotas patiamarillas que había descubierto poco tiempo atrás, aunque apenas habían pasado un par de semanas desde la puesta y mientras las hembras permanecían incubando sus huevos en el nido, los machos se mostraban especialmente agresivos, por lo que prefirió no acercarse demasiado a los abruptos acantilados que escondían sus nidos. Tras realizar varios dibujos de sus observaciones y recoger algunas notas de campo se sentó en un risco, extrajo sus viandas del zurrón y se dedicó a almorzar absorto en la contemplación del océano y los contornos difusos de la costa septentrional de Escocia. Una vez hubo terminado de comer, recogió sus cosas y emprendió el camino de vuelta. El reloj acababa de dar las dos, y unas nubes grises y bajas amenazaban con descargar un aguacero, aunque pasaron de largo y el sol volvió a alumbrar el mar pálidamente. En el *Emdem*, buque insignia de Von Reuter, habían sacado las colchonetas a orear en cubierta y estas aparecían dobladas sobre los candeleros a lo largo de la eslora del crucero y, como si fuera una orden para el resto de unidades alemanas, los demás buques de la flota repetían obedientemente el gesto. Sonriendo para sus adentros, Albert aumentó el ritmo de la boga y una hora después atracaba de nuevo en el pantalán, donde amarró el bote antes de subirse a la bicicleta y regresar a Kirkwall. Desde luego, no tenía ninguna prisa, pero sí ganas de darse un baño caliente y preparar un buen plato de roast beef para la cena.

Capítulo 7

ENSENADA DE SCAPA FLOW, ESCOCIA
21 DE JUNIO DE 1919

Aquella mañana el contralmirante Ludwig von Reuter se despertó antes de que saliera el sol, lo que no se debió, como en otras ocasiones, al lacerante dolor que solía sentir en las vértebras como consecuencia de la hernia de disco que la guerra le había impedido tratar adecuadamente. Cuando su secretario se presentó el día anterior en su camarín para informarle de que el tipo que solía atravesar el lago a remo diariamente había detenido el bote unos instantes para quitarse la chaqueta, quedando abrigado solamente con una bufanda alrededor del cuello, supo que su momento había llegado al fin.

Desde que los ingleses le confinaron en aquella rada con sus buques, una idea había ido germinando en su cabeza hasta consolidarse en un proyecto que las humillaciones a las que se había visto sometido y el plan de los británicos de reducir progresivamente las dotaciones de sus barcos, no habían hecho más que ayudar a madurar.

A pesar de encontrarse aislado del mundo y sin comunicación alguna con su gobierno, Reuter sabía que el futuro de sus barcos se jugaba en París, en la que los ingleses habían dado en llamar pretenciosamente Conferencia de Paz, en realidad un conjunto de imposiciones humillantes que en asuntos de mar había supuesto que los 176 submarinos en estado operativo fueran distribuidos entre los países aliados en proporción directa a su esfuerzo de guerra.

Reuter sabía que los ingleses no se habían quedado con ninguno; a pesar de las alegaciones de los británicos en materia de sensibilidad a la hora de construir armamento, no le era desconocido que tal rechazo no obedecía en realidad a que consideraran a los submarinos un arma pérfida, sino a su deseo de encontrarse en posición ventajosa a la hora de repartirse las unidades de superficie concentradas en aquella rada en Escocia, sin embargo y por razones de higiene jurídica, el reparto no podía comenzar antes de que las conversaciones en París llegasen a algún tipo de acuerdo, pues, a pesar de su gesto aparentemente altruista de ceder los submarinos, los ingleses no encontraron en sus aliados la misma generosidad a la hora de repartir la magnífica flota de superficie alemana.

Al contrario que otras materias relativas al armisticio, el reparto de los buques alemanes se dilató durante meses sin que las grandes potencias aliadas consiguieran un acuerdo, pues tanto italianos como franceses pretendían quedarse con una cuarta parte de los buques, mientras que los ingleses querían quedárselos todos con la aparente intención de destruirlos. En realidad, el gobierno de Su Graciosa Majestad no estaba interesado en ellos como unidades de combate, pero ambicionaba el magnífico acero de los barcos alemanes y sus piezas de artillería, mientras que, por otra parte, era consciente de que si la Flota alemana pasaba a engrosar la lista de buques italianos y franceses, la Marina de estos países podría crecer hasta límites preocupantes, pudiendo llegar incluso a hacer sombra a la reputada Marina Real.

La posibilidad de que los alemanes pretendiesen hundir su propia flota antes que entregarla a los aliados no era ajena al Almirantazgo. Antes de marchar a su nuevo destino en Londres, el almirante David Beatty confió a Charles Madden, su homólogo y relevo al mando en Scapa Flow, sus sospechas de que Ludwig von Reuter pudiera estar tramando hundir sus propios barcos. En lo personal Madden estaba contento con el mando asignado. Scapa Flow era la base más importante del Imperio británico y más en aquellas circunstancias, con la Flota alemana anclada en la ensenada, pero era un tipo ambicioso y sabía que en tiempos de paz sería difícil medrar en destinos alejados del Almirantazgo, por lo que no sólo no podía cometer ningún error sino que tenía que hacer valer su trabajo a sus jefes en la lejana Londres, de modo que encargaba a su estado mayor todo tipo de planes relacionados con los buques alemanes y la custodia de la Kaiserliche Marine y sus dotaciones. Durante las primeras semanas en Scapa, Madden obligaba a sus hombres a patrullar de manera permanente entre las unidades alemanas y recibía cada seis horas un informe del francobordo de todos los buques y de cualquier detalle que pudiese hacer sospechar que su calado sufría una variación injustificada. Madden sabía que en Londres había un grupo de almirantes que no aprobaba la decisión de Beatty de que las dotaciones alemanas permaneciesen a bordo de los buques, puesto que inicialmente se había pensado que estos quedasen sin servicio y que las tripulaciones fuesen concentradas en unas barracas levantadas al efecto en la isla de Nigg. Finalmente se impuso el criterio de Beatty, pero Madden sabía que aunque no hubiese tomado parte en el proceso de la decisión, si se producía cualquier eventualidad que diese la razón al grupo de opositores a Beatty, la responsabilidad sería exclusivamente suya, por lo que pasaba los días contemplando los buques alemanes desde su despacho a través de los binoculares como un carcelero desconfiado, impartiendo órdenes constantemente al contralmirante Fremantle, comandante de la primera escuadrilla de combate, grupo naval a cargo de la ejecución de las órdenes de Madden.

El paso de los meses sin que en París se llegase a acuerdo alguno relajó la vigilancia de los ingleses, pero no las intenciones de Von Reuter, que en enero empezó a perfilar un plan para hundir sus barcos, pendiente de la aprobación de uno de los oficiales de alto rango que permanecían en Berlín al frente de la descabezada Marina alemana, el capitán de navío Erich Raeder. A través del correveidile que los ingleses habían puesto a su servicio, Reuter consiguió hacer llegar una señal cifrada a los agentes al servicio de Alemania y la respuesta acababa de recibirse el día anterior, cuando el individuo del bote se quitó la chaqueta y permaneció con la bufanda, momento en que Reuter supo que la firma del tratado de paz se llevaría a cabo al día siguiente. Las colchonetas que sacaron a orear posteriormente en los distintos buques alemanes no era sino la orden a todos los comandantes de permanecer atentos para hundir los barcos al día siguiente. En su libro de órdenes, Reuter escribió: "Es mi intención hundir los buques si el enemigo intenta apoderarse de ellos sin el consentimiento de mi gobierno…".

Por su parte, cuando el almirante Madden supo el día 13 de junio que las negociaciones culminarían en un tratado que habría de firmarse en Versalles el 21, decidió inmediatamente robustecer las medidas de seguridad y ordenó a Fremantle que la primera escuadrilla de combate permaneciera encendida y lista para intervenir si la Flota alemana daba signos de intentar hundir sus barcos. Con la intención de obtener el mayor rédito de sus tareas, Charles Madden informó a Beatty que, aunque los buques alemanes no ofrecían signos preocupantes, tampoco había señales que indicaran que estuvieran dispuestos a aceptar los términos de paz, por lo que había previsto intensificar las medidas de vigilancia a partir del 17 de junio. En el mismo informe, Madden indicaba que los buques de Fremantle estaban preparados para apoderarse de la Flota alemana en la medianoche del 21 al 22 de junio, en cuanto los acuerdos de Versalles se anunciaran públicamente.

Para su desgracia, el «Plan Madden», como el propio almirante había decidido llamar a la directiva que recogía sus órdenes, utilizaba como referencia un día D y una hora H flexibles, referidos en principio a la medianoche del 21 de junio. Sin embargo, como quiera que la fecha de la firma se retrasó inicialmente al 23 y más tarde al 27, el plan de refuerzo de la vigilancia pasó automáticamente del 17 al 19 y luego al 24, y la hora fijada para ocupar los buques alemanes por la fuerza, prevista inicialmente para la medianoche del 21, saltó al 23 antes de ubicarse definitivamente en la medianoche del 27. Un error tan simple hizo que Reuter se adelantara a todos y, además de hundir sus barcos, tirara por la borda la carrera naval que Madden había cuidado con tanto esmero.

Lógicamente Reuter no fue informado de los aplazamientos de la firma de un tratado que ni siquiera sabía que se iba a rubricar en Versalles. Por eso, la noche del 20 al 21 apenas pudo conciliar el sueño, pues su cabeza daba vueltas obsesivamente, empeñada en repasar una y otra vez hasta el último detalle de su plan. Finalmente, a las diez de la mañana del 21 de junio apareció en la cubierta principal del *Emden* enfundado en su uniforme de gala. Tras una breve arenga a sus hombres ordenó a su secretario que pusiera en marcha el plan que había dado en llamar «Ehre»[3]. De inmediato el secretario se dirigió a los señaleros y estos, utilizando trapos a modos de banderas de mano y a pesar de que las señales entre barcos estaban prohibidas por los ingleses, comenzaron a emitir la orden de preparase para hundir los buques. Poco a poco sobre las cubiertas de acero de las unidades navales alemanas comenzaron a aparecer marinos de todo rango vestidos con sus uniformes de gala.

A pesar de los obsesivos planes y alertas de Madden, de manera sorprendente los marinos ingleses encargados de vigilar los buques alemanes aquella mañana no supieron interpretar los movimientos en cubierta de sus dotaciones. Entre los marineros ingleses circulaba que los alemanes tenían una tendencia obsesiva a enfundarse los uniformes de gala: que si el día de la fiesta nacional, que si la onomástica del emperador o el amplio elenco de festividades religiosas que salpicaba su calendario epistolar; al verlos aparecer en las cubiertas de sus buques vestidos de etiqueta, los botes a motor en los que los ingleses llevaban a

3   Honor

cabo la vigilancia de sus prisioneros, comenzaron a circular por entre los barcos fondeados haciendo todo tipo de burlas. Alguien puso en circulación que en la mitología teutona la llegada del solsticio se consideraba un día especial en el que los viejos dioses Odín y Thor prodigaban todo tipo de venturas a su pueblo, y los ingleses arreciaron en sus ridiculizaciones sin que nadie llegara a interpretar la verdadera importancia de lo que estaba a punto de suceder.

Tuvo que ser el puntilloso capitán de navío Müller, jefe de gabinete de Madden, el que tomara conciencia de la situación, cuando a través de los binoculares imaginó lo que estaba sucediendo en el fondeadero. Un impulso le llevó a dar novedades a su jefe, pero Madden se había encerrado en su despacho a la espera de una llamada de Beatty y sabía que en tales condiciones el almirante acostumbraba a mostrar su furia si no había un motivo suficientemente serio para interrumpirle. Impaciente, Müller esperó frente al despacho de Madden hasta que el piloto verde de su puerta anunció que el almirante estaba visible, lo que sucedió exactamente cinco minutos antes de las once, y como no tenía más remedio que suceder, Madden reaccionó enérgicamente amenazando a su jefe de gabinete con enviarlo a la India mientras ordenaba a Fremantle que sus buques levaran anclas a toda prisa.

Apenas cinco minutos después de que Madden interpretara las intenciones de los alemanes, Reuter envió a sus buques la señal que esperaban para echarlos a pique, señal que saltó de barco a barco hasta que fue interpretada por todos. A lo largo de la noche los barcos alemanes habían abierto las válvulas de fondo y se habían roto las tuberías de conducción de agua. Para ayudar a su hundimiento, todos los portillos y puertas estancas permanecían abiertos y se habían horadado profusamente los cascos por debajo de la línea de flotación.

Los primeros efectos empezaron a hacerse visibles hacia el mediodía, cuando el acorazado *Friedrich der Grosse* comenzó a escorarse a estribor. En ese momento la bandera imperial ascendió buscando el pico del mástil del *Emdem*, maniobra que fue repetida sistemáticamente en todos los buques ante los vítores de los marinos reprimidos durante tantos meses.

Los ingleses no daban abasto. Tenían un plan, pero no se habían adiestrado en su ejecución y se veían impotentes para refrenar los ímpetus patrióticos de sus prisioneros. En realidad, la fuerza de Fremantle no era la más adecuada para someter a los buques alemanes: cinco destructores, uno de los cuales estaba parado por obras de mantenimiento, siete pesqueros oceánicos armados y una docena de botes a motor que fueron los primeros en dirigirse a reprimir el intento alemán de fondear sus naves, pero que se veían impotente a la hora de colocar las escalas que les permitieran acceder a las cubiertas de los buques fondeados.

El *Friedrich der Grosse* fue el primero en irse a pique, lo que sucedió un cuarto de hora después del mediodía, y el *Konig Albert*, otro acorazado de la misma clase, le siguió media hora después. La confusión se apoderó de los ingleses que no acertaban a encontrar el método para impedir el desastre. En la franja horaria entre la una y las dos de la tarde se hundieron otros nueve buques de gran tonelaje. Siguiendo órdenes del almirante Madden, el resto de la escuadra inglesa se unió a sus unidades en el intento de impedir la maniobra de los buques alemanes, pero ahora los centinelas ingleses se tenían que repartir entre los que trataban de impedir que las unidades alemanas continuaran desapareciendo bajo las aguas y los que tenían que recoger de la superficie del mar a los sonrientes náufragos alemanes. Cuando los británicos se dieron cuenta de que era mejor esperar a que, medio hundidos, los barcos alemanes fueran más accesibles, se decidieron a saltar a bordo de estos y mediante arriesgadas maniobras de remolque comenzaron a vararlos en tierra. Pese a sus enconados intentos por evitarlo, von Reuter no fue capaz de impedir que su buque insignia fuera arrastrado y varado en la arena de una pequeña playa en la isla de Hoy. Hacia las cinco de la tarde el crucero de batalla *Hindenburg* se encajó en el fango de la ensenada en apenas doce metros de fondo, de manera que su bandera permaneció ondeando orgullosamente al viento. Fue el último buque en hundirse y su viaje postrero fue aplaudido por un grupo de náufragos alemanes a bordo de un bote. Irritado, un suboficial inglés al mando de un pesquero disparó contra el bote matando a once alemanes. Fueron las últimas víctimas de la guerra casi un año después de terminada.

En total se hundieron 15 de los 16 acorazados, 5 de los 8 cruceros y 32 de los 50 destructores, es decir, 52 de las 74 unidades confinadas. El resto de los buques permaneció a flote, aunque quedaron seriamente dañados o sometidos a escoras difíciles de corregir, en algunos casos sobre las peladas rocas que circundaban la bahía. Cerca de dos mil alemanes fueron detenidos y repartidos entre la cercana prisión militar de Invergordon y el campo de prisioneros de Nigg. El contralmirante Fremantle insistió en que fueran tratados como prisioneros sin ningún tipo de privilegio, pues los acusaba de haber roto los términos del armisticio. Ludwig von Reuter fue conducido junto a sus oficiales superiores a bordo del *Revenge*, buque insignia de Fremantle, donde recibió fuertes críticas que el almirante alemán recibió impertérrito en posición de firmes.

El hundimiento de los buques alemanes confinados en Scapa Flow indignó a los aliados y tuvo importantes repercusiones en los términos finales de los acuerdos que se firmaron seis días después en Versalles. La prensa británica hizo sangre del asunto y durante semanas los almirantes ingleses involucrados recibieron severas críticas y fueron blanco de humillantes y satíricas tiras cómicas en la prensa. Su reacción fue muy parecida en la mayoría de los casos, limitándose a culpar a sus subordinados más inmediatos. Procurando no hacer ruido, el Almirantazgo fue relevándolos de sus destinos y poco a poco todos fueron enviados a la reserva. El discurso que Fremantle leyó a von Reuter en la toldilla del *Revenge*, iba dirigido, en realidad, a los oídos de sus jefes en un patético intento de salvarse de la quema:

Almirante von Reuter: No puedo permitir que usted y sus oficiales abandonen la custodia naval sin expresarle mis sensaciones por la forma en que ha violado el honor común y las tradiciones más sublimes de los marinos de todas las naciones. Con un armisticio establecido, reanudó las hostilidades sin previo aviso al izar la bandera de Alemania en los buques internados y procedió a hundirlos y destruirlos. Ha manifestado que consideraba que el armisticio había terminado, pero no tiene justificación alguna para esa suposición. Usted hubiera sido informado por mí del término del armisticio y de si los representantes de su nación hubieran firmado o no el tratado de paz. De hecho, habría recibido noticias tan pronto como yo hubiera recibido información oficial de mi gobierno. Por su conducta ha añadido una más a las violaciones de la buena fe y el honor de que Alemania se ha hecho culpable en esta guerra. Comenzando con una violación del honor militar en la invasión de Bélgica y ter-

minando con la rotura del honor naval. Usted ha probado a los pocos que dudaban que la palabra de la nueva Alemania no es de fiar. La opinión acerca de su acción en su país, no la sé. Yo solo puedo expresar la que creo es la opinión de la Marina de Su Majestad, y la de todos los marinos excepto los de su nación. Ahora, lo transferiré a la custodia de las autoridades militares británicas como prisionero de guerra culpable de una flagrante violación del armisticio.

Sin deshacer su posición de firmes sobre la cubierta de madera del buque británico, un hierático von Reuter respondió lacónicamente el florido discurso de su carcelero:

Comunique a sus jefes que no puedo aceptar los términos que contiene su discurso y que mi sentimiento es muy diferente al suyo. Yo soy el único responsable del acto realizado, y estoy seguro de que, en mi lugar, cualquier oficial británico hubiera actuado de la misma manera.

Capítulo 8

KIRKWALL, ESCOCIA
1923

En el verano de 1923 se cumplieron cinco años desde que Albert Oertel se instalara en Kirkwall, y el relojero se sentía plenamente integrado en la comunidad de la pequeña capital de las islas Orcadas. Después de mucho tiempo funcionando erráticamente, el reloj de la catedral de St. Magnus volvía a dar las horas con precisión gracias a sus cuidados y su habilidad como relojero había traspasado las fronteras de la ciudad, hasta el punto de que empezaba a recibir encargos de las islas vecinas y de algunos pueblos norteños de la Escocia continental.

Hacía cerca de un año que había conocido a Aileas McAmis, viuda de un condestable de la Royal Navy muerto en combate en la Gran Guerra, y su relación era conocida y aprobada por todos los vecinos de Kirkwall. El decoro de la época veía con malos ojos la convivencia entre parejas no oficializadas en el altar, pero eran tiempos difíciles y las viudas de guerra gozaban de cierta indulgencia. La minúscula asignación que el Ministerio de la Guerra daba a las mujeres de los caídos en combate, se complementaba con la anuencia de los vecinos a sus escarceos amorosos, siempre que estos estuvieran relacionados con ciudadanos reconocidamente patriotas, responsables y de buenas costumbres. Por otra parte, Aileas McAmis, a la que todos conocían como Aily, cuidaba de su pequeña hija Rebeca con su raquítica asignación y el dinero que ganaba regentando una pensión que solía alojar a los marinos que iban y venían a la base de la Royal Navy. Aunque Albert era quince años mayor que ella, Aily no tardó en interpretar que aquel hombre educado, culto y sin vicios conocidos, más allá de sus infatigables paseos al amanecer a lo largo y ancho de las islas de la comunidad, podría ser un buen padre para la pequeña Rebeca, a la vez que un oportuno reposo para la dura existencia de la madre.

Por su parte, Albert se adaptó plácidamente al aburguesamiento de su nueva vida. En los últimos años había recibido una única comunicación desde Alemania, señalándole que mantuviera el puesto a pesar de que en esos momentos no pudieran hacerle llegar los emolumentos convenidos. Para él, el dinero era lo de menos. Llevaba una vida frugal y la fama alcanzada por su taller de relojería más allá de los límites de Kirkwall suponían unas ganancias inesperadas que le permitían vivir sin lujos, aunque también sin privaciones. Por otra parte, la irrupción de Aily en su vida se tradujo en un vuelco a la monotonía que la había presidido hasta el momento. No habiendo nada que observar ni informar en Scapa Flow, sus paseos matinales por las distintas islas que rodeaban el fondeadero de la base inglesa no tenían razón de ser, pero tampoco podía suspenderlos repentinamente como si su pasión por las aves hubiera desaparecido de un día para otro, y además no era descartable que los que le pagaban y retenían por mor de sus secretos, volvieran a recabar sus servicios en el futuro. La llegada de Aily a su vida le permitió disminuir la frecuencia de sus excursiones sin que nadie llegase a sospechar de sus actividades, o al menos eso sugerían las palabras picantes de sus amigos en el Gran Grifón después de las primeras cervezas. En cualquier caso, y a pesar de que las normas sociales de la pacata sociedad escocesa solían relajarse cuando se trataba de mujeres que habían perdido a sus maridos en la guerra, a Albert le gustaba ser fiel a las reglas de la discreción y la prudencia, de modo que él seguía ocupando su piso y Aily continuaba viviendo con su hija en el pequeño apartamento anexo a su pensión. Algunas noches, cuando se sentía demasiado solo o había bebido unas cervezas en el pub, se dirigía a la pensión para pasar la noche al calor del cuerpo menudo de Aily, abandonando su cama con las primeras luces para dirigirse en su bote a la observación de las aves en los escarpados acantilados de la costa. La llegada a Kirkwall de Ernest Cox, alivió todavía más su situación.

El señor Cox era un ingeniero procedente de Wolwerhampton, cincuentón, espigado y con el bigote de un actor de la Urban Corporation. En 1921 montó un pequeño astillero en Queenborough, una isla situada en el estuario del Támesis, y durante un par de años se dedicó a la compraventa de barcos de pesca y al desguace de pequeñas unidades de hierro. Por Queenborough habían pasado los acorazados ingleses *Erin* y *Orión,* cuando la explosiva subida del precio de la chatarra hizo ver a Cox que el dinero yacía sumergido en el fondo del mar, y de entre todos los pecios el acero Krupp de los buques alemanes hundidos en Scapa Flow constituía el mayor de los tesoros.

En el verano de 1923, el ingeniero inglés se asoció con el magnate George Danks y ambos negociaron un acuerdo con el Almirantazgo por el que, a cambio de 259 libras, se hicieron con los 32 destructores hundidos en Scapa y también con los cruceros de batalla *Hindenburg y Seydlitz*, naufragios que sobresalían del fondo del mar como pequeños islotes y constituían un peligro para la navegación en la bahía. Para la recuperación de los 34 buques compraron un antiguo dique flotante de la Marina alemana, y Cox diseñó una novedosa técnica de rescate consistente en el sellado de todos los orificios del casco y el posterior bombeo de aire comprimido desde la superficie al interior de los buques hundidos.

La llegada de Cox constituyó una pequeña revolución en Kirkwall, pues la mayoría de los varones de la localidad consiguió trabajo en la Cox & Danks Ltd., donde se empleaban de una u otra forma en las labores de reflotación de los buques alemanes. Albert Oertel fue uno de los contratados, y como quiera que el ingeniero inglés se alojó en las instalaciones de la Marina británica en Scapa Flow, donde consiguió que le dejaran hacer uso de la antigua sala del estado mayor para sus reuniones de planeamiento de los trabajos de rescate, el relojero pudo hacerse una idea del funcionamiento de la base y sus locales principales en tiempo de guerra.

Desde el primer día de trabajo, Albert sufrió una transformación personal. Después de participar activamente en la construcción del viejo *Lusitania* en los astilleros de John Brown & Co. veinte años atrás, tenía una idea bastante precisa de los trabajos que Cox pretendía llevar a cabo. Además, una de sus responsabilidades durante la construcción del poderoso trasatlántico de la Cunard Line, fue el diseño de la estabilidad y la estanqueidad, por lo que durante el planeamiento de las operaciones de rescate de la Flota alemana tuvo que morderse la lengua muchas veces para no exponer las ideas que le pasaban por la cabeza; al fin y al cabo en aquella pequeña localidad al norte de Escocia no era más que un sencillo relojero aficionado a la ornitología.

El primer buque en salir a flote fue el destructor V-89, que tuvo que ser remozado antes de entregarlo a la Marina británica en un solemne acto público al que asistieron una buena cantidad de autoridades venidas de Londres. En realidad, el destructor sólo había sido acondicionado exteriormente, sin que en el interior, sobre todo en la sala de máquinas, donde el buque había quedado completamente arruinado, se le tocara un solo mamparo. Una vez en su poder, el Almirantazgo utilizó el V- 89 en unos ejercicios de tiro en alta mar en los que el viejo buque alemán no tardó en irse a pique por segunda vez en su historia. El mensaje estaba claro: eran los ingleses los que hundían los barcos alemanes y no ellos mismos. Después del V-89, la cuadrilla de trabajadores contratada por Cox & Danks Ltd. tardó año y medio en reflotar la totalidad de los destructores, la mayoría de los cuales fueron desguazados sobre la marcha, aunque unos pocos se entregaron a los aliados en virtud de ciertas cláusulas acordadas en Versalles.

El rescate de los cruceros de batalla fue otra cosa. Los costes de reflotado del *Hindenburg* ascendieron a treinta mil libras, muy por encima de la cantidad presupuestada, y para colmo, una huelga de los mineros del carbón estuvo a punto de suspender las operaciones, pero Cox se encontró con un regalo inesperado cuando vio que las carboneras del crucero de batalla alemán estaban repletas del magnífico mineral de la cuenca del Ruhr, y de ese modo pudo mantener el ritmo de sus máquinas mientras duró la huelga.

Pero sus desgracias no habían hecho más que empezar. Si el rescate del *Hindenburg* había salido caro, el del *Seydlitz* lo fue todavía más, pues una vez a flote se fue de nuevo a pique arrastrando consigo parte de los equipos de rescate, sin embargo, lejos de desanimarse, Cox volvió a reflotarlo en posición invertida y se fotografió sobre su quilla una vez el buque estuvo otra vez en superficie. La foto apareció en todos los periódicos y revistas inglesas.

Además de dar trabajo a prácticamente toda la ciudad, Ernest Cox supo ganarse a los vecinos de Kirkwall convirtiéndose en un entusiasta miembro de la comunidad. A pesar de que el rescate de los buques alemanes estaba siendo deficitario, cuando a Kirkwall le tocó adecentar el cementerio de los españoles en la isla de Fair, Ernest concedió una semana de vacaciones pagadas a sus trabajadores y los acompañó a la isla, donde trabajó como uno más y aún tuvo el detalle de sufragar los gastos de adecentamiento del camposanto. Los sábados por la noche se reunía con sus nuevos vecinos en el Gran Grifón, donde alzaba su jarra de cerveza para celebrar el final de la semana como cualquiera de ellos.

—¿Señor Cox, cuándo sintió el impulso de rescatar buques del fondo del mar? ¿Estudió usted para ello?

El que preguntaba era Douglas McIntosh, farero de la isla de Samphrey, de donde salían los haces de luz que guiaban a los ferris que partían de Kirkwall en dirección a las localidades vecinas de Lerwick y Aberdeen.

—Señor McIntosh —respondió Cox después de dejar la jarra de cerveza sobre la barra—. En realidad podríamos decir que nunca sentí tal impulso. Sencillamente, al terminar la guerra pensé que podría ser un buen negocio. Y en cuanto a mi preparación, nunca fui un estudiante brillante, de hecho dejé los estudios a los 13 años para ponerme a trabajar, aunque luego me arrepentí y me dediqué a estudiar en mis ratos libres. Fue así como conseguí el título de ingeniero en electricidad, como ve, nada relacionado con el acero sumergido en el fondo del mar.

—Vamos, señor Cox, no sea modesto, aunque Kirkwall sea sólo un pequeño pueblo perdido en mitad de la nada, su fama le precede. Sabemos que obtuvo rutilantes éxitos en cuantos campos se empeñó —el que hablaba así era Mark Grinnell, sheriff del condado.

—Puede ser —contestó Ernest Cox exhibiendo una sonrisa cautivadora—. Depende de lo que entienda usted por la palabra éxito, y sobre todo por ese adjetivo tan sonoro. ¿Cómo ha dicho?

—Rutilante —contestó Grinnell devolviéndole la sonrisa.

—Es cierto que algunas cosas que emprendí me salieron bien, sin embargo otras muchas que no aparecieron en la prensa resultaron fracasos estrepitosos.

—Dicen que ganó su primer millón con 19 años —insistió el sheriff.

—Habladurías. No crea las cosas que se dicen por ahí. Con 18 años yo era un simple operario de la Central Eléctrica de Wolwerhampton, lo que pasa es que aquel era un trabajo en el que aprendí mucho, y sobre todo tuve una idea que me hizo ganar mucho dinero. Pero nunca he sido millonario.

—¿Y cuál fue esa idea, señor Cox? —intervino el Padre Kenneth, interesado súbitamente en la conversación.

—Un grupo de ingenieros pensamos que utilizando una serie de filtros en su generación, la corriente eléctrica podría ser conducida a los hogares ingleses.

—¿Y eso le hizo ganar dinero? —retomó la palabra el sheriff, interesado por encima de todo en la cuestión pecuniaria

—Mucho. Y aún pudimos haber ganado más si el gobierno no nos hubiera impuesto tantas limitaciones. Sólo nos permitieron llevar el experimento a hoteles, regimientos militares y fábricas. Cuando vieron que el invento funcionaba y el mucho dinero que podía reportar, los tiburones de la cámara de los lores se reservaron la parte principal del pastel. Hoy son todos millonarios y han entrado en la historia con el título de benefactores de la patria.

—Eso está a la orden del día, pero no explica su repentino interés en los barcos hundidos —se dejó oír de nuevo la voz del farero McIntosh.

—Eso vino más tarde. En 1913, con treinta años recién cumplidos, me asocié con Tommy Danks, un primo de mi mujer. Cox & Danks Ltd. es la compañía que ahora le paga a usted y a muchos otros, pero antes de dedicarnos al negocio de los barcos hundidos, firmamos un contrato con el Ministerio de la Guerra para la manufactura de munición de alto calibre. Nos fue bien, y también podíamos haber ganado mucho dinero, pero alguien extendió la sombra de la duda sobre la compañía y tuvimos que disolverla, de modo que otra vez fueron otros los que se aprovecharon de un trabajo que habíamos iniciado Tommy y yo; según mi socio, los personajes que se hicieron ricos en la sombra fueron los mismos tiburones de la cámara de los lores.

—¿La sombra de la duda? ¿Qué ha querido decir exactamente, señor Cox? —Preguntó el Padre Kenneth.

—Espías —susurró el ingeniero bajando súbitamente la voz—. Alguien nos acusó de tener informadores en la compañía al servicio de los alemanes. El MI-6 investigó a fondo y no encontró nada, pero el estigma de la duda nos hizo mucho daño. Por aquel entonces se pensaba que los espías alemanes eran tan profesionales que resultaba prácticamente imposible detectarlos. Por eso bastó la simple insinuación, para que quedáramos tocados hasta el punto de vernos obligados a revocar el contrato.

En este punto de la conversación, todos giraron el rostro en dirección al sheriff Grinnell, que se alineaba de tal modo con la teoría de los silenciosos espías alemanes que solía defender que durante los últimos años de la guerra, un agente al servicio de los alemanes había conseguido instalarse en la comunidad para informar de los movimientos de la Flota inglesa. Según sus palabras, el espía nunca fue reconocido y desapareció con los desplazamientos migratorios que siguieron al final de la guerra.

—Tal vez fuera ese Redl que tanto te gusta mencionar, Mark —dijo el Padre Kenneth sonriendo y pidiendo otra pinta de cerveza—. Es una pena, me hubiera gustado oír de sus propios labios esa historia que tanto te fascina.

Mark Grinnell se removió nervioso. Sabía que la historia del espía infiltrado en la comunidad de Kirkwall contaba con muchos detractores, algo lógico, dado que nunca se había encontrado la menor evidencia del mismo. En esas condiciones, apostar porque el misterioso espía de Kirkwall pudiera haber sido el mismo Redl era llevar las cosas demasiado lejos.

Alfred Redl fue un oficial del Ejército austrohúngaro que durante su carrera sirvió muchos años en Inteligencia Militar, la mayor parte del tiempo como jefe de los servicios de contraespionaje del Imperio alemán. Fue una de las figuras más importantes en el mundo del espionaje durante los años previos a la Primera Guerra Mundial;

su paso por el servicio de contraespionaje estuvo marcado por la innovación y promocionó el uso de las tecnologías más avanzadas de su tiempo con el fin de detectar y neutralizar agentes extranjeros infiltrados en su país. Sin embargo, el oficial nacido en Lemberg, en el corazón del imperio, resultó a su vez uno de los mayores y más importantes espías al servicio de los rusos desde que fuera captado por un joven agente de este país bajo la amenaza de hacer pública su condición de homosexual. Atrapado por el chantaje al que era sometido, llevó la vida de un sátrapa gracias a los ingresos que le reportaba su traición, y acabó vendiendo secretos militares a los agentes franceses e italianos. Descubierto poco antes del inicio de la Primera Guerra Mundial, la versión oficial de los alemanes fue que se había suicidado en un rapto de honor en la habitación de un hotel ante los oficiales que lo habían descubierto.

Sin embargo, hubo otra versión que no tardó en circular rápidamente debido a su publicación en un periódico local de Praga, lugar donde supuestamente se había suicidado el espía. Al parecer, cuando los servicios secretos del imperio descubrieron el doble juego de su agente estrella corrieron a registrar su casa, pero era domingo y les tomó tiempo encontrar un cerrajero que abriera la puerta. Quiso el destino que el cerrajero avisado fuese jugador de un equipo de futbol amateur en sus ratos libres, y debido a los servicios que hubo de prestar a los militares, ese domingo no se presentó a jugar, lo que motivo la cólera del presidente del club, Erwin Kisch, el cual era, además, periodista de un conocido medio de la capital austríaca. Cuando Kisch supo lo que había estado haciendo su jugador e identificó la residencia como la casa del coronel Redl, su olfato profesional se disparó. El cerrajero contó que mientras duró su trabajo en el domicilio del coronel, los hombres que lo habían contratado susurraban nerviosos palabras de las que se desprendía la condición homosexual y la traición del jefe de los servicios de contraespionaje, sin embargo, según aseguró al señor Kisch, ese domingo los oficiales hablaban de Redl en presente, cuando la versión oficial posterior aseguró que se había suicidado el día anterior. Además, según escribió Erwin Kisch en su crónica del lunes, que constituyó un bombazo informativo, no tenía sentido que los oficiales que habían descubierto su doble juego alentasen su suicidio sin haberle interrogado antes en profundidad para saber qué secretos había vendido a las potencias extranjeras. Kisch proponía que la historia del suicidio era una pantomima y que en realidad Redl había sido confinado en Berlín, donde sufrió todo tipo de presiones para llegar a conocer el verdadero alcance de su delación. En cualquier caso, el coronel era un agente demasiado valioso como para perderlo ante un pelotón de fusilamiento, por lo que muchos pensaban que era posible que el imperio lo hubiera infiltrado en cualquiera de los países aliados con los que Alemania estaba a punto de iniciar una guerra. Y dado que el doble espía dominaba la lengua inglesa, algunos pensaron que podría haber sido infiltrado en este país, en un lugar alejado de las noticias de Europa, y para el sheriff Grinnell ese lugar era Kirkwall, pues según contó una vez finalizada la guerra, al principio de la misma había recibido una notificación del Ministerio de la Guerra en la que se aseguraba que un espía al servicio de los alemanes podía estar trabajando para estos desde los alrededores de la Base Naval de Scapa Flow, objetivo prioritario de la Kaiserliche Marine.

—En cualquier caso —completó Grinnell con resignación—. Si el espía fue Redl o cualquier otro bastardo alemán carece de importancia, fuera quien fuese hizo su trabajo de forma tan sigilosa que nunca tuvimos la menor sospecha de ningún vecino de la localidad.

—Y bueno —añadió Ernest Cox incorporándose de su asiento—. Tampoco debió ser un espía demasiado bueno. Por lo que he sabido, hubo dos ataques de submarinos alemanes a la Base Naval, ambos fallidos. Si fueron dirigidos por ese hombre, tal vez deberíamos felicitarle.

La carcajada que siguió a sus palabras fue el preludio del fin de la reunión. Cox se disculpó diciendo que al día siguiente tenía trabajo y debía descansar unas horas y el Padre Kenneth tenía que preparar el oficio religioso del domingo. Poco a poco todos fueron abandonando el Gran Grifón bajo sus capotes, protegidos de la lluvia por sombreros de ala ancha.

Por su parte, Albert Oertel se dirigió a la pensión de Aily. La pasión que le producía la certeza de que esa noche dormiría cálidamente al contacto con el delicado cuerpo de la mujer con la que compartía su vida, no fue suficiente para hacer desaparecer de su rostro la palidez que le producían las sospechas del sheriff. Con el miedo metido en el cuerpo, se despidió de sus amigos después de calarse el sombrero y se dirigió a la casa de la viuda con el corazón latiéndole vertiginosamente.

Capítulo 9

ALEMANIA.1923

En 1923, Alemania era un globo que se desinflaba día a día en una sangría sin fin. Antes de la guerra gozaba de una divisa fuerte que se cambiaba a cuatro marcos por dólar norteamericano y a pesar de la derrota, los cuatro años de guerra no consiguieron descabalgarla de entre las principales monedas del mundo. Terminada la contienda, el dólar se cambiaba a nueve marcos, una depreciación asumible que permitió situar la inflación en el 140 por ciento, una cifra muy parecida a la inglesa, devaluaciones derivadas en ambos casos del tremendo esfuerzo de guerra al que se habían visto sometidos la mayoría de los países.

Sin embargo, la inestabilidad política que siguió a la instauración de la República de Weimar y las fuertes compensaciones económicas a las que esta se vio obligada a hacer frente, aceleraron la devaluación de una moneda que si en enero de 1922 todavía se cambiaba a 37 marcos por dólar, a finales de ese mismo año lo hacía a 7.500. A principios de 1923, la mayoría de los alemanes habían perdido todos sus ahorros, la hacienda estaba quebrada y el gobierno, cada vez más acorralado, no encontraba otra salida que seguir imprimiendo billetes de banco, de forma que en julio de ese mismo año eran necesarios 350.000 marcos para conseguir un dólar, y un millón apenas un mes después. Cuando a finales de septiembre el cambio aumentó hasta los 160 millones de marcos por dólar, los alemanes comenzaron a usar sus billetes para empapelar las frías paredes de sus hogares. El derrumbe del marco fue tan dramático que dejó de funcionar como valor de cambio con el consiguiente colapso económico. En noviembre, el dólar se cambiaba por cantidades situadas en torno a los cinco billones y el gobierno decidió crear una nueva moneda, el Rentenmark, al que poco después siguió el Reichsmark. Las autoridades alemanas intentaban detener la sangría económica mediante el uso de una divisa interna respaldada por la riqueza económica del país.

Cualquier analista político debía haber previsto que en la situación socio-económica del pueblo alemán, ahogado por las deudas y sojuzgado por los países aliados a través de las humillantes cláusulas del Tratado de Versalles, la aparición de un líder carismático capaz de unir la voluntad del pueblo en una fuerza única era sólo cuestión de tiempo, y si no había sucedido hasta entonces era porque los partidos políticos se habían radicalizado de tal manera que no permitían despuntar a ningún líder en las formaciones de signo contrario, de manera que estos solían ceder arrollados por sus propios errores si es que no habían caído antes abatidos por las balas de los implacables guardias de asalto con que solían blindarse los partidos de todos los signos.

El tránsito del imperio a la república se llevó a cabo a través de las masas que habían tomado el poder después de que el amotinamiento de los marineros en Wilhelmshaven se transformara en una revolución que no tardó en extenderse por todo el país. El 9 de noviembre de 1918 la insurrección se presentó en Berlín, donde pocas horas después el Segundo Reich llegaba a su fin cuando el canciller Maximilian von Baden anunciaba la abdicación del Káiser. Sin oponer ningún tipo de resistencia, los gobernantes del resto de estados alemanes fueron cayendo como las fichas de un siniestro dominó y ese mismo día dos repúblicas fueron proclamadas simultáneamente en el país, la oficial, promulgada por el ministro imperial Philipp Scheidemann, anunciada desde el Reichstag, y la propuesta por Karl Liebknetch, líder de la ultraizquierdista Liga Espartaquista, publicada a gritos desde los balcones del Palacio Real de Berlín, un estado oficioso proclamado como República Libre y Socialista, de corte radical y con un extraordinario número de seguidores. El imperio tomaba forma de república y se entregaba al socialismo.

En ese momento, los socialdemócratas eran el grupo parlamentario más numeroso y todo apuntaba a que se harían cargo del nuevo gobierno, sin embargo se habían dividido y no presentaban un frente unido, lo que dio alas a un grupo relevante de marxistas que rechazaban la democracia y se manifestaron partidarios de la dictadura del proletariado. De ese modo, aparecieron tres grandes corrientes socialistas dispuestas a pelear encarnizadamente por el poder:

Con una tercera parte de los escaños del Reichstag conseguidos en las elecciones de 1912, los socialdemócratas de la SPD eran los principales representantes de la sociedad alemana. Se trataba de un grupo obediente del régimen imperial, que con la caída de este se proponía sustituir la vieja Alemania feudal por una democracia parlamentaria en la que los pilares habrían de ser las libertades cívicas y los derechos de los ciudadanos. Los socialdemócratas rechazaban frontalmente el modelo bolchevique que proponían los revolucionarios.

Los socialistas independientes de la USPD aparecieron poco antes del final de la guerra sin un programa político claro más allá de su oposición al continuismo de la SPD. Propugnaban la unión de todas las fuerzas socialistas y aunque defendían el sistema parlamentario, abrían la puerta a la creación de consejos revolucionarios encargados de supervisarlo. Proponían también la nacionalización parcial de determinados sectores económicos y la redistribución de la tierra en favor de los pequeños agricultores, aunque rechazaban la colectivización que proponían los revolucionarios.

En un principio, los radicales de la Liga Espartaquista eran sólo una escisión del sector duro de la USPD, pero la afluencia al partido de las clases más bajas de la sociedad alemana, desencantadas con que el final de la guerra volviera a situarlos en el mismo lugar en que estaban al principio, los transformó en un partido revolucionario que rechazaba el revisionismo de los socialdemócratas y propugnaban la instauración en Alemania de la dictadura del proletariado. Los espartaquistas consideraban la revolución bolchevique el ejemplo a seguir con algunas correcciones respecto a la idea de Lenin de las libertades individuales. Los partidarios de la Liga Espartaquista pensaban que los proletarios debían tomar el control de las instituciones y entre sus proposiciones se incluían el desarme total del ejército y la policía, la suspensión del régimen parlamentario, la nacionalización de los bancos y los transportes y la confiscación de las grandes fortunas.

A pesar de que los radicales contaban con muchos apoyos, cuando llegó el momento de elegir el Consejo Ejecutivo Provisional se produjeron dos efectos, los socialdemócratas se aliaron con los independientes y se conocieron los horrores producidos por los vecinos soviéticos en su revolución bolchevique, que el pueblo asimilaba a los espartaquistas. Como resultado de ambos efectos, los radicales sólo obtuvieron 10 escaños de los 489 que estaban llamados a formar el consejo. Por su parte, viendo que seguían contando con la fidelidad de la mayoría del pueblo alemán, los socialdemócratas comenzaron una lenta transición hacia posiciones conservadoras con el aparente beneplácito de los independientes, cuyo grupo se fue fragmentando para dar paso a toda una serie de pequeñas formaciones en un abanico político bastante amplio. Como consecuencia, cuando llegó el momento de formar gobierno la SPD consiguió una victoria amplia, y le bastó pactar con unos pocos de los grupúsculos recién formados para obtener la mayoría absoluta.

Ocurrió que la victoria de la SPD no fue digerida por los espartaquistas, que derivaron hacia posturas cada vez más radicales en la esperanza de detener la contrarrevolución, y en su afán de conquistar el poder, se echaron en brazos de los bolcheviques de Rusia, lo que condujo al estallido de un conflicto entre el gobierno provisional y una tropa comunista llamada «la División de los Marineros del Pueblo» que llegó a sitiar al canciller Friedrich Eber en su despacho. Asustado, Eber solicitó el auxilio de un regimiento de caballería que aguardaba su disolución a las afueras de Berlín. La intervención de los militares causó algunos muertos entre los revolucionarios y tuvo la virtud de distanciar aún más las posturas del gobierno y su principal grupo opositor. Entre 1920 y 1923 se vivieron años de terror con atentados políticos prácticamente a diario. De los grupos ultra conservadores comenzaron a surgir distintas organizaciones terroristas que no eran sino el contrapeso de las aparecidas años atrás en las filas de los revolucionarios. Pronto comenzaron a morir asesinados una serie de diputados de ambos extremos, y en el verano de 1922 caía abatido a balazos el ministro de Asuntos Exteriores Walther Rathenau. En este clima de tensión seguían apareciendo en escena nuevos grupos políticos redentores, y fue así como surgió el Partido Obrero Alemán fundado por Anton Drexler y Karl Harrer, que en principio no fue sino otro partido más de ideas contradictorias hasta que se les unió un veterano de guerra llamado Adolf Hitler, que contaba con una capacidad inédita: no se limitaba como otros a acusar a los partidos de signo contrario, sino que arengaba a las masas proponiendo un ideario panalemán que devolviera la dignidad al imperio y el orgullo a los alemanes. Su mensaje comenzó a correr de boca en boca y en poco menos de un año sus seguidores se contaban por miles.

Adolf Hitler había nacido en una pequeña aldea cerca de Linz, en la provincia de la Alta Austria, no muy lejos de la frontera con Alemania. En el alemán antiguo el nombre de Adolf significa «lobo noble» por lo que desde su infancia sus amigos acostumbraban a llamarle Wolf, no obstante, desde niño las palizas de su padre marcaron su carácter huraño, y las constantes mudanzas de su familia le obligaban a hacer nuevos amigos continuamente, sin que se diera el tiempo necesario para forjar amistades profundas, lo que le hizo, a su vez, sumamente desconfiado y arisco. A pesar de que su padre se empeñó en hacer de él un agente de aduanas, o quizás por eso, el pequeño Adolf prefirió ser pintor y con dieciséis años abandonó los estudios sin un título, inscribiéndose en la Academia de Bellas Artes de Viena, donde no fue admitido por falta de talento. Muertos sus padres, se vio obligado a sobrevivir como barrendero, mozo de estación y albañil. La falta de recursos le llevó a los comedores de indigentes y a los peores albergues para mendigos, lo que, en definitiva terminó por forjar su carácter duro, austero y suspicaz.

En 1923, con veinticuatro años recién cumplidos, se trasladó a Múnich acompañado de Rudolf Häusler, un amigo con el que solía coincidir en los albergues para los sin techo. En realidad, su llegada a la capital de Baviera fue una huida para eludir sus obligaciones militares en Austria, aunque también se sentía fuertemente atraído por la prosperidad que se vivía en Alemania en comparación con la pobre y decadente Austria. Sin embargo, las autoridades de este país consiguieron localizarlo y llevarlo delante de un tribunal militar que lo consideró no apto para el servicio de las armas.

Cuando estalló la guerra en julio de 1914, Hitler corrió a alistarse entusiasmado, al pensar que el ejército alemán le daría la oportunidad de dar un vuelco a su vida. Tras un corto entrenamiento, fue enviado a un regimiento desplegado en el frente occidental, tomando parte en la batalla de Ypres, donde su unidad fue diezmada, aunque él consiguió contarse entre los supervivientes. Hitler fue un buen soldado que no gozó nunca de buena opinión entre sus jefes, más por su carácter huraño que por su forma de actuar. Herido en una pierna en 1917, fue ascendido a cabo por méritos en combate, pero no llegó a más al considerar su capitán que no tenía dotes de mando. A lo largo de la guerra fue condecorado en dos ocasiones con la Cruz de Hierro, la segunda casi al final, cuando capturó sin ayuda a 15 soldados enemigos, lo que le valió, en esta ocasión, la Cruz de 2ª clase, una condecoración que raramente se daba a los soldados. A pesar de todo, ninguno de sus jefes lo propuso para responsabilidades por encima de las de un cabo, y tampoco fue popular entre sus compañeros que veían en él un tipo raro que no recibía correspondencia ni se relacionaba con mujeres, además de un personaje oscuro y pesimista que desde los primeros compases de la guerra conjeturaba que Alemania la perdería por culpa de los judíos y marxistas que habían contaminado el imperio.

Poco antes de que la guerra tocara a su fin, Hitler sufrió un ataque de gas venenoso por parte de los británicos y tuvo que ser trasladado a un hospital de campaña, donde permaneció ciego y con los ojos vendados un largo espacio de tiempo. Fue en estas condiciones como supo que Alemania había sido derrotada y la monarquía sustituida por una república. Con la guerra terminada, sin dinero, amigos, familia ni estudios, consiguió permanecer en el Ejército a pesar de la desmovilización, aunque le dolió constatar que buena parte de los regimientos estaban regidos por consejos de soldados; sin embargo, a pesar de su rechazo al sistema y quizás por su repulsa constante y enérgica a la república, el consejo de su regimiento le encargó la misión de hacerse cargo de la propaganda en un momento en que el caos y la anarquía se habían apoderado de Alemania y los comunistas intentaban sovietizarla. Como quiera que Hitler se mostrara enérgico en defender a Alemania de la sovietización, fue depuesto de su cargo en el regimiento, sin embargo y dado que los marxistas fueron finalmente expulsados de las estructuras de gobierno de los regimientos, el esfuerzo de Hitler fue reconocido por sus mandos que le asignaron una nueva tarea: investigar a los miembros de su unidad que habían colaborado con el gobierno soviético. El trabajo del cabo, satisfizo de tal modo a sus jefes que fue enviado a investigar en todo tipo de unidades militares y en las estructuras políticas y sindicales nacionales. De un plumazo Hitler se convirtió en un espía encargado de destripar políticamente los grupos socialistas que surgían como setas a lo largo del territorio nacional. Fue así como se afilió al DAP, un partido de pocas pretensiones cuyas siglas correspondían al Partido Obrero Alemán, una pequeña célula comunista según el parecer de los superiores del espía infiltrado y una bomba que con el tiempo explotaría a todos los alemanes bajo los pies.

En realidad, el cabo Hitler no tardó en darse cuenta de que bajo aquellas siglas no se escondía ningún intento de dar alas al comunismo. El DAP era un partido que trataba de rescatar el orgullo de los alemanes con proclamas de corte nacionalista. El 12 de septiembre de 1919 Hitler asistió por primera vez a un mitin del partido cuyo principal orador cayó enfermo a última hora. Como si hubiera sido su trabajo de toda la vida, el austríaco dio un discurso de tal intensidad que al acabar el día los afiliados al DAP se habían multiplicado por diez. El primero de abril del año siguiente, Hitler colgó el uniforme y se dedicó en cuerpo y alma al partido, al que cambió el nombre por el de Partido Nacionalsocialista Obrero Alemán. Su papel en la organización consistía en formar escuadrones de veteranos de guerra para que mantuvieran el orden en los discursos y en las reuniones de ámbito interno, y para expulsar a cualquier disidente con los oradores. Estos escuadrones, llamados Sturmabteilung, o SA, eran más conocidos como «camisas pardas» debido al color de sus uniformes y pronto dejaron de limitarse a su rol original, siendo profusamente empleados para atacar a los grupos políticos opositores y a los judíos, aunque esta última terminó siendo su actividad principal. Un año después, Hitler propuso tomar como emblema la cruz gamada y saludar brazo en alto al estilo de los fascistas italianos. Para entonces ya era un orador de mucho prestigio en Baviera, que se hizo aún más famoso por sus polémicos discursos en contra del Tratado de Versalles y los grupos políticos organizados de marxistas y judíos. En enero de 1921, el propio Hitler lideró a los camisas pardas en su ataque a una reunión de federalistas bávaros, lo que le llevó a pasar tres meses encerrado a consecuencia de la paliza que propinaron a los federalistas, pero a la salida de la cárcel fue recibido en olor de multitud

En julio de 1921 Hitler fue nombrado líder de los nacionalistas. No sólo era el principal orador y propagandista del partido, sino también su principal fuente de ingresos. Para entonces ya había conocido y afiliado a Rudolf Hess, Hermann Göring y otros personajes relevantes que lo introdujeron en los círculos sociales más altos en los que pudo obtener generosas donaciones para los nazis, principalmente de las empresas más importantes de América como Ford o General Motors, que veían en su partido una barrera a la expansión del marxismo. De ese modo, Hitler pudo seguir ganando adeptos para un partido que se declaraba socialista con la intención de buscar votos en la izquierda, al mismo tiempo que voceaba un mensaje marcadamente nacionalista para encontrarlos en los sectores más conservadores. Y así, sin que los alemanes ni tampoco los países extranjeros que los apoyaban llegaran a reconocer su marcado sentido antisemita, Hitler y su partido Nazionalsocialista fueron ganando simpatizantes hasta convertirse en la referencia para muchos alemanes que aún suspiraban por los viejos tiempos del imperio y que no sospechaban a donde habría de llevarles su apoyo al partido naciente y a su líder: Adolf Hitler.

Capítulo 10

Randolph Rafferty se revolvió incómodo en su asiento, dejó a un lado el libro que tenía en las manos, se quitó los lentes y tras acomodarlos parsimoniosamente en el bolsillo interior de la chaqueta, volvió la vista al paisaje. El tren se movía reumáticamente como si se desplazara en una cuesta arriba permanente. Acababa de anochecer hacía menos de media hora, y Randolph pudo contemplar sus acusadas ojeras en el brillo de la ventana del vagón. Hacía días que no conseguía descansar; definitivamente la inesperada llamada de Londres había conseguido ponerle nervioso.

Intentando dibujar una sonrisa en el rostro que lo contemplaba circunspecto desde la ventana, recordó los tiempos en que era un agente de campo. Por razón de las misiones, encomendadas se había tenido que infiltrar en los ambientes más enrevesados de la época, en los que había prendido la fama de sus nervios de acero y, sin embargo,

119

ahora que hacía más de tres años que disfrutaba de una cómoda jubilación en su confortable mansión de Bury Green, tiempo en el que a los únicos adversarios a los que se había tenido que enfrentar eran las percas del río Lea, la llamada del canciller de Hacienda Winston Churchill le había sumido en el más absoluto de los desconciertos.

El tren se detuvo en la pequeña estación de Harlow, envolviendo el andén en la bruma producida por el vapor que despedía la vieja Helen, una locomotora Compound de tres ejes motrices que llevaba más de veinte años recorriendo el trayecto entre Londres y Cambridge y estaba pidiendo a gritos la jubilación. Un muchacho agitó unos periódicos en el andén voceando la caída catastrófica de la bolsa en los Estados Unidos, lo que, al parecer, había causado una ola de pánico generalizado, la ruina de decenas de miles de familias norteamericanas y un elevado número de suicidios. Incorporándose de su asiento, bajó la ventanilla y estuvo a punto de pedirle al joven un ejemplar, pero lo pensó mejor y no lo hizo. La llamada del ministro lo tenía inquieto y prefirió dedicar la hora y media que faltaba para llegar a la estación Victoria a meditar sobre las razones que podían haberle impulsado a convocarle a su presencia en Londres después de tres años de retiro. Ocupando el asiento de nuevo, su cabeza comenzó a retroceder buscando algún momento de su carrera profesional que pudiera haber ocasionado tan extraña llamada.

Los inicios fueron brillantes. Recordó el momento de su captación pocas semanas después de entrar en la universidad. Un individuo se le acercó en la cafetería y le dijo entre susurros que su perfil encajaba con lo que demandaba el servicio de información del gobierno, preguntándole a continuación si estaría interesado en unirse a ellos.

Cuando contestó que parecía una propuesta interesante, el tipo se limitó a darle un billete de tren a Stratford, indicando que una vez allí debería caminar hasta la casa natal de Shakespeare para regresar a Londres a continuación. Más adelante un agente contactaría con él.

El segundo contacto no se produjo hasta cerca de un mes después en la biblioteca de la facultad. Para entonces prácticamente se había olvidado del primero, pensando que debía haberse tratado de una chaladura. El chico que le abordó tendría aproximadamente su edad y se limitó a tenderle un folio en el que con letra menuda le invitó a describir la fisonomía de cualquier sombra que le hubiera parecido encontrar en el trayecto entre Londres y Stratford recorrido un mes atrás. En realidad, la palabra sombra no aparecía escrita, pues hasta algún tiempo después no supo que era el modo de referirse en el argot de la organización a un hipotético seguidor. Con su habitual parsimonia, Randolph describió a un individuo de mediana edad que leía un periódico en el vagón algunos asientos detrás de él, una joven con la que se cruzó en Stratford al atravesar el puente del río Avon, y un chico joven con indumentaria de ciclista que viajaba acompañado de una bicicleta en el trayecto de regreso. La sonrisa de satisfacción del joven que le contemplaba desde unas gafas de cristales opacos, le hizo comprender que había acertado en todos los casos.

Una vez admitido, los inicios fueron titubeantes; las pocas misiones que le asignaban solían estar relacionadas con informes sobre elementos agitadores de la universidad, lo que le obligaba a asistir a la mayoría de mítines, lo cual no le restó tiempo para terminar con éxito la carrera de Ciencias Políticas, título que le llevó a formar parte de un grupo tan nutrido como nebuloso de hombres y mujeres a los que eufemísticamente se conocía como «el equipo de asesores del Home Minister», la flor y nata, en cualquier caso, de los jóvenes egresados cada año de las principales universidades del Reino Unido.

Durante un par de años se sintió infravalorado. Tenía asignado un sueldo prácticamente por no hacer nada, pero a cambio tuvo que renunciar a cualquier tipo de actividad profesional ajena a servir al gobierno. Su única función consistía en crecer silenciosamente como agente de información, y servir al Ministerio del Interior a base de pequeños encargos relacionados con seguimientos e informes de actividades de individuos de poca relevancia. Lo que Randolph no sabía era que lo que precisamente buscaban quienes le pagaban era comprobar los límites de su paciencia, prudencia y discreción. De repente, lo que sólo eran servicios esporádicos en el corazón de la City se convirtieron en acciones de mayor calado en el extrarradio, como introducirse en organizaciones que el gobierno consideraba sospechosas, o asaltar la vida privada de individuos de cierta notoriedad con grabaciones y fotografías de forma que quedasen sujetos a la posible extorsión del ministerio para, en definitiva, encadenarlos a la voluntad del gobierno. Coincidiendo con el cambio de siglo, le llegó su primera misión en el extranjero. Antes fue entrenado durante meses para sobrevivir en un mundo difícil en el que la caída de los agentes estaba a la orden del día, y como todos ellos, Randolph hubo de jurar someterse de por vida a las ataduras del secreto de estado. Fue tras una larga lista de misiones exitosas en más de media docena de países europeos cuando sobrevino el accidente. Una acción fruto, tal vez, de la casualidad, o debida, quizás, a una milimétrica operación premeditada con inteligencia.

En cualquier caso, el accidente ocurrido en 1909 dio un vuelco inesperado a su vida.

Sucedió en Viena cuando acababa de cumplir 46 años. Para entonces llevaba doce casado con Kathy, tenía dos hijos y había dejado de trabajar para el Ministerio del Interior para hacerlo a cargo del de Exteriores. Oficialmente estaba adscrito a la embajada británica en Berlín como un agregado comercial, pero operaba regularmente en Viena, una ciudad atestada de espías de todos los países en donde la pauta habitual era que cada mes cayeran media docena de agentes a los que a menudo se les perdía la pista. En aquellos tiempos, Randolph se dedicaba a seguir los pasos de un agitador, un sindicalista con un ascendiente extraordinario de cara al movimiento obrero. El gobierno de Su Majestad estaba preocupado porque su mensaje mesiánico estaba empezando a calar entre ciertos sectores laborales británicos en los que la producción en serie, apoyada por el uso de nuevos productos como el caucho, el vidrio o las fibras artificiales, estaba sustituyendo la mano de obra tradicional. Para eliminar las ramificaciones maliciosas, el Servicio de Inteligencia pensó que la mejor solución era cortar la cabeza de la hidra y el agente Rafferty era un experto a la hora de buscar fisuras en los seres humanos de apariencia más sólida. Si encontraban el punto débil del agitador y conseguían explotarlo convenientemente, las réplicas que comenzaban a surgir en suelo británico se diluirían en poco tiempo, como ya había sucedido otras veces en otros casos parecidos.

Quizás fue que Randolph había hecho demasiadas preguntas o tal vez sólo las correctas, aunque a las personas menos apropiadas. El caso fue que aquella mañana cuando se disponía a cruzar la calle ajustando el paso a la velocidad del tranvía que arrancaba en ese momento de la parada de la Mistplatz en dirección al rio, un camión de reparto surgió tras el vagón y a pesar de que trató de evitarlo con un salto, el vehículo lo golpeó en la cadera lanzándolo hacia la parte trasera del tranvía. A pesar de que el golpe del camión fue fuerte, lo que más le dolió fue el impacto de la pierna contra el tranvía. El chasquido del hueso al quebrarse le anunció antes de perder el conocimiento que la lesión podía ser grave.

Despertó en una oscura habitación del hospital de Bizerba. Un tipo de barba cerrada, mirada cetrina y dientes destartalados como las lápidas de un cementerio profanado, comenzó a asediarlo con incómodas preguntas. Randolph estaba sumido en un estado de semiinconsciencia que le impedía entender a dónde quería llegar aquel individuo que no paraba de arrojar sobre su rostro el humo que aspiraba de una pipa; su conciencia se debatía entre el terrible dolor que sentía en la pierna y la pregunta que anidaba en su ánimo sobre si aquel sería el último día de su vida. Si desaparecería como solía suceder con tantos agentes en aquel paraíso de la información que era Viena.

Debió de dormir toda la noche porque al despertar la claridad se colaba entre las rendijas de la persiana de la habitación que ocupaba. Al abrir los ojos, un hombre que hojeaba una revista a su lado se levantó y salió de la habitación regresando a los pocos minutos con el de la pipa, el cual comenzó una vez más la rueda de preguntas. A pesar del dolor que sentía, Randolph podía pensar con nitidez y se mantuvo fiel al guion planeado para ese tipo de coyunturas: era un agregado comercial a la embajada británica en Berlín y su presencia en Viena se debía exclusivamente a los intereses de su país en cerrar un negocio con Austria relacionado con la industria de la medicina. Sabía que Inglaterra había hecho algún acercamiento oficial en ese campo y él mismo, de modo preventivo, se había entrevistado con ciertas autoridades austríacas en la materia, de modo que si el tipo de la pipa y los malos modales iniciaba cualquier pesquisa, se encontraría con que su nombre era familiar en aquellos círculos concretos.

Pocos días después, además de la medicación habitual, un enfermero le administró una inyección que en pocos minutos le hizo caer en un sopor del que despertó en un lugar nuevo para él, un cuarto distinto, una cama más cómoda y una enfermera vestida de blanco de los pies a la cofia que le trató con una ternura inusitada. Había pasado la prueba con éxito, y se encontraba en la embajada esperando que sus doloridos huesos soldaran lo suficiente como para poder ser trasladado a Inglaterra.

El regreso a casa constituyó una buena noticia para su familia, pero no para él. Con independencia de que aquellos tipos siniestros del Bizerba hubieran creído o no su historia, sabía por el propio Sir Vernon Kell, director del recién inaugurado Servicio de Seguridad MI5, que su país había apostado fuerte por su vida, presentando una enérgica protesta por su desaparición durante cerca de una semana. Estaba quemado. Incluso un par de periodistas se habían presentado en Thames House, la sede del MI5, preguntando por su extraña desaparición. Naturalmente no se les había dado la menor información, pero en adelante nunca volvería a ser un agente de campo, a partir de ese momento tenía un pasado, además de que sus huesos nunca terminaron de soldar, condenándole a una cojera que según el doctor de La Casa habría de acompañarle durante el resto de su vida.

Probablemente hubiera sido un buen agente del MI5, pero fue el propio Kell quien lo descartó precisamente con el argumento de que no quería rostros conocidos en Thames House, aunque al mismo tiempo que lo rechazaba, hizo algo que devolvió la alegría a su atribulado corazón: proponerle para un servicio paralelo al MI5, también de reciente creación, la sección extranjera de la oficina del Servicio Secreto, el MI6. Cuando recibió la carta de admisión firmada en tinta verde con una simple «C», supo que era el propio director del servicio, el Capitán de Navío Sir George Mansfield Cummings, quien avalaba su contratación. Randolph siempre sospechó que Sir Vernon Kell había querido sacar provecho a su experiencia en el extranjero proponiéndole para el nuevo servicio secreto exterior antes que para el doméstico MI5, para el que su preparación y entrenamiento estaban más oxidados.

El tren se detuvo entre chirridos y cubrió con una nube de vapor los andenes de la estación de Buckhurst Hill. Randoplh rebuscó en el bolsillo interior de su chaqueta hasta dar con su reloj, el cual le confirmó que acumulaban un notable retraso. Hacía frío y su rodilla maltrecha le avisó de que un centro de bajas presiones se acercaba a la capital. Arrellanándose en su asiento, cerró los ojos y recordó su participación en la Gran Guerra, durante la cual fue el responsable principal de la tupida red de agentes británicos al servicio de Su Majestad en los países neutrales y ocupados. A pesar de algunos roces con la inteligencia militar, sus resultados fueron tan buenos que un año antes de que terminara la guerra, los agentes infiltrados en los países de la Triple Alianza pasaron a operar bajo su jurisdicción. Salvo algunas desagradables excepciones, todos regresaron a casa sanos y salvos al final de la contienda después de haber prestado un notable servicio al gobierno de la nación y haber hecho caer a los principales agentes enemigos que operaban dentro de Inglaterra. Y cuando la penuria que siguió a la guerra empujó al Primer Ministro David Lloyd-George a proponer la disolución de la nueva sección de inteligencia, no sólo consiguió contrarrestar la propuesta con sus argumentos, sino que creó una oficina de cooperación con el servicio diplomático, que permitió a las embajadas contar con un supuesto oficial de control de pasaportes que no era otra cosa que la cabeza del MI6 en los países más importantes, lo cual permitió durante muchos años que los agentes de información gozaran de la misma inmunidad diplomática que los funcionarios de las embajadas.

Aquello se dio al final de la guerra, y aunque el engaño seguía funcionando, algunos países estaban empezando a presentar quejas, si bien, como le recordaba Kathy continuamente, aquello ya no era asunto suyo. Su mente, sin embargo, tenía tendencia a regresar a los últimos meses de la guerra, no sólo porque era la época en que su red de agentes había cosechado los servicios más exitosos haciendo fluir hacia Inglaterra la información más determinante, sino porque eran tiempos en que los agentes enemigos en suelo británico caían uno tras otro como las fichas de un dominó salvaje e implacable. Todos menos uno, recordó Randolph apretando los dientes con rabia. El agente apodado Comadreja había seguido informando al gobierno del emperador Guillermo hasta prácticamente el último día de la guerra, y aunque a lo largo del conflicto llegó a tener noticias irrefutables sobre su existencia, jamás fue capaz de ubicarlo en un mapa o interceptar una sola información fruto de su impecable trabajo.

El tren se detuvo al fin en la estación Victoria. Randolph se apeó del vagón arrastrando su pierna renqueante y no tuvo que esperar mucho hasta ver aparecer a un funcionario que lo acompañó hasta un vehículo Bentley Urer de tres litros, donde el chófer se hizo cargo de la maleta que aseguró en el portamantas trasero. Londres no había cambiado mucho, pero el tráfico había crecido considerablemente y los vehículos a motor superaban ampliamente a los de tiro animal. En apenas diez minutos, el resplandeciente Bentley se detuvo frente al número 11 de Downing Street, lugar en el que se ubicaba el domicilio oficial del canciller de Hacienda, y el chófer dio un salto al exterior para abrirle la puerta. Randolph abandonó el coche con dificultad ayudándose del brazo que le ofrecía el conductor. Estaba perplejo, pensaba que el ministro lo recibiría en su despacho, y sin embargo la puerta de su casa se abrió y un criado vestido de librea lo acompañó hasta un confortable salón, donde le invitó a tomar asiento y le ofreció una copa de Jerez. Apenas cinco minutos después apareció el ministro.

Winston Churchill tampoco había cambiado. A pesar de que se decía de él que trabajaba veinte horas al día y que las cuatro restantes las repartía entre el whisky y el tabaco, presentaba un aspecto saludable. A punto de cumplir 55 años, el arrogante aristócrata nacido en el palacio de Bienheim tenía fama de ser un notable estadista y un extraordinario orador, aunque sus errores en la Gran Guerra, durante la cual ocupó el cargo de Primer Lord del Almirantazgo, y su extravagante alternancia entre los partidos conservador y republicano le habían hecho acreedor a la crítica de los militares y la burla de todo el espectro político de los Comunes.

Después de saludarlo, interesarse por su familia y elogiar su paso por el MI6 durante la guerra, el ministro de Hacienda se sirvió una generosa copa de whisky, encendió un cigarro que aspiró con fruición hasta inundar la habitación con el acre aroma del tabaco, y miró a su interlocutor directamente a los ojos.

—Señor Rafferty, ambos somos hombres prácticos y como estoy seguro de que se ha estado preguntando por las razones de esta reunión desde el mismo momento en que recibió la invitación a venir a visitarme, permítame aclarar sus dudas en la discreción de este salón antes de pasar al comedor, donde nos espera un delicioso cordero asado en salsa de menta regado con vino de Oporto. No se preocupe, he sido informado puntualmente sobre el retraso del tren de Cambridge, de modo que la cena estará en su punto.

Randolph Rafferty hizo un gesto elocuente con las manos invitando al ministro a continuar.

—Como ya debe saber, el gobierno conservador tiene los días contados. En unas semanas, el Primer Ministro Stanley Baldwin disolverá las cámaras y convocará elecciones, y en el caso improbable de que los conservadores vuelvan a ganar, no tengo dudas de que no ocuparé ninguna cartera ministerial.

El antiguo director del MI6 se limitó a asentir. Sabía que a Churchill no le gustaba ser interrumpido, y seguramente en esos instantes pasaban por su cabeza dos de los momentos más duros de su cargo de Chancellor of the Exchequer, el primero, en 1925, cuando tomó la decisión de devolver la libra esterlina al patrón oro con la misma paridad que tenía antes de la guerra, lo que condujo al país a una deflación insoportable a la que siguió un considerable aumento de la tasa de desempleo y con ello su segundo peor momento: la huelga general que un año después llevó al país al borde de la ruina, hasta el punto de hacerle acuñar una de sus frases más célebres: «... o el país rompe la huelga general o la huelga general romperá al país».

—Se avecinan tiempos difíciles, señor Rafferty. Cierto que le ganamos la guerra a los alemanes con el esfuerzo y el sacrificio de todo el pueblo, pero esa herida está mal cicatrizada y volverá a supurar. Hoy, mientras Inglaterra se desangra en discusiones estériles, en Alemania surgen líderes nacionalistas que seducen a sus hombres y mujeres prometiéndoles la vuelta del imperio. Le aseguro que más pronto que tarde uno de esos líderes denunciará los acuerdos de Versalles y volverá a armar al pueblo alemán, y cuando eso suceda no dude que volverán el rostro hacia Inglaterra como lobos sedientos de venganza.

—Un escenario un tanto apocalíptico, señor ministro —se limitó a apuntar Randolph Rafferty con su flema habitual.

—Pero sucederá, no le quepa duda. Y cuando pase, y teniendo en cuenta que Inglaterra se convertirá en el enemigo principal de Alemania, ¿qué tipo de arma supone que construirán como churros para lanzarse a ahogar nuestro comercio?

El agente jubilado se movió nervioso en su asiento y chascó la lengua seguro de la respuesta.

—Submarinos, probablemente.

—Eso es, señor Rafferty, submarinos. Saben cómo hacerlos. No descarte ver los cielos de Londres nublados por los aviones alemanes lanzándose sobre la población civil como avispas enfurecidas, pero su comodín seguirá siendo el submarino. Hay dos formas de colapsar este país: una la vimos hace poco con aquella huelga absurda que casi nos cortó la respiración. La otra es ahogar el tráfico comercial hundiendo los barcos que suministran a

Inglaterra su sustento. Ya estuvieron a punto de hacerlo en la otra guerra.

—Señor Churchill —Rafferty interrumpió valientemente la perorata del ministro—. Hace un momento dijo usted que ambos somos hombres prácticos y que iría al grano. ¿Qué me está queriendo decir?

El ministro de Hacienda permaneció mirando al antiguo jefe del MI6 por encima de las lentes como un jabalí a punto de embestir. Le gustaba aquel hombre. Era osado e inteligente. Con calculada parsimonia para dar tiempo a la cabeza a hilar sus argumentos, se dedicó a encender el cigarro que se había apagado entre sus dedos.

—Señor Rafferty, si esto sucede, y sucederá, los alemanes buscarán con astucia no exenta de ímpetu el corazón de la Armada de Su Majestad. ¿Recuerda el último ataque de un submarino enemigo a Scapa Flow?

—Claro. Lo recuerdo con nitidez. El U-116. Sus restos yacen despanzurrados en el fondo de la bahía.

—Así es. Pero no olvide que el submarino fue detectado gracias a un error absurdo de sus tripulantes cuando ya estaba dentro de la base y se disponía a atacar a nuestros barcos. A mi entender, este detalle sugiere dos cosas.

Nuevamente Randolph Rafferty sustituyó sus palabras por un gesto teatral, invitando al ministro a continuar su exposición.

—La primera es obvia y está en la mente de todos: Scapa Flow es una base vulnerable. En cuanto a la segunda, está sólo al alcance de unos pocos, pero tanto usted como yo nos encontramos dentro del círculo de los privilegiados. El ataque del U-116 contó con ayuda exterior.

Randolph sintió un escalofrío como si un rayo le acabara de atravesar de la cabeza a los pies, y todos los poros de su piel comenzaron a exudar al mismo tiempo, aunque mantuvo imperturbable el silencio.

—Sí, señor Rafferty, los dos estamos pensando en la misma persona: Comadreja.

Randolph permaneció mirando al ministro tratando de escrutar más allá de su mirada, pero cuando quería, Churchill era un tipo tan frío, impasible e impenetrable como él mismo.

—¿Cree que si hubiera otra guerra, Comadreja volvería a actuar? Hasta donde yo sé, el Servicio de Inteligencia alemán quedó completamente desmantelado.

—Por Dios, señor Rafferty. Usted no es tan ingenuo. Comadreja era un agente libre, dirigido exclusivamente por un oficial naval alemán cuya identidad desconocemos. Es sólo ese conglomerado de autoridades lo que ha quedado desmantelado. Haciendo honor a su apodo, lo más probable es que Comadreja haya permanecido hibernando en su madriguera a la espera del momento de volver a actuar.

—¿Puedo hacerle una pregunta, señor ministro?

—Naturalmente, para eso le he traído aquí.

—Si como dice, cesará en unas semanas y no volverá a ser elegido. ¿Qué le une con lo que pueda ocurrir en el futuro? ¿Qué capacidad de decisión tendrá usted fuera del gobierno?

—Le he dicho que no seré reelegido para cargos políticos, aunque no sé cuánto pueda durar eso. En cualquier caso, si los alemanes nos declaran la guerra y no tengo sitio en la política, siempre me quedará mi uniforme de comandante. No tendré mucho poder, pero ahora sí lo tengo y antes de dejar el cargo podría conseguir la firma de unas cuantas disposiciones.

—¿Está sugiriendo algo?

—Es usted inteligente. Le estoy proponiendo que viaje a Scapa Flow, donde teóricamente se dedicará a reforzar las defensas de la base naval. Nadie sabrá que busca las huellas de Comadreja.

—Me temo que resultaría un tanto sospechoso. Soy una persona conocida y no sé nada de barcos ni de defensa de bases navales.

—La gente es ingenua por naturaleza. Basta con que proceda de uno de los estamentos más secretos del gobierno como es el Servicio de Inteligencia, para que nadie haga preguntas y todos supongan que ocupa un cargo político. Fíjese en Harrows, está en el consejo de dirección de los ferrocarriles, y Bannister es el jefe de la defensa aérea de Gales, y ni uno sabe de trenes ni el otro de aviones. Propondremos que su cargo oficial aparezca como adjunto al almirante de la base, un consejero más. Si Comadreja sale de la madriguera y dirige sus pasos a Scapa, usted será el primero en olisquearlo.

Randolph permaneció pensativo. La idea de dar marcha atrás al reloj para gozar de una nueva oportunidad para poder echar el guante a Comadreja le seducía poderosamente, pero estaba Kathy, a la que seguramente no le gustaría abrir una casa más en la fría Escocia, y luego estaban sus capacidades como agente de campo; hacía tiempo que no las ejercitaba y tal vez hubiera perdido ese olfato que le suponía el ministro.

—Si le parece, señor Churchill, podíamos pasar a cenar. Tengo hambre. En cuanto a su propuesta necesito unos días para pensarlo.

El gesto hierático que alumbró el rostro de Randolph Rafferty despertó la sonrisa perruna de Churchill, quien apagó el cigarro que se consumía entre sus dedos, se incorporó de su asiento y agarró el brazo de su interlocutor conduciéndolo hacia el comedor convencido de que acababa de aceptar su propuesta.

—Mi esposa le pide que la disculpe, se encuentra algo indispuesta, pero ha dejado preparado su postre más exquisito: pudding de bayas con nata. Espero que sea de su agrado.

Capítulo 11

TRAVEMÜNDE
MAR BÁLTICO, 1936

El submarino emergió a apenas doscientos metros del faro
del cabo de Priwall; negro como un lobo estepario y sin
ninguna marca identificativa que lo distinguiera, se dirigió a las esclusas de la discreta Base Naval de Travemünde,
penetrando sin apenas velocidad en el túnel horadado
en la roca de la falda del monte Matzen, que separa el
pequeño y recoleto pueblo del mismo nombre de la popu-
losa ciudad de Lübeck.

Dentro del túnel, un pequeño grupo de hombres esperaba la llegada del sumergible. Aunque no ostentaba marcas ni desplegaba bandera alguna, todos sabían que se trataba del U-34, que al mando del teniente de navío Harald
Grosse venía de cumplir una delicada misión en aguas de
España.

En realidad el U-34 debería haber entrado en la Base
Naval de Wilhemshaven, la misma de la que había partido

un par de meses antes con una misión altamente secreta ordenada por el propio Führer: el ataque a unidades navales republicanas españolas en una clara injerencia en la guerra civil que asolaba a aquel país. La misión, que había recibido el nombre clave de Úrsula en homenaje a la recién nacida hija de Karl Döenitz, Jefe de la Segunda Flotilla de Submarinos con base en Wilhemshaven, tenía como objeto probar los torpedos alemanes en vista de la guerra que muchos aventuraban que no tardaría en estallar entre Alemania y Francia. Para cumplir su objetivo, Dönitz destacó dos submarinos sin ningún tipo de identificación, cuyas dotaciones fueron obligadas a jurar solemnemente el secreto de la misión. Así, el U-33 cubrió el área de la costa española que se extendía desde el cabo de Palos hacia el norte, mientras el U-34, que ahora regresaba a las esclusas en los túneles de Travemünde, la que abarcaba desde el mismo accidente geográfico hasta el estrecho de Gibraltar.

Si el éxito de la misión hubiera tenido que desprenderse de los efectos de los torpedos lanzados, el resultado habría sido un fracaso estrepitoso, al menos hasta el undécimo, pero cuando Harald Grosse ya había perdido la fe en las espoletas, en el último de sus lanzamientos alcanzó al submarino republicano español C-3, el cual se fue a pique de inmediato arrastrando consigo a la mayoría de sus tripulantes. En cualquier caso, completada su misión, el U-34 regresó a Alemania navegando en inmersión durante las horas de luz y saliendo de noche a superficie para cargar las baterías sin perjuicio del halo de secreto que debía envolver sus movimientos. Al atracar en el túnel de Travemünde, los marinos del U-34 abandonaron el submarino y se dirigieron a un barracón desde donde estaba planeado devolverlos discretamente a sus hogares. Por su parte, Harald Grosse permaneció en el muelle informando verbalmente a su jefe, y a continuación siguió el camino de sus hombres, dejando a Dönitz sumido en sus pensamientos mientras contemplaba la estructura metálica del U-34. Aquel sumergible era uno de los 16 construidos hacía un año con los que el arma submarina alemana pretendía resurgir de sus cenizas. Sólo Raeder, él y unos pocos oficiales más conocían el lugar donde los planos habían permanecido escondidos desde el final de la Gran Guerra hasta que la llegada de los nazis al Reichstag dinamitó los humillantes acuerdos de Versalles.

En esencia, y en lo tocante a la materia naval, el Tratado de Versalles condenaba a Alemania a disponer de una flota tan reducida como inútil. El contingente humano no podía superar los quince mil hombres, y en cuanto a unidades a flote no estaba autorizada a construir submarinos y sólo podía disponer de un máximo de seis pequeños acorazados y otros tantos cruceros, barcos inútiles para el combate, aptos, únicamente, para mantener el adiestramiento de sus exiguas tripulaciones. El tratado admitía el reemplazo de los buques después de veinte años de servicio, pero los sustitutos no podían rebasar las diez mil toneladas de desplazamiento; con las insignificantes cantidades presupuestadas para la Marina, los alemanes veían con preocupación el crecimiento de las potenciales flotas enemigas: Polonia, que ya en Versalles había reclamado la ciudad báltica de Danzig, situada al final del corredor del mismo nombre, y Francia, el enemigo histórico por antonomasia. En la década de los años 20 ambos países contaban con flotas superiores a la alemana, y por si fuera poco, en 1926 sus gobiernos firmaron un acuerdo de cooperación militar. Durante esos años, a ninguno de los comandantes en jefe de la Marina alemana, almirantes Behcke,

Zenker y Raeder, se le pasó por la cabeza un enfrentamiento con los ingleses, que seguían teniendo la flota más poderosa del mundo.

La reconstrucción de la Flota alemana, desaparecida en aguas de Scapa Flow el 21 de junio de 1918, comenzó tres años más tarde con la botadura del *Emden,* un crucero construido después de la guerra con planos anteriores a ésta que no aportó nada nuevo. Sin embargo, los seis cruceros entregados en 1929, permitieron a la Marina alemana equipararse a sus antiguos enemigos, pues, además de turbinas de vapor, los tres últimos de la serie montaban motores diésel que aumentaban considerablemente su radio de acción, de modo que,, regresando a las antiguas tradiciones, la alemana dejó de ser una marina de litoral para volver a hacerse oceánica.

Pero el gran paso de Alemania respecto a su flota de superficie se dio, precisamente, en ese año de 1929, cuando sus dos primeros acorazados superaron la barrera de los veinte años. Con las limitaciones impuestas por los aliados, los relevos no deberían superar las diez mil toneladas de desplazamiento, lo que obligaba a elegir entre coraza o armamento, y como consecuencia los primeros diseños resultaron barcos bien artillados, pero frágiles, lentos y de escasa autonomía. Conocidos antes de su construcción como *acorazados de bolsillo,* su única función posible era el bombardeo de costa, lo que desde el punto de vista estratégico no encajaba con las necesidades de la Marina alemana. Pero el almirante Zenker no había llegado a la cúpula de la Armada por un capricho del destino; se trataba de un hombre inteligente, imaginativo, bien preparado y dotado de una fuerte personalidad. Hans Zenker consideraba que con el escaso presupuesto que tenía, debía afinar la imaginación a la hora de diseñar una marina para el futuro y desechó los planos de los *acorazados de bolsillo* por inservibles, concibiendo un nuevo modelo de buque de combate más rápido y mejor artillado que cualquiera de las unidades pesadas francesas. El prototipo estaba movido por motores diésel, podía alcanzar los 27 nudos de velocidad y tenía una autonomía de veinte mil millas náuticas.

Cuando en Francia se conocieron los proyectos navales alemanes saltaron todas las alarmas. El más rápido de sus acorazados no superaba los 21 nudos, de modo que no podría dar caza de ningún modo a los pequeños acorazados de bolsillo alemanes, y en cuanto a los cruceros de batalla, más veloces, podrían tal vez acercarse, pero sólo para ser despedazados por la potente artillería alemana de 280 milímetros y 20 millas de alcance, ya que,, siendo rápidos, los cruceros no tenían blindaje para encajar los proyectiles alemanes. Los gobernantes franceses decidieron construir de inmediato dos cruceros de batalla capaces de enfrentarse a los acorazados alemanes, y de ese modo la carrera armamentística en la mar se puso nuevamente en marcha.

En realidad, aunque revolucionaria, la idea de Zenker consistió, básicamente, en reunir a lo más granado de los ingenieros alemanes en materia de construcción naval, y el proyecto del *Deutschland*, prototipo del buque que quería Zenker, fue el resultado de una sinergia de ideas que reunía un equipo propulsor constituido por un conjunto de motores diésel y principales de muy poco peso, aleaciones caras, pero muy ligeras, en las superestructuras, y soldadura eléctrica en lugar de los tradicionales remaches. El prototipo desplazó doce mil toneladas, dos mil más de lo permitido, pero como el mismo Zenker dijo al consejo de ministros que hubo de aceptar el gasto: *en mis muchos años de servicio, jamás encontré una báscula para pesar buques en la mar...*

Con la llegada de Hitler al poder en 1933, en Finlandia se pusieron las quillas de los 14 primeros submarinos alemanes de 250 toneladas. De mentalidad terrestre, no fue fácil convencer al Führer de la necesidad de construir submarinos, pero los argumentos del capitán de navío Karl Dönitz, recordando que mientras se la dejó actuar sin restricciones, el arma submarina alemana había estado a punto de colapsar a Inglaterra, le movieron a considerar la construcción de aquella primera flotilla de 14 sumergibles que habrían de demostrar su poder en combate, antes de que Hitler se decidiera a ordenar la construcción de nuevas unidades.

Por su parte, interpretando que los alemanes no aceptarían indefinidamente las duras condiciones impuestas en Versalles, y queriendo, por otro lado, limitar el rearme alemán al que conducía la carrera armamentística con Francia, Inglaterra firmó un tratado bilateral con Alemania a espaldas de Francia, que permitía a la Marina teutona construir una fuerza de superficie equivalente a la tercera parte de la británica y, convencidos de que el invento del ásdic[4] haría de los submarinos un arma inútil, se les permitió una fuerza submarina equivalente a la mitad de la inglesa, que podía equipararse a esta en el caso de que el gobierno

---

4   Allied Submarine Detection Investigation Committee, siglas de significado falso, pues tal comité nunca existió, con las que se intentó disimular las investigaciones de un sistema detector submarino copiado de las capacidades de los cetáceos, en esencia un aparato para la detección y localización de objetos sumergidos mediante la emisión/recepción de una onda sónica. Es el precedente del sonar (Sound, navegation Range).

alemán considerara que una fuerza así era necesaria para la defensa del país. A partir de la firma del documento, libres de la mordaza de Versalles, los astilleros más reputados de Alemania se pusieron a trabajar a machamartillo para la Marina, y en 1936 se entregaba el tercer acorazado de bolsillo, el *Admiral Hipper*, acelerándose al mismo tiempo la modernización de los dos primeros, el *Scharnhorst* y el *Gneisenau*, así como la construcción de una serie nueva de cruceros pesados. Y si no se pusieron más quillas, fue debido a la escasez de materias primas, lo que hizo que Hitler alzara la vista y paseara la mirada de forma inquietante por los materiales que producían sus países vecinos. El regreso exitoso del U-34 a Travemünde y la solidez del plan de reconstrucción de la Flota de superficie, hicieron que el Führer se sintiera por primera vez orgulloso de la Marina, ahora sólo le faltaba proveer a las fábricas alemanas de las materias primas que necesitaban, y mientras pensaba en ello, repasaba una y otra vez la lista que le había hecho llegar su lugarteniente Rudolf Hess en la que se especificaba que, bien surtidos del excelente carbón de la cuenca del Ruhr, el problema de abastecimiento del resto de materiales podía encontrar solución en Yugoslavia (plomo y cinc), Noruega (bauxita), Suecia (hierro), Polonia (madera) y el petróleo de Rumanía. Y mientras sus ojos se deslizaban a lo largo de la lista de su fiel segundo en la jerarquía nazi, Hitler esbozaba en su mente un siniestro mapa de conquistas. Tenía que construir una flota capaz de disputar a la británica el mar del Norte. Y mientras lo pensaba, su cabeza voló a un pequeño punto de Escocia donde la mediación de un mustélido diminuto y escurridizo, podía conducirle a la consecución de la victoria más anhelada. En ese momento, de manera inconsciente, su mano derecha se deslizó sobre una pequeña cuartilla sobre la que escribió un nombre con trazo firme: *Wiesel*.

Capítulo 12

KIRKWALL. ESCOCIA
1936

A dos mil kilómetros de Berlín, los habitantes de Kirkwall se aprestaban a recibir el año nuevo concentrados en la concurrida plaza de San Olaf, apiñados entre la calle Broad, en la que se alzaba el ayuntamiento local, y la catedral de San Magnus, con los fuegos artificiales preparados y las gargantas, húmedas de whisky, listas para entonar a coro el *Auld Lang Syne* después de escuchar la última campanada del reloj que Albert Oertel había engrasado y afinado con celo desmedido para la ocasión.

La plaza albergaba a la mayoría de los habitantes de Kirkwall, jóvenes y mayores, que rivalizaban en elegancia y espíritu jovial, aunque los adultos habían empezado la fiesta unas cuantas horas antes en el Gran Grifón, donde se habían reunido durante horas a debatir los asuntos de actualidad entre los que destacaba la guerra en España, que muchos consideraban el primer choque entre las dos posturas radicales que emergían con fuerza en Europa: el fascismo y el socialismo. Pocos días atrás, en una localidad costera del Mediterráneo español, el submarino republicano C-3 había saltado por los aires mientras navegaba en superficie, hundiéndose con la mayor parte de su tripulación. La versión oficial de la República española apuntaba a la intervención de un sumergible italiano en una clara injerencia en una guerra que teóricamente no afectaba al gobierno de Mussolini, sin embargo resultaba evidente que los fascismos se daban la mano por debajo de la mesa, y eso en un país como Inglaterra que vivía en el filo de la navaja en cuanto a sus relaciones con Alemania, y en una localidad como Kirkwall, cuya vecina Base de Scapa Flow ya había recibido algunos intentos de ataque por parte de submarinos enemigos, era considerado un asunto de capital importancia, a pesar de que nadie en el Gran Grifón fuera capaz de imaginar en aquellos momentos la realidad de la intervención de un sumergible alemán en el hundimiento del desafortunado C-3.

En Inglaterra, hasta los más optimistas opinaban que la guerra con Alemania era sólo cuestión de tiempo, y el hundimiento del submarino español les hacía sentirse especialmente señalados, pues no eran ajenos a que una vez abiertas las hostilidades, el primer objetivo de los submarinos que los alemanes volvían a construir en serie sería la Home Fleet anclada en la bahía de Scapa Flow. La llegada a Kirkwall de Randolph Rafferty siete años antes, con el encargo de reforzar las defensas de la Base Naval, sugería que el gobierno albergaba temores parecidos.

De haberse tratado de otra persona, la llegada de Rafferty a Kirkwall hubiera sido la comidilla de la ciudad, al menos durante una temporada, sin embargo el hecho de que se tratara de una figura conocida que procedía de lo más conspicuo del Servicio de Inteligencia británico le rodeaba de un aura misteriosa que nadie se atrevía a penetrar, algo con lo que contaba el antiguo director del MI6 y que le servía para mantener a salvo lo rudimentario de sus conocimientos de aquello para cuyo propósito se le había enviado a Kirkwall, sin embargo, así como su anterior cargo le servía de salvaguarda en ese terreno, el hecho de que procediera de una instancia tan elevada, hizo que su llegada no fuera olvidada a las pocas semanas como la de otros, y su presencia en la comunidad fue considerada como muestra de la importancia que el gobierno daba a la base naval, aunque el hecho de que una vez reforzadas las defensas, permaneciera entre los ciudadanos de Kirkwall, era tenido al mismo tiempo como una inquietante señal de que seguían sometidos a algún tipo de peligro latente e indefinido.

Por su parte, Randolph Rafferty puso todo su empeño en adaptarse a las peculiares costumbres de los escoceses. Suponía que sus nuevos convecinos habrían aceptado con mayores o menores reservas su papel de responsable de la defensa de la base naval, por lo que no esperaba que ninguno de ellos recelara de su presencia y sospechase que su presencia en Kirkwall estaba relacionada con el más escurridizo de los agentes de información alemanes.

Su trabajo en la base le ayudó a disimular su verdadera misión en Scapa Flow. El contralmirante Mac Zafrister había pedido reiteradamente una serie de obras para reforzar la seguridad del perímetro de la base, pero Londres las había desestimado sistemáticamente con el argumento de la falta de presupuesto, sin embargo, como si se tratara de un recién nacido, Randolph Rafferty aterrizó en la base naval con un pan debajo del brazo y a los pocos días de su llegada un oficio del Almirantazgo autorizaba una partida extraordinaria de cincuenta mil libras para obras de seguridad. No era dinero suficiente para acometer todos los trabajos pendientes, pero sí para afrontar los más perentorios, y durante quince días el recién llegado estuvo estudiando la lista de obras solicitadas hasta poner sobre la mesa de Mac Zafrister una relación priorizada, de modo que apenas una semana después, una empresa llegada de Aberdeen comenzaba a ejecutar las obras autorizadas.

A pesar de que los trabajos se llevaron a cabo de una manera discreta, un sinfín de operarios locales entraban y salían diariamente de la base y el refuerzo del perímetro de seguridad de Scapa Flow no tardó en ser la comidilla de la ciudad, lo que justificaba plenamente la presencia de Rafferty en Kirkwall.

Si su trabajo como asesor del almirante Mac Zafrister en materia de seguridad no hubiera sido un señuelo, Randolph Rafferty se habría dirigido a casa cada día después de su jornada laboral, habría besado a Kathy y esperado la cena leyendo el periódico, haciendo crucigramas o enfrascado en sus pensamientos, pero su presencia en Kirkwall obedecía al deseo de Churchill y el suyo propio de desenmascarar a *Comadreja*, un agente especialmente escurridizo que había trabajado para los alemanes durante la Guerra del 14 y del que no tenía constancia fehaciente de que siguiera haciéndolo. *Comadreja* era el único responsable de que en lugar de hacer una vida casera y tranquila, visitara cada atardecer el Gran Grifón esperando que el sheriff, el cura o alguno de los pintorescos seres humanos con los que solía compartir una cerveza, dejara caer alguna frase que pudiera servirle de hilo para llegar al ovillo que buscaba. Tenía paciencia, y esa virtud le había servido en otras ocasiones para llegar a desentrañar misterios que a otros agentes les habían resultado indescifrables, sin embargo y a pesar de que había permanecido atento a todas las conversaciones y mantenido diálogos personales con cada uno de los individuos que pensaba que podían proporcionarle los detalles necesarios para llegar hasta *Comadreja,* seguía tan vacío de soluciones como a su llegada a Kirkwall, hasta el punto de que a no ser porque él mismo había visto evidencias palpables del trabajo del escurridizo espía alemán, habría empezado a dudar de la existencia de aquel agente tan sumamente difuso.

Su primer objetivo fue el sheriff Grinnell. Durante buena parte de su vida profesional, y dada la natural discreción de sus relaciones y conversaciones, había aprendido a descifrar la personalidad de sus interlocutores por sus palabras antes que por sus hechos, hasta llegar a convertirse en un psicólogo bastante habilidoso. Desde sus primeras conversaciones con el sheriff del condado de Mainland, Mark Grinnell demostró ser un individuo infeliz con la existencia anodina que llevaba, un tipo que aún esperaba de la vida la oportunidad de demostrar su verdadera talla. Por esa razón, y a pesar de que insistía en la existencia de un topo en el condado al servicio de los alemanes durante la Gran Guerra, Randolph Rafferty había desestimado tomarlo en serio. En realidad, el antiguo jefe del MI6 nunca le había preguntado directamente por la posible existencia de aquel espía, pero bastaba la menor sugerencia para que Grinnell pusiera en marcha una monserga que todos habían escuchado en demasiadas ocasiones. Era cierto que al principio de la guerra y en vista del cargo que ocupaba se le había avisado para que mantuviera las orejas erguidas ante la posible presencia de un espía alemán, pero Rafferty sabía que ese aviso se había cursado a la mayoría de condados de Inglaterra y en cualquier caso no era necesaria ninguna prueba sólida para pensar que en tiempos de guerra los alemanes hubieran dispuesto la presencia de uno o más informadores en la que al fin y al cabo era la base principal de la Royal Navy en Gran Bretaña. En realidad, Grinnell no tenía pruebas sólidas de la existencia de *Comadreja*, y parecía más bien que necesitaba del espía alemán para dar sentido a una vida vacía de emociones; su insistencia en personalizar en Alfred Redl el agente que había servido a los alemanes durante la guerra le desestimaba como una pieza útil a la hora de conducirle a conclusiones fiables. Necesitaba protagonismo; Grinnell quería servir a su patria desde una posición más brillante que la del simple sheriff de un aburrido condado en el que nunca pasaba nada. Podía haber apartado a un lado su placa y haberse apuntado al servicio en Europa o alistado en la Marina, pero así como el condado de Mainland se le quedaba pequeño para sus ansias de servir a la patria, tampoco tenía las agallas suficientes como para ir a enfrentarse a los alemanes en Francia o combatir los sigilosos submarinos en la mar. A pesar de sus habituales muestras de bravuconería, Grinnell era un cobarde, aunque, acostumbrado a sacar lo mejor de cada individuo, Rafferty supo arrancarle hábilmente una lista de los vecinos de Kirkwall a los que investigar con vistas a entrever ese hilo nebuloso que no conseguía asir de ninguna manera.

Aunque tampoco le condujo a ninguna prueba sólida, el testimonio de Douglas McIntosh, farero de la isla de Samphrey, le resultó más útil que el del propio sheriff. McIntosh era un tipo introvertido y poco hablador, pero con un par de whiskis era capaz de dar buenas informaciones. Desde su atalaya en el faro solía contemplar a diario la cara menos visible de la rutina de la pequeña localidad de Kirkwall: jovencitos que se ocultaban con sus novias entre las rocas a los pies del faro, pescadores furtivos y pequeños contrabandistas solían constituir junto a las ruidosas aves que anidaban en los alrededores la pequeña comunidad de seres vivos que amenizaban sus aburridas guardias en la cima de la torre de 45 metros del faro. Cuando Rafferty supo a través de McIntosh de las idas y venidas de Albert Oertel por los promontorios vecinos a la base de Scapa Flow y sus paseos en bote por la rada, sus orejas se irguieron como las de un podenco, y a pesar de las justificaciones que escuchó de labios del propio farero amparadas en su pasión por la ornitología, secundadas por el sheriff Grinnell y el propio jefe de seguridad de la base, Rafferty decidió pedir a sus antiguos camaradas de Londres una investigación sobre aquel individuo discreto y taciturno cuya cara creía haber visto antes. Oertel no era un parroquiano de toda la vida, sino que había llegado a la comunidad algunos años atrás atraído por un empleo de relojero, y el propio sheriff lo había investigado sin llegar a ninguna conclusión preocupante, sin embargo Rafferty estaba convencido de que muchas veces los buenos resultados solían llegar como consecuencia de la tenacidad, y aunque el relojero estuviera avalado por las autoridades locales y por su propia conducta a lo largo de los años en que había permanecido empadronado en Kirkwall, quería tener un informe del MI6 antes de apartarlo a un lado y continuar sus investigaciones en la única dirección en la que pensaba que podían tener éxito: los centenares de personas que se habían instalado en Kirkwall poco antes y a lo largo de la guerra y que habían desaparecido a la finalización de esta como consecuencia de las grandes migraciones que produjo la terrible contienda que había asolado a Europa durante cuatro largos y penosos años.

Capítulo 14

CHARTWELL HOUSE
CONDADO DE KENT. 1938

Cuando no estaba atado a Londres por la actividad parlamentaria Winston Churchill solía retirarse a su casa cercana a la pequeña localidad de Westerham, en el condado de Kent, donde le gustaba rodearse de su afamada biblioteca compuesta por más de dos mil volúmenes.

A pesar de que ambos pertenecían al partido conservador, el Primer Ministro Neville Chamberlain tenía una forma de ver la política muy distinta a la de Churchill, aunque apreciaba de este su extraordinaria clarividencia, razón por la que un destacado miembro del servicio secreto británico, Herbert Chamberlain, primo del primer ministro, acostumbraba a visitarle en su retiro de Chartwell House con intención de trasladar a su primo los ingeniosos puntos de vista políticos del carismático estadista.

Entre otras cosas, Churchill había advertido al premier de que un supuesto espía alemán potencialmente posicionado en Scapa Flow trataría de ayudar a Hitler a golpear a la Home Fleet en su reducto más sagrado, y aunque las tradicionales visitas de Herbert tenían como principal razón de ser el traslado a su primo de los consejos del viejo político, Churchill insistía en mantenerse al tanto de los progresos de Randolph Rafferty en el desenmascaramiento en Escocia del espía al que habían apodado Comadreja.

—En mi opinión, la política de conciliación respecto a Alemania del Primer Ministro Chamberlain supone un grave error —expuso Churchill en el momento de servir una taza de té a su visitante.

—El primer ministro cree firmemente que la restauración de algunas de las colonias que le fueron arrebatadas en el Tratado de Versalles podrían hacer de Alemania un buen socio en una Europa estable —respondió Herbert Chamberlain agradeciendo la infusión con una inclinación de cabeza.

—Por Dios, Herbert, los nazis no quieren ser parte de Europa, lo que desean en realidad es que Europa forme parte de ellos, del Tercer Reich, su nuevo imperio[5].

—No es así como se ven las cosas en Londres, señor Churchill. Desde que se inició el acercamiento hace ahora un año con la visita a Berlín de nuestro lord presidente del Consejo Edward Wood, los contactos se han venido intensificando e incluso ha habido reuniones de alto nivel con el propio Adolf Hitler. El primer ministro y nuestro embajador en Berlín han valorado los acercamientos como altamente positivos.

Winston Churchill encendió un puro ceremoniosamente, expelió el humo con parsimonia y a continuación escanció dos dedos de whisky en un vaso ancho, ofreciéndoselo a su interlocutor que lo rechazó.

---

5   En alemán la palabra Reich significa imperio.

—Es una pantomima, Herbert —susurró en tono familiar tras expeler por segunda vez el humo de su cigarro y beber un trago del licor—. ¿Qué dice Eden de todo esto? —preguntó a continuación clavando la mirada en los ojos de su interlocutor.

—El primer ministro lo ha dejado fuera de las conversaciones —contestó Herbert Chamberlain removiéndose nervioso en su asiento.

—Ahí lo tienes. ¿No te parece extraño que tu primo deje fuera de tales reuniones al secretario de Relaciones Exteriores?

Herbert Chamberlain acusó el golpe. La decisión del primer ministro de mantener alejado de las conversaciones con Alemania al disidente Anthony Eden era un secreto del más alto nivel.

—No goza de buena salud… —susurró débilmente.

—Vamos Herbert, no me tomes por tonto. Sabes tan bien como yo que Eden tiene más energía que todos los demás miembros del gabinete juntos.

Chamberlain bajó la mirada. Cada vez se le veía más incómodo, y Churchill estuvo a punto de aflojar la presión sobre él, pero venía de parte del primer ministro y no pensaba renunciar a hacerle llegar su opinión respecto a aquel viaje insensato en que se había embarcado la mayor autoridad política del país, visitando en su guarida a los que a no mucho tardar se convertirían en los principales enemigos de Inglaterra.

—Estoy seguro de que no vas a contarme que el primer ministro pretende un acercamiento semejante con Mussolini. Y que Eden tampoco ha sido invitado a las conversaciones con el Duce...

Chamberlain comenzaba a sentirse angustiado. Por unos instantes pensó que el antiguo Ministro de Hacienda había regado de orejas el Gabinete antes de retirarse de la vida política, y durante unos segundos se entretuvo en aventurar quién podía ser su topo en las altas instancias políticas, pero el viejo estadista volvió a sorprenderlo.

—Vamos Herbert, no le busques tres pies al gato. No es necesario que nadie me informe de lo que se cuece en los mentideros políticos de Londres. Es puro sentido común.

Chamberlain sintió que necesitaba tiempo, de modo que pidió a Churchill una copa de whisky, apuró un trago y permaneció mirando a los ojos de su anfitrión esperando alguna otra sorpresa de sus labios.

—Es fácil, Herbert —arguyó Churchill con voz ronca—. Con la invasión de Abisinia, Italia se aisló políticamente del resto del mundo, pero todos necesitamos aliados, y en el actual estado de cosas sólo Hitler prestaría oídos a Mussolini. Me temo que a estas alturas ambos deben estar tejiendo un sólido eje entre Berlín y Roma, y Anthony Eden es demasiado sensato como para asistir a una cosa así sin echarse las manos a la cabeza. Tu primo lo sabe.

—Señor Churchill, usted es un caballero y también un buen súbdito de Su Majestad. Me gustaría contar con su confianza.

El viejo león se incorporó, acodó los brazos sobre la mesa de caoba y clavó la mirada en los ojos de su invitado.

—Cuentas con mi total discreción.

—En la última reunión del Gabinete en el mes de septiembre, el primer ministro señaló que veía la disminución de la tensión entre Inglaterra e Italia como una contribución muy valiosa de cara a la pacificación y el apaciguamiento de Europa, agregando a continuación que el fortalecimiento de las relaciones con Italia debilitaría el eje Roma-Berlín, en el caso de existir.

—Santo Dios, Herbert, eso es una maldita locura. Tu primo mantiene una línea de conversaciones con los dos países que se están armando y pretenden hacerse dueños de Europa, coyuntura para la que el principal obstáculo es Inglaterra.

—Eso no es todo, señor Churchill; el primer ministro acaba de establecer una línea privada de comunicación con Benito Mussolini a través del embajador italiano Dino Grandi. Una réplica de lo que viene haciendo con Alemania de un tiempo a esta parte.

Churchill se arrellanó en su sillón, bebió un largo trago de licor, prendió un fósforo y lo aplicó al puro que se consumía entre sus dedos.

—Alguien tiene que parar esto, Herbert, y tu primo a mí no me escucha. Es de vital importancia que le trasmitas mis palabras. Esta insensatez está dando a Alemania e Italia justo lo que necesitan: tiempo para terminar de armarse antes de lanzarse a nuestro cuello.

—Añadiré, señor Churchill, que tras las inquietantes palabras del primer ministro, un rumor recorrió la sala. Hay algunos miembros del Gabinete que no están de acuerdo con él y, por el contrario, piensan igual que usted.

—Lo sé y podría decir sus nombres sin temor a equivocarme, pero lo que hace falta es que denuncien públicamente las palabras del primer ministro en el Gabinete. Con la misma convicción con que acabo de decirte que podría escribir los nombres de los objetores, te digo ahora que no creo que ninguno de ellos haya sido capaz de contradecir al premier.

Chamberlain se mantuvo impasible dando por buenas las palabras de Churchill.

—Herbert, tú no eres un político y no tienes voz en el consejo, pero tu primo te ha enviado para que le trasmitas mis pensamientos y eso es justo lo que quiero que hagas. Debes advertir al primer ministro de que está pisando terreno resbaladizo altamente peligroso. De seguir en la dirección que ha elegido, puede que las cosas se mantengan más o menos latentes por el período de seis meses, quizás un año, pero será Alemania quien decida cómo y en qué momento empezar la guerra. Y eso no nos conviene de ninguna manera.

»Tu primo pensó que una alianza angloitaliana llevaría a Hitler a desistir de su presión sobre Austria. Se equivocó, y Austria hoy forma parte de Alemania, porque cuando los sitiados austríacos pidieron ayuda a Inglaterra, el primer ministro los desoyó, limitándose a una simple nota de protesta cuando los soldados alemanes traspasaron la frontera austríaca.

»Con Austria incorporada al Reich, Hitler centró su atención en los Sudetes. Estaba claro que ese pequeño enclave checo donde viven tres millones de alemanes sería el siguiente objetivo, ¿y qué hizo Inglaterra?, sencillamente instar a Checoslovaquia a tratar de quedar en los mejores términos posibles con Alemania, y mientras tanto nosotros firmábamos un bochornoso compromiso con Mussolini en el que reconocíamos su infame adhesión de Etiopía a cambio de la retirada por su parte de unos cuantos soldados de la guerra en España.

»A pesar de haber recibido un desaire tras otro, el primer ministro esperó un gesto de Hitler en su discurso en el congreso anual de Núremberg el 8 de septiembre, pero estaba claro que ese gesto no iba a producirse, y en vista del contenido violento de las palabras del canciller alemán que nos situaban al borde de la guerra, tu primo estableció lo que dio en llamar el "Plan Z", que lejos de prepararnos para la inevitable guerra, consistió en someterse a Hitler y volar a Múnich a parlamentar directamente con él.

»La reunión se celebró el 15 de septiembre en el refugio de Hitler en Berchtesgaden, y lo que sucedió fue que el canciller alemán impuso sus condiciones de anexionarse los Sudetes renunciando al resto de Checoslovaquia u otras áreas de Europa Oriental donde hubiera minorías alemanas. Una mentira evidente que, sin embargo, sirvió al primer ministro para regresar a Londres creyendo que había obtenido un margen de maniobra suficiente para preservar la paz. Ni siquiera en el siguiente encuentro con Hitler celebrado ocho días después en Bonn, en el que el líder alemán descartó sus propias propuestas de la reunión anterior, hicieron ver a Chamberlain que a Hitler le daba todo igual y que lo único que pretendía era dilatar el inicio de la guerra hasta el momento más conveniente para sus diabólicas intenciones.

Herbert Chamberlain parecía dispuesto a intervenir, pero Churchill alzó la mano y contuvo su intento para cerrar su disertación con una de sus frases rotundas:

—Lo siento Herbert, pero deberás advertir a tu primo. Le dieron a elegir entre el deshonor y la guerra. Eligió el deshonor y tendrá la guerra. Así me gustaría que se lo trasmitieras.

Chamberlain permaneció abatido con la cabeza inclinada y la barbilla clavada en el pecho.

—El primer ministro —dijo al fin —ha intentado preservar a Inglaterra de una guerra altamente destructiva, pero me temo que a estas alturas el conflicto es inevitable.

—Herbert —resopló Churchill con energía—. La guerra ya ha empezado. Es tarde para evitarla. A estas alturas sólo nos queda ganarla.

»Hitler ha estado siguiendo un guion desde el principio —completó arrojando sobre la mesa un ejemplar del Mein Kampf—. Si en el Gabinete alguien se hubiera tomado la molestia de leerlo, tu primo no habría necesitado más consejero que el propio libro de Hitler.[6]

Herbert Chamberlain tomó el libro entre sus manos y fue saltando de hoja en hoja.

—Es tarde también para leerlo, Herbert, aunque yo te diré lo que viene ahora. Sucederá que Alemania se adueñará de Checoslovaquia y también de Hungría, para, desde tierras magiares, dirigirse como una flecha al sur hasta el Mediterráneo a la conquista del petróleo de los Cárpatos. Pero antes, en otro ataque relámpago, por el norte se hará con Polonia. Necesitan el Báltico para amarrar su flota lejos del radio de acción de nuestros bombarderos. Y una vez que tengan sus bases navales en ese mar, irán a por Francia para ocupar una posición de ventaja de cara a la batalla de Inglaterra, que será aérea, no hay más que ver su ritmo de fabricación de Stukas, pero antes de que eso ocurra hará una demostración de poder a los ojos del mundo, principalmente a los de los alemanes que quieren vernos doblar la rodilla. Supongo que sabes a qué me refiero…

Chamberlain se mantuvo impasible escuchando a Churchill con curiosidad, pero también con recelo, expectante en cualquier caso de lo que el antiguo Ministro de Hacienda parecía a punto de confiarle.

—Como puedes ver, Herbert, lo que te acabo de decir no son los desvaríos de un viejo chiflado. Está todo escrito

---

6 «Mi Lucha». Primer libro escrito por Adolf Hitler. Es una combinación de elementos autobiográficos con la exposición de sus ideas propias y un manifiesto de la ideología política del nacionalsocialismo. Escrito en 1925, a lo largo de sus 782 páginas Hitler detalló de manera sorprendente los pasos que un futuro Estado alemán nacionalsocialista debía seguir para convertirse en el «amo del mundo».

de puño y letra del verdadero loco de esta historia. Es importante que tu primo entienda que las concesiones deben acabarse y que debemos prepararnos para una guerra altamente destructiva que hará sufrir a los ingleses lo que no han padecido nunca antes de ahora. Ve y dile al primer ministro que el momento de la guerra habrá llegado con la invasión de Polonia y que esto sucederá unos días después de que Alemania firme un pacto de no agresión con Rusia.

—¿Un pacto con Rusia? Francamente, señor Churchill, eso me parece una locura. Rusia ha sido siempre una obsesión alemana. Recuerde el Lebensraum[7].

—Alemania pretende llevar la guerra a toda Europa, y eso no será posible si antes no se cubren las espaldas. Primero firmará un pacto con Stalin que le permita lanzarse sobre Polonia sin enemigos a su espalda, y cuando llegue el momento lo romperá y se volverá contra Rusia.

Tras sus últimas palabras, Churchill golpeó la mesa con las palmas de ambas manos.

—Es suficiente por hoy, Herbert. Creo que debes regresar a Londres cuanto antes; como ves, allí queda mucho trabajo por hacer.

Herbert Chamberlain se mantuvo en su asiento y bebió parsimoniosamente un trago de su copa de whisky.

—Francamente, señor Churchill, estoy impactado por su clarividencia y no voy a negarle que siento cierta curiosidad por ese golpe de efecto que según usted Hitler prepara para los ojos del mundo y los de los alemanes nostálgicos.

---

7   "Espacio vital". Política de expansión al Este, uno de los objetivos políticos de la I GM y también uno de los principios ideológicos del nazismo.

—Scapa Flow —susurró el viejo estadista lacónicamente—. Volverán a intentarlo. Puedes estar seguro.

—Entonces le supongo interesado en los avances que hemos hecho respecto a ese supuesto espía al que algunos llaman *Comadreja*.

—Por supuesto que estoy interesado, Herbert. Pero a estas alturas ya sé que ni tú ni nadie en el servicio secreto y tampoco el primer ministro creéis en su existencia. Estoy informado de que no habéis hecho ningún progreso.

—Hemos tenido a mucha gente trabajando en su identificación, y si no creemos en su existencia es porque nuestras pesquisas no nos han llevado a ninguna parte. Hemos investigado a todos los que residían en Kirkwall cuando el U-116 consiguió penetrar en la rada donde fondeaba la Home Fleet. Todos están limpios. Y lo mismo ha sucedido con cuantos nombres nos ha ido proponiendo Rafferty. Todos limpios. El primer ministro cree que no es más que una paranoia...

—¿Una paranoia de quién? —Churchill detuvo en seco las palabras de su interlocutor con una fuerte palmada en la superficie de la mesa.

Una vez más, Chamberlain se removió nervioso en su asiento y en esta ocasión escondió el rostro tras el vaso de whisky.

—¿Una paranoia de quién, Herbert?

—Suya, señor Churchill —musitó el agente de inteligencia en un hilo de voz.

El viejo político quedó noqueado como si le hubiera golpeado un enemigo invisible, permaneciendo en silencio durante unos minutos interminables.

—Quiero que le digas dos cosas a tu primo, Herbert. Una es que los alemanes nos atacarán en Scapa, lo cual, además de otras repercusiones estratégicas, significará un daño moral de difícil reparación. La segunda, y espero que la acepte cuando vea que los acontecimientos se suceden tal y como el propio Hitler anticipa en su libro, es que quiero el control directo sobre Randolph Rafferty. Mientras tanto me gustaría tener sobre mi mesa el dossier de cada una de las personas a las que habéis investigado.

—Francamente, señor Churchill, no creo que el primer ministro acceda. No obstante, le pondré al corriente de cuanto se ha dicho en esta habitación y también de sus pretensiones respecto a Rafferty.

Cuando Herbert Chamberlain abandonó Chartwell House, Winston Churchill permaneció en el dintel de la puerta de la gran mansión hasta el que coche en el que marchaba su invitado desapareció por el camino de gravilla, entonces se giró y se dirigió al despacho arrastrando los pies como si las palabras del primer ministro le hubieran hecho un daño difícil de precisar. De nuevo en su sillón, se sirvió un generoso vaso de whisky y lo apuró de un solo trago.

Capítulo 15

COSTA CANTÁBRICA ESPAÑOLA
DICIEMBRE DE 1938
A BORDO DEL SUBMARINO U-26

La orden de cambio de guardia saltó de hombre a hombre en un susurro, y quince minutos después de la medianoche el alférez de navío Günther Prien ocupaba el asiento de mando del submarino U-26, situado en la sala de control a pie del periscopio. Hacía frío y el oficial se arrellanó en su pelliza de cuero mientras vigilaba que todos los puestos de la sala se cubrieran sin estridencias ni ruidos. Cuando todos los hombres pertenecientes a la guardia saliente hubieron abandonado el compartimento, imaginó a su compañero Wolfang Lütz ocupando cálidamente la litera que él mismo acababa de abandonar.

Llevaban cerca de dos meses de patrulla en el mar Cantábrico frente a la costa norte de España, donde se dedicaban escrupulosamente a observar sin intervenir en la Guerra Civil que asolaba al país. Karl Dönitz,

Comandante en Jefe de la Fuerza Submarina de la Marina alemana, había aprendido la lección de Málaga, cuando, el 12 de diciembre de 1936, el U-34 de Harald Grosse hundió al submarino español C-3 mientras efectuaba una patrulla en superficie. El trasfondo del asunto, la misión de atacar unidades republicanas españolas para el adiestramiento de sus dotaciones submarinas en tácticas de combate, estuvo a punto de causar un severo revés al proceso rearmamentista alemán, en aquellos momentos un secreto del que muy pocos eran conocedores, pero el hecho de que las autoridades navales republicanas en España achacaran el ataque al C-3 a un submarino italiano, provocó las protestas de Mussolini y en España puso en un serio compromiso a los capitanes de navío Moreno y Génova, Comandante de las Fuerzas de Bloqueo del Mediterráneo y exagregado naval en Berlín, únicos oficiales españoles conocedores de la operación Úrsula, que bajo el nombre de la recién nacida hija de Dönitz buscaba adiestrar a los comandantes de submarinos alemanes en tácticas de ataque. En aquellos días la ciudad de Barcelona era un hervidero de agentes de información de todos los países y se vio a los de nacionalidad británica indagar profundamente en el origen de aquella extraña injerencia en la Guerra Civil española, lo que, a su vez, fue causa de uno de los habituales ataques de cólera de Hitler, quien en aquellos momentos no terminaba de creer en la marina en general y en los sumergibles alemanes en particular.

Un grupo de destellos de color anaranjado procedente de la máquina Enigma le comunicó la llegada de un mensaje prioritario y siguiendo el protocolo levantó el teléfono de órdenes directas del comandante comunicándole inmediatamente la novedad. Apenas dos minutos después, Werner Hartmann aparecía en la sala de mando abrigado con su tres cuartos de cuero gris y doble fila de botones del mismo color, a diferencia de la pelliza de Prien que contaba con una única fila de botones. Se decía, y el personal de los submarinos gustaba de hacer gala de ello, que en un sumergible alemán resultaba casi imposible encontrar a dos tripulantes con el mismo uniforme y color, aunque en el caso de los oficiales predominaba el gris como tributo orgulloso al mote por el que se les conocía: «los lobos grises».

El comandante Hartmann tomó el mensaje entre sus manos y procedió a descifrarlo ayudándose del pequeño artificio criptográfico adosado a Enigma. Una vez leído, lo introdujo en la tercera máquina del sistema que lo trituró e incineró en pocos segundos.

—¿Qué tal la guardia, Günther? —preguntó Werner Hartmann colocándose la visera de la gorra en la nuca y recorriendo con el periscopio los 360 grados del horizonte exterior.

—Sin novedad, mi comandante. Los hidrófonos permanecen tranquilos. Da la impresión de que estamos solos en el océano.

El comandante acusó la indirecta. Prien y los otros ocho compañeros que habían embarcado para prácticas a bordo del U-26 estaban autorizados a participar de todas las rutinas del sumergible y a preguntar a los oficiales superiores cuantas dudas pudieran albergar, pero tenían prohibidas dos cosas: recibir mensajes de la máquina Enigma y sacar el periscopio a superficie, cosas ambas que sólo el comandante estaba autorizado a realizar.

—¿Quiere echar un vistazo ahí fuera?

Günther Prien sintió un escalofrío recorrer su espina dorsal como una culebra.

—Sería estupendo, mi comandante.

Prien repitió el gesto de su comandante, giró su gorra alrededor de la cabeza y procedió a una descubierta rápida del exterior. A pesar de la neblina y las condiciones de oscurecimiento, pudo distinguir un grupo de luces con las que las unidades de pesca que faenaban en la zona señalaban su presencia frente a la localidad española de Santander.

—Gracias, mi comandante —dijo en un susurro plegando el manillar del periscopio y entregándoselo al comandante para que terminara de ubicarlo en su pozo.

—¿Sería capaz de simular un disparo de ejercicio? —señaló Hartmann apuntando al periscopio con la mano abierta.

—Creo que sí, mi comandante.

—¿Qué tipo de disparo seleccionaría?

—Me ha parecido ver cuatro juegos de luces diferentes. Podrían ser cuatro blancos distintos. Creo que elegiría un disparo en ramillete.

—Muy bien, Prien. ¿Mismo rumbo para todos los objetivos?

—Con pequeñas diferencias, mi comandante. Los cuatro centrados sobre el 270.

—Perfecto. ¿Velocidad del blanco?

—Cuatro nudos.

—Está bien, seleccione la velocidad propia.

—Siete nudos, mi comandante. Cuando empiecen las explosiones podría suceder que alguno de los blancos no alcanzados hiciera por nosotros. Nos vendría bien una velocidad inicial alta para evadirnos con mayor facilidad.

—De acuerdo, Prien. Ahora seleccione los torpedos.

—Los cuatro tubos de proa con un grado y medio de deriva a babor y estribor, respectivamente, los números 1 y 4. Sin deriva el 2 y el 3. Distancia al blanco cuatro millas. Tiempo estimado de la carrera cuatro minutos y cuarenta y ocho segundos.

El capitán de corbeta Hartmann lo escuchó con atención, y cuando su pupilo hubo terminado hizo un gesto elocuente.

—¡Fuego los tubos uno al cuatro! —Completó su ejercicio el joven oficial.

—Está bien. Sargento Halstemberg, ¿qué dicen los ábacos?

El suboficial aludido terminó de rellenar los datos del lanzamiento y procedió a comprobar el resultado de los disparos sobre una tabla numérica compuesta por varias piezas de diferentes colores.

—Señor, han sido tres blancos. El torpedo número uno ha fallado por unos pocos metros.

El comandante del U-26 fijó en los ojos de su alumno la penetrante mirada de los suyos.

—Ha fallado, Prien. De haber sido un lanzamiento real ahora estaríamos sumergiéndonos a toda velocidad hasta lo más profundo del océano, escuchando el descenso y las detonaciones de las primeras cargas de profundidad. Recuerde que, por lo general, en lanzamientos en ramillete el blanco avanza a encontrarse con el torpedo si la deriva es positiva, pero si es negativa, como ha hecho con el torpedo número uno, el torpedo se alejará del blanco. Procure no olvidarlo, algún día tendrá en sus manos la vida de toda su tripulación y quizá una parte de la victoria en la guerra.

—Entendido, mi comandante. No lo olvidaré.

—Está bien. Trataré de dormir un par de horas. No deje de avisarme por cualquier novedad. Buena guardia.

—Gracias, mi comandante.

Una vez que volvió a quedarse a solas con su guardia, Prien rehízo mentalmente los cálculos de tiro hasta llegar una y otra vez a la conclusión de que su comandante tenía razón, y a pesar de haber hundido ficticiamente tres blancos, el cuarto podía haberlos enviado a los infiernos.

Le gustó en cualquier caso el comentario final del comandante referido al mando de su propio submarino, algo que veía todavía muy lejano, pero que deseaba cada vez con mayor anhelo.

Recordó sus primeros contactos con la mar, muy alejados de la vida en los submarinos a los que había llegado de una manera prácticamente casual, pues ni la Kriegsmarine y mucho menos sus submarinos habían formado parte de sus planes originales.

Nacido en Osterfeld, Sajonia, en 1908, el pequeño Prien apenas tenía diez años cuando el ducado en el que había visto la luz se incorporó a la república de Weimar como estado libre tras la abdicación del rey Federico Augusto en 1918. Alejado del mar, la inercia que empujaba a la mayoría de jóvenes sajones a la minería propició que su padre le orientara en esa dirección, pero el cierre inesperado de las minas de estaño le condujo con 15 años a la academia naval de Hamburgo, donde se graduó en la marina mercante con buenas notas, comenzando a trabajar en los barcos antes de cumplir los 20. De cuerpo enjuto pero fibroso y de carácter enormemente decidido, sus compañeros acuñaron para él el mote de "novillo" que cambiaron por el de «toro» después de que durante el viaje de prácticas a bordo del buque escuela Hamburg salvara la vida de dos marineros que, en ocasiones diferentes, habían caído al mar desde las gavias en medio de sendos temporales en el mar del Norte. El joven aprendiz Prien no se lo pensó dos veces en ninguna de las ocasiones y saltó al furioso mar nadando en dirección a los desesperados náufragos, a los que consiguió devolver a bordo sanos y salvos en ambas ocasiones.

En 1927 superó el examen de piloto naval y poco después el de capitán, aunque la fuerte depresión que siguió al año 29 paralizó los barcos en sus muelles y Prien tuvo que abandonar la marina mercante encontrando consuelo en la de guerra, de manera que en 1931 ingresó como marinero en la Kriegsmarine, sirviendo durante un año a bordo del crucero ligero Königsberg.

En marzo de 1933, con 25 años, el joven Günther «Stier»[8] Prien fue ascendido a alférez de fragata y dos años después superó las pruebas de ingreso en la fuerza submarina, la selecta Ubootwaffe. En enero de 1937 obtuvo el despacho de alférez de navío, comenzando a saltar de un submarino a otro hasta que fue reclamado para embarcar en el U-26 a las órdenes del capitán de corbeta Werner Hartmann, siendo enviado a las aguas españolas del norte de la península ibérica, donde aprendió las primeras nociones sobre el bloqueo de puertos al tráfico comercial, algo que las autoridades navales alemanas veían con inusitado interés, convencidos de que más pronto que tarde sus sumergibles rodearían la gran isla de Gran Bretaña para bloquear la llegada de material a Inglaterra, país con el que estaban seguros de que no tardarían en entrar en guerra.

Un mensaje llegado tres días después puso fin a la patrulla del U-26 que emprendió el regresó a Alemania tras ser relevado en la zona por otro sumergible. Siguiendo órdenes del mando atravesaron el canal de la Mancha en inmersión para alcanzar de noche el estrecho del

---

8   Toro en alemán.

Skagerrak, el del Kattegat y los mil y un pasos angostos que se abren antes de alcanzar el mar Báltico en las aguas limítrofes de Dinamarca y Suecia.

El amanecer sorprendió al U-26 en superficie y al «Toro» Prien de guardia en lo alto de la vela del submarino en la que aparecía dibujada la imagen de un zorro, apodo con el que era conocido Hartmann por su fama de inteligente y astuto. En el único asiento existente en la parte más alta del submarino, junto a los mástiles, el alférez de navío se sentía el hombre más poderoso del mundo escuchando el suave ronroneo de los motores diésel mientras aspiraba el acre aroma de la tierra húmeda de la costa. Cuando Hartmann hizo acto de presencia en el puente de gobierno ya hacía dos horas que Günther había vislumbrado la isla de Fehmarn, antesala de los túneles de la base de Travemünde, su inminente destino.

—Buenos días, mi comandante —saludó Prien dando un salto del asiento para cedérselo disciplinadamente a su comandante.

—Buenos días Günther —contestó Hartmann sin dejar de contemplar con los prismáticos la abrupta tierra alemana que se dejaba ver por el costado de estribor.

Prien se mantuvo en silencio contemplando por el rabillo del ojo la alta figura de su comandante. A pesar de las restricciones de agua dulce, Hartmann parecía recién duchado y su barba cárdena aparecía recortada esmeradamente. En lugar del tradicional tres cuartos que solía vestir navegando, se había enfundado el uniforme de paseo, reservado para las ocasiones de cierta solemnidad. A Prien le corroía la curiosidad, pero se abstuvo de preguntar.

—Ya estamos prácticamente en casa —dijo Hartmann ocupando su asiento al fin—. Puede bajar. Haría bien en darse una ducha. Espero que tenga su uniforme planchado y en condiciones. Cuando lleguemos a la esclusa le quiero aquí arriba, a mi lado.

Poco antes de zarpar con el U-26, Prien había conocido a una joven que trabajaba en una fábrica de maquinaria en la vecina Lübeck y había pensado correr a encontrarse con ella nada más desembarcar, pero la extraña actitud de su comandante y sus no menos misteriosas palabras ocupaban completamente su cabeza. Tras darse la ducha que le había sugerido el comandante y enfundarse el uniforme, subió al puente. El hecho de que aparte del comandante y él mismo, nadie más vistiese el uniforme de los botones y galones dorados hacía aún más extraña la situación, que todavía se hizo más sorprendente cuando vieron al gran jefe Dönitz al final de la esclusa en la que Hartmann acababa de atracar el submarino. Una vez colocada la plancha de acceso al muelle, el comandante se dirigió a Prien:

—Sígame Günther, dijo bajando la escala del puente y saliendo a cubierta por la puerta de acceso al exterior. Una vez en tierra, ambos recorrieron los cincuenta metros que los separaban de Dönitz, que los esperaba con su levita azul cargada de condecoraciones. Al llegar a su altura, Hartmann se cuadró y ejecutó el saludo militar, siendo imitado por Prien.

—Sin novedad en la patrulla, almirante.

Dönitz les devolvió el saludo. En la Armada, y particularmente en el mundillo de los submarinos, si podían evitarlo preferían obviar el saludo nazi brazo en alto y sustituirlo por el militar tradicional.

—Bienvenidos —dijo Döenitz estrechando la mano de Hartmann y dirigiéndose a continuación a Prien.

»Así que usted es el teniente de navío Prien, de quien tantas cosas buenas he oído de labios de sus correspondientes comandantes.

—No, almirante, disculpe —contestó el oficial ruborizado sintiendo que la sangre se concentraba en sus mofletes—. Sólo soy alférez de navío.

—Oh, vaya. Lo siento entonces —replicó a su vez el almirante—. Aunque eso tiene solución —completó llevándose la mano al bolsillo de la levita—. La resolución todavía no ha sido publicada, pero ya puede considerase teniente de navío.

Prien retiró el papel que envolvía el pequeño paquete que le acababa de entregar el almirante de la Ubootwaffe. Se trataba de las palas de teniente de navío del uniforme de verano.

—Gracias, almirante —dijo Prien lacónicamente incapaz de aguantar la emoción.

—Y eso no es todo, Prien —agregó el almirante señalando al otro lado de la esclusa un submarino en reparación cuya vela aparecía cubierta por unas lonas.

—No entiendo —susurró Günther Prien mirando alternativamente los rostros sonrientes del almirante y de su comandante, que permanecían mudos ajenos a la confusión que parecía atenazar al flamante teniente de navío recién ascendido.

Repentinamente un silbato sonó en la vela del submarino que se mecía en su esclusa y una incontable fila de marineros comenzó a salir del interior del mismo vestidos todos con el uniforme de las grandes ocasiones, hasta que terminaron por ocupar la eslora completa del sumergible. Finalmente, tras la fila de marineros surgió la figura de un alférez de navío que desembarcó del sumergible por la plancha y se dirigió a Prien, ante quien se cuadró antes de saludar.

—A sus órdenes, mi comandante. Bienvenido a bordo.

Un nuevo sonido de silbato hizo que desde lo alto de la vela del submarino alguien deslizara los cabos que sujetaban la lona que la hacían invisible. Sólo entonces Prien pudo ver la figura de un toro de color rojo junto a la numeral del submarino: U-47.

A su lado, Günther Prien volvió a escuchar la voz del almirante Dönitz:

—Teniente de navío Prien. En este acto le nombro comandante del submarino U-47, en la seguridad de que sabrá estar a la altura del compromiso que suscribe con la patria.

Günther estaba petrificado. Habían sido demasiadas sorpresas juntas y no se le ocurría nada que decir, aunque afortunadamente el almirante se hizo cargo de su estado anímico y le ayudó a dar el siguiente paso.

—Vamos, Prien, ¿qué espera para embarcar en su submarino y darse a conocer a sus hombres?

Un nuevo toque de silbato, y los marinos que se alineaban a lo largo del submarino saludaron militarmente el embarque de su nuevo comandante.

Capítulo 16

LONDRES
HOSPITAL BENÉFICO DE LONDON BRIDGE
DICIEMBRE DE 1938

A 1200 kilómetros de Travemünde, en el barrio londinense de Southwark, una pesada locomotora se detuvo ruidosamente en la estación de London Bridge. Una vez alcanzado su destino, el tren vomitó sobre los andenes un centenar largo de viajeros que enfilaron la salida silenciosamente. Protegido del frío por un mullido abrigo de color gris, Albert Oertel caminaba entre ellos enfrascado en sus pensamientos. Un taxista le ofreció sus servicios, pero el relojero de Kirkwall prefirió caminar tirando de su maleta de cartón.

Southwark había crecido tanto que a esas alturas constituía un barrio más del sur de Londres, pero no había cambiado tanto como para que Albert no reconociera sus calles, e incluso algunos comercios a los que de niño había acudido con su padre, seguían ostentando el mismo nombre, aunque ahora se anunciaban con llamativos rótulos de neón.

Había anochecido y el alumbrado de las calles se encendió automáticamente. La densa niebla que flotaba sobre el pavimento apenas le permitía ver más allá de unos pocos metros, aunque sabía que no estaba lejos del hospital que, con el mismo nombre de la estación de ferrocarril que acababa de abandonar, se levantaba junto al río dando frente al puente que comunicaba el barrio con la City.

Aunque en ese momento no podía verlos, sabía a ciencia cierta que le seguían. Los había visto a bordo del transbordador que desde Kirkwall lo condujo a Thurso, y también en cada uno de los trenes que había cogido después: primero a Inverness, luego a Edimburgo y finalmente el que le había llevado hasta Londres. La niebla debía dificultarles su trabajo, pero los que le seguían conocían tan bien cómo él su intención de visitar el hospital de London Bridge en el que yacía el cuerpo frío de su madre, y seguramente sabían también que en esos momentos se dirigía a hospedarse en la pensión Smithfield. La humedad de la noche comenzaba a calarle los huesos y la cercanía del Támesis hacía que la sensación de frío fuera mayor. Cuando llegó a su destino, la viuda del sargento Gary Smithfield le esperaba en el registro de la pensión y enseguida tuvo entre sus manos una taza de té caliente que devolvió el calor a su cuerpo.

—Siento mucho el fallecimiento de su madre, señor Oertel.

Sarah Smithfield era una mujer rolliza que al hablar hacía el gesto de secarse las manos en el delantal y no levantaba los ojos del suelo.

—Gracias, señora Smithfield —contestó Albert tratando de centrar su mirada—. Aily le envía un cálido abrazo, y yo le agradezco las molestias que se ha tomado conmigo.

En realidad, Aileas y Sarah apenas se conocían. Se habían encontrado a resultas de la reunión de viudas de guerra con el ministro de Defensa al término de la Gran Guerra. Pero entre las muchas de ellas que regentaban pensiones, se había formado una corriente de apoyo mutuo tan solidaria como espontánea, de manera que a Aily no le costó encontrar un lugar en el que Albert pudiera alojarse durante su estancia en Londres.

—Devuélvale el abrazo de mi parte. Tiene la cena preparada. Sólo tendría que calentarla.

—Se lo agradezco, señora Smithfield, pero antes quisiera acercarme al hospital…

—Oh, claro, su madre... Naturalmente.

—Gracias, señora Smithfield. Subiré a la habitación a dejar la maleta y luego me acercaré al hospital. Quisiera poder velar un rato su cadáver.

—Lo comprendo, señor Oertel. Le he reservado una habitación en la planta baja. No hay nadie más alojado en el pasillo, así que no tendrá que compartir el baño. En cuanto a la maleta, puede dejarla aquí si lo prefiere.

—Está bien, señora Smithfield —dijo Albert agradeciendo el cumplido con una leve inclinación de cabeza—. No hace falta que me espere levantada. Si fuera tan amable de dejarme un sándwich frío en la habitación, sería suficiente. Ahora, si no le importa... —completó señalando la puerta.

—No, claro. Vaya y no se preocupe. Hasta mañana, entonces. Procure descansar.

A la salida de la pensión sintió una sombra esconderse detrás de una esquina. El frío había arreciado, y sin la carga de la maleta pudo caminar a buena marcha hasta el vecino hospital; allí el celador lo acompañó al mortuorio, donde pudo contemplar el rostro cerúleo de la mujer que habían hecho pasar por su madre.

—El padre Merrin ha tenido que salir a una urgencia, pero podrá encontrarlo aquí mañana a primera hora. La idea es rezar un responso por el alma de su madre en la capilla del propio hospital y a continuación inhumar su cuerpo en el cementerio de Crossbones. No está lejos de aquí. Andy Merrin se ha encargado de todo, aunque me temo que tendrá que firmar unos cuantos documentos.

—Estaré aquí a la hora que me diga—. Respondió Albert secamente.

—A las ocho estará bien, señor Oertel.

Albert regresó a la pensión y se dirigió directamente a su habitación, donde encontró un sándwich de carne y un vaso de leche tibia.

Le costó dormirse. Sabía que su vida le había conducido a una encrucijada en la que tendría que jugarse todo a una carta. La habitación no tenía persianas en la ventana y cuantas veces se incorporó para inspeccionar el exterior vio un coche detenido frente a pensión con los vidrios de las ventanas empañados por la condensación producida por la respiración de varias personas. Sabía que le vigilaban, pero el hecho de que el coche permaneciera detenido bajo la luz mortecina de una farola, le hizo pensar que querían que se supiera vigilado, lo cual consideró una buena noticia, pues significaba que de alguna manera esperaban que cometiera alguna equivocación bajo presión, y eso quería decir que no tenían del todo claro si era la persona que buscaban. Aunque siempre había pensado que su aterrizaje en el mundo de los agentes de información y posterior caída en desgracia era sólo producto de la mala suerte, desde hacía tiempo veía las cosas de manera diferente y si bien al principio los acontecimientos habían venido propiciados por la desgracia, más tarde se dio cuenta de que había sido un juguete en manos de la autoridades británicas, interiorizando su rechazo en la persona de Winston Churchill.

Tumbado en la cama con la habitación completamente a oscuras, Albert recordó cómo se habían desarrollado los acontecimientos que le habían llevado a ser declarado enemigo de Inglaterra y con ello a la muerte de su querida esposa Amelia.

Recordó a su padre, Quentin Sparks, un reputado carpintero que empezó a ganar dinero cuando, en los primeros años del siglo XX, dio comienzo la carrera de la construcción de los lujosos trasatlánticos con los que Gran Bretaña habría de asombrar al mundo. En aquellos tiempos la meca de la madera aplicada a los lujosos restaurantes, fumadores, salones y camarotes de lujo de los grandes trasatlánticos estaba en Alemania y allí se desplazó su padre dispuesto a aprender los secretos de la carpintería teutona con idea de importarlos a su tierra. Fue un golpe del destino que conociera a su madre, Ana Knapp, y también que el mejor astillero de Alemania, Blohm & Voss, en Hamburgo, le ofreciera un contrato irrechazable. El resto vino rodado: su nacimiento en Alemania en una de las épocas más prósperas de su padre y la placidez de su crecimiento en una recoleta casita frente al rio Elba en el seno de una familia donde se respiraba amor por los cuatro costados.

Todo parecía perfecto, pero la burbuja de felicidad en que vivía con sus padres, la hermana de su madre, su marido y su primo Rolf, el mejor de sus amigos junto al que había crecido compartiendo todos sus secretos, se rompió cuando su madre se vio afectada por un cáncer que apenas le concedió unos meses de vida. Sin ella, que constituía la pieza principal de la casa y el centro de gravedad de la familia, las cosas empezaron a ir de mal en peor y, para colmo, cuando en Alemania empezaron a escucharse voces que auguraban una guerra a corto plazo con Inglaterra, la familia comenzó a sentir la presión y hostilidad de los que hasta ese momento habían sido sus amigos, hasta que finalmente decidieron regresar a Inglaterra, estableciéndose cerca de Southampton, donde ni a su padre ni a él mismo, cada vez más reputados ambos como constructores de barcos, les faltaron oportunidades para trabajar.

Las cosas comenzaron a ir bien de nuevo. Conoció a Amelia y a los pocos meses le pidió matrimonio. El suculento contrato de padre e hijo con la Cunard Lines vino a establecer un nuevo círculo de felicidad en sus vidas. Cuando en su oficina de Southampton el señor Edward Cunard les dijo que había pensado en ellos para formar parte del equipo de construcción de un buque que con el nombre de *Lusitania* habría de asombrar al mundo, no tuvieron el menor inconveniente en trasladarse a las altas tierra de Escocia, estableciéndose en Newcastle mientras duró la construcción del mayor trasatlántico del mundo.

Recordaba con toda precisión la preciosa casita que habían arrendado a orillas del río Tyne, donde solían llegar las cartas desde Alemania en las que su primo Rolf le confiaba sus proyectos en el mundo de la construcción naval que ambos compartían. Cuando supo de la verdadera magnitud del proyecto del *Lusitania* y que habría de convertirse en el buque más grande, lujoso y rápido del mundo, tras mostrárselos a Amelia compartió los bocetos con su primo con la satisfacción de participar en la construcción del buque que habría de representar el orgullo de Inglaterra.

Hasta ese momento lo que había venido sucediendo en su vida podía achacarse al destino: Su nacimiento en Alemania, el regreso a Inglaterra cuando comenzó a oírse hablar de la guerra, su contrato con la Cunard y el viaje a Escocia desde Portsmouth atravesando toda Inglaterra. Fueron los días felices, en los que Amelia y él encontraban cada día nuevas formas de quererse. Cuando tiempo después viajó a Belfast a conocer a la familia de Amelia, también lo interpretó como un nuevo designio del destino.

La familia de Amelia lo consideró uno de los suyos desde el principio y en uno de sus primos, Pity Osgood, encontró el amigo que más allá de Rolf no había tenido nunca. Pity trabajaba como delineante en la White Star Line, la naviera que disputaba a la Cunard el jugoso pastel de la inmigración a América, y cada día al terminar su jornada laboral en los astilleros irlandeses de Harland & Wolf, Pity corría a encontrarse con él en el Smugglers Creek, un pub en el que corría la cerveza mientras los jóvenes amigos compartían las cosas propias de su edad y los aspectos más variados de su profesión. Estaban en 1909 y ya hacía dos años que el *Lusitania* recorría el Atlántico como un galgo uniendo las ciudades de Liverpool y Nueva York, mientras que los operarios de Harland & Wolf acababan de poner la quilla al *Titanic,* segundo buque de la serie Olympic que crecía en la grada principal del astillero irlandés.

No mucho tiempo después, las cosas empezaron a torcerse y aunque durante muchos años pensó que como en otras ocasiones se debió a reveses del destino, con el tiempo comprendió que detrás que su caída en desgracia había un hombre que consideraba que en tiempos de guerra el valor particular de las personas dejaba de existir y sólo contaba el peso de la nación.

La evocación de Winston Churchill le hizo sentir un ramalazo de ira a pesar del tiempo transcurrido desde que se cruzara por primera vez en su vida. Para entonces ya había hecho varios viajes en el *Lusitania* y conocía el barco como la palma de su mano. Cuando Leonard Peskett, constructor jefe del trasatlántico, lo llamó a su presencia en las oficinas de la Cunard en Londres no albergó ninguna sospecha de lo que se estaba tramando contra él y tampoco le pareció raro que en el mismo momento de entrar al despacho de Peskett lo abandonaran dos oficiales navales de alta graduación. La guerra estaba cada vez más cerca y el gobierno había decidido ejecutar las cláusulas secretas que le permitían militarizar los buques de la Cunard en caso de conflicto.

Peskett no se anduvo por las ramas. Durante la construcción de los barcos de la White Star Line circuló que la compañía irlandesa podía haber contado con los planos del *Lusitania* para la construcción de sus gigantes de la clase Olympic, y Leonard le preguntó sin evasivas por su amistad con Pity Osgood. Se sintió angustiado porque era cierto que en el fragor de las cervezas pudo darse que en alguna ocasión compartiera con el primo de su mujer algún detalle de la construcción del *Lusitania* que tal vez hubiera sido mejor omitir, pero ni Pity ni él eran espías industriales, sólo jóvenes orgullosos de formar parte de los equipos de construcción de los barcos que en aquellos días representaban el orgullo de Inglaterra. Sin embargo, fue la siguiente pregunta de Peskett lo que lo dejó inmovilizado en su asiento como si de repente hubieran cargado sobre sus hombros el peso de cualquiera de aquellos barcos.

—¿Quién es Rolf Rhiner?

Las cejas de Leonard Peskett se levantaron, dando al presidente de la compañía el aspecto de un profeta enojado.

—Es... mi primo —recordó haber balbuceado en un hilo de voz.

—¿Es alemán?

Recordó también haber asentido con la cabeza porque la garganta se le había quedado tan seca que no pudo articular palabra.

—Constructor de barcos en la Friedrich Krupp Germaniawerft, por lo que sé...

Sintió que no podía moverse ni siquiera para asentir. Ignoraba que su primo trabajara en aquellos momentos en los astilleros en los que Alemania estaba produciendo submarinos como cucuruchos de fish and fries. En ese momento su mente se ocupaba en calcular el precio que podían cobrarle por haber nacido en Alemania y conservar allí una parte de su familia.

En un gesto teatral, Peskett arrojó unos papeles sobre la mesa y un sudor frío y pegajoso atenazó su cuerpo que quedó desconectado de las órdenes de su cabeza.

—¿Es tu letra, Cyril?

En las cartas que había intercambiado con su primo aparecían señaladas palabras que en aquellos momentos aparecían cargadas de significado, como coraza, ubicación potencial de cañones, capacidad de carga, velocidad o consumo de combustible. Tuvo que hacer un esfuerzo sobrehumano para volver a asentir.

A partir de ese momento, las cosas se sucedieron a un ritmo vertiginoso. Peskett dijo que no podía hacer nada por él, cosa que escenificó levantándose y dándole la espalda, momento en que los oficiales de la Royal Navy volvieron a entrar al despacho acompañados de cuatro miembros de la Policía Militar que lo esposaron y lo condujeron a la prisión de Kennington Road, de donde sólo cinco días después fue llevado a una corte marcial que lo condenó a morir fusilado por delito de alta traición a la patria, supeditando el momento de cumplimiento de la pena capital a la sanción de la misma por el Primer Lord del Almirantazgo.

Tumbado en la cama de la pensión Smithfield, Albert Oertel volvió a sentir en su cerebro el martillazo con el que el juez de la corte que lo había juzgado rubricaba su condena, y se incorporó de la cama de un salto. Sudaba copiosamente y a través de la ventana volvió a atisbar la presencia del coche desde el que lo vigilaban.

Pasó una semana desde que volvieron a confinarlo en su celda de Kennington Road, siete días en los que terminó destruido emocionalmente a base de imaginar el momento de su ejecución y el dolor que su muerte causaría en el afligido corazón de su mujer. Así estaban las cosas, cuando dos individuos uniformados se presentaron en su celda ofreciéndole dos sobres que debía firmar. Los términos de aquella entrevista en la prisión en la que estaba a punto de ser fusilado, quedaron grabados en su memoria con toda nitidez, al fin y al cabo fue tras aquella conversación cuando los propios ingleses a los que ahora combatía hicieron de él un agente de información a su servicio.

—Caballeros, llevo demasiados días esperándoles, les ruego que abrevien, ¿cuándo se producirá el...?

Recordaba perfectamente no haber podido completar la frase y que se sentía tan falto de energías que tuvo que apoyar las manos en la mesa de la celda.

—Eso depende de usted, señor Sparks. Hemos traído dos cartas —dijo uno de los uniformados con un fuerte acento galés, mostrando dos sobres cerrados con el inefable color mostaza de la correspondencia oficial del imperio.

—¿Dos cartas? —preguntó con el brillo de la esperanza iluminando sus pensamientos.

—Así es, señor Sparks. Este sobre contiene la notificación de la orden de ejecución con la fecha y la hora de la misma, esperamos que colabore y nos la devuelva firmada.

La luz que acababa de alumbrar sus pensamientos se apagó mientras alargaba la mano para recoger el sobre y la pluma que le ofrecían.

—¿Y el segundo? —preguntó expectante de conocer qué nueva sorpresa pensaba depararle el ministerio de la Guerra.

—Contiene un indulto del rey Jorge.

—¿Un indulto? Tendrán que disculparme, pero no entiendo… ¿Por una parte me ejecutan y por otra me ofrecen el indulto?

—Así es, señor Sparks. El rey Jorge estaría dispuesto a ejercer su derecho a la indulgencia siempre que usted se aviniese a colaborar con el gobierno de Su Majestad como forma de redimir sus crímenes.

—Yo no he cometido ningún crimen —recordó haberse defendido.

—Eso no nos corresponde a nosotros juzgarlo, pero recuerde que ha sido condenado por un tribunal con todas las garantías.

Desde luego no estaba de acuerdo con ese razonamiento, pero entendió que no era el lugar ni el momento para discutirlo.

—Y si acepto el indulto, ¿qué sentido tiene el otro sobre? Y por otra parte, ¿a qué se refieren ustedes con eso de colaborar con el gobierno de Su Majestad?

—Señor Sparks, la sentencia se ejecutará en cualquier caso, aunque si acepta la propuesta del Primer Lord del Almirantazgo la ejecución será sólo administrativa.

—Explíqueme eso por favor.

—Oficialmente será fusilado conforme a la sentencia del tribunal militar, pero salvará la vida y pasará a trabajar para el gobierno con otro nombre y en otro país.

—¿Y qué pasará con mi mujer?

—Le será notificada su muerte y no podrá volver a verla, al menos mientras dure la guerra. Una vez que acabe, si ganamos supongo que el Rey será generoso con usted y si perdemos, tanto a él como a todos nosotros nos dará igual lo que venga a continuación.

—Lo siento, pero no puedo aceptar una cosa así, significa un sufrimiento demasiado hondo para ella.

—Entonces bastará con que firme el primer documento.

Aquellas palabras le hicieron reflexionar. A lo largo de los días precedentes había temblado de miedo ante la idea de la muerte y lo que ello supondría para sí mismo y para Amelia, y ahora que le tendían un cabo salvavidas sentía que tenía que acogerse a él de cualquier modo, por duras que fueran las condiciones.

—¿Y qué se supone que tendría que hacer si acepto el indulto? ¿Dónde me enviarían?

—Marcharía a los Estados Unidos, donde sería infiltrado con una identidad nueva. Una vez allí trabajaría en una oficina en el puerto de Nueva York; en realidad se trata de una tapadera para mantenerle a usted en contacto con los barcos. No puedo decirle más.

—Supongo que me convertiría en una especie de espía al servicio del gobierno. ¿No es eso?

—A nosotros no nos gusta esa palabra, pero sí, su trabajo consistiría básicamente en distribuir la información que le llegue a través de determinados conductos, aunque deberá considerar que para nosotros habrá dejado de existir, por lo que el gobierno no se haría responsable de usted si llegara a meterse en algún lío.

—Pero yo no sé hacer eso, no lo he hecho en mi vida, me desenmascararían a las primeras de cambio.

—Pues tendrá que aprender. Si acepta, asistirá a un curso de tres semanas en el que será instruido, entre otras materias, en el robo, el cifrado y descifrado de la información, técnicas de supervivencia, la falsificación y también el asesinato y el suicidio a los que podría verse obligado a recurrir en determinadas circunstancias. Una vez se considere que está listo, lo pondremos en circulación. Se sorprendería si llegara a conocer de dónde proceden los que hoy son nuestros mejores agentes en el extranjero.

Recordó haberse sumido nuevamente en sus reflexiones con el corazón galopando dentro de su pecho como un potro salvaje. Desde luego no estaba dispuesto a quitarse la vida y el asesinato no lo contemplaba más que en el caso de tener que defender su vida. En cuanto al resto, pensó que teniendo a su mujer en el pensamiento podría llegar a acostumbrarse. Exhaló un sonoro suspiro como preludio de su aceptación.

—Me temo que no tengo otra salida —dijo abriendo los brazos en un gesto de resignación.

—Está bien —contestó el más espigado de los dos militares—. Bienvenido al equipo. Le recuerdo que aún tiene que firmar la notificación de su sentencia de muerte.

Unas semanas después viajaba a los Estados Unidos reconvertido en Steve Boozer, con el documento de identidad y el pasaporte de un empresario descendiente de una familia de comerciantes de tabaco y algodón cuyo bisabuelo había luchado con Robert Lee en la batalla de

Gettysburg. Nuevamente sus pulsaciones se aceleraron en el momento de cruzar la aduana y tenía el corazón en un puño cuando el funcionario de la oficina de inmigración le pidió el pasaporte, que sorprendentemente aceptó como bueno, dándole la bienvenida a los Estados Unidos.

Su misión allí consistió, básicamente, en intoxicar la prensa norteamericana con supuestos ataques de los submarinos alemanes a buques norteamericanos y neutrales. Su vida en Nueva York fue un auténtico martirio debido al alejamiento de Amelia, a la que era incapaz de imaginar rezando ante su supuesta tumba en Inglaterra. Se daba cuenta de que los ingleses lo estaban utilizando para tratar de involucrar al presidente Wilson en la guerra. Cuando a través de un agente norteamericano consiguió establecer contacto con Amelia en Londres y contarle que estaba vivo, se sintió el hombre más feliz sobre la tierra, pero era demasiado tarde.

Su mujer le hizo llegar una nota en la que le anunciaba que incapaz de soportar el alejamiento y la tensión viajaría a verle a Nueva York para lo que había conseguido un pasaje en el siguiente viaje del *Lusitania*, buque que él mismo había ayudado a convertir en un cebo que sería torpedeado a la salida de Liverpool. En aquellos días los torpedos alemanes eran incapaces de hundir un trasatlántico de más de doscientos metros de largo y treinta mil toneladas de desplazamiento, pero eso no representaba ningún problema pues el barco llevaría a bordo una bomba de extraordinaria potencia que harían explotar en sintonía con el torpedo.

Recordó haberse roto de rabia e impotencia. En aquellos momentos el *Lusitania* se mecía en el muelle 54 de Nueva York preparado para llevar a cabo su enésimo viaje a Inglaterra. La situación había alcanzado unas cotas de tensión nunca vistas y la embajada alemana en Washington publicó en los periódicos norteamericanos un aviso señalando el trasatlántico como objetivo de sus submarinos por considerarlo transporte de guerra, a pesar de lo cual muchos ciudadanos de los Estados Unidos embarcaron desoyendo las advertencias alemanas. Al ver el peligro que corría su mujer, rompiendo todas las reglas de la prudencia consiguió embarcar subrepticiamente en el trasatlántico con idea de impedir que lo hiciera ella en el viaje de regreso a América, pero una vez más llegó demasiado tarde.

El torpedo alemán le sorprendió en el puente de gobierno, donde pudo escuchar y sentir nítidamente la segunda explosión, la que verdaderamente reventó el barco por dentro. Recordó su caída al mar desde las alturas del puente y el dolor que le produjo el impacto de su pierna izquierda con una viga de madera a la deriva. En sus bolsillos llevaba el verdadero manifiesto de carga, el que demostraba, contrariamente al que había presentado la Cunard en la oficina de fletes de Nueva York, que el buque transportaba municiones, lo que le convertía de facto en un objetivo de guerra legítimo. Tras ser recogido por los alemanes de la superficie del mar fue llevado a una fría prisión militar en Rumanía, en la que permaneció dos años antes de que el comandante Franz Haller le diese la buena noticia de que habían verificado su historia y quedaba libre y la mala de que Amelia había muerto a manos de aquellos a los que había desafiado escapando de los Estados Unidos. Por salvar la vida de su esposa se embarcó rumbo a Inglaterra, consiguiendo escapar de sus perseguidores que, tratando de conocer su paradero a través de ella, la habían matado torturándola de una manera horrible.

Albert dio un respingo en la cama y comenzó a sudar de nuevo al recordar la fotografía de su mujer muerta y las ostensibles marcas que la tortura había dejado en su cuerpo. Un rayo de luz entró a través de la ventana. El coche que había permanecido estacionado toda la noche frente a la pensión había desaparecido. En ese momento recordó el grave peligro que corría. De alguna manera los ingleses habían descubierto algo turbio en su vida y le seguían los pasos. Había estado toda la noche sin dormir, aunque se sorprendió al darse cuenta de que, lejos de encontrarse fatigado por la falta de descanso, sentía intactas sus energías y el ánimo de venganza especialmente renovado. Para entonces ya sabía que su enemigo era Churchill. Él fue el instigador de todo. Por involucrar a los americanos en la guerra no le importó sacrificar un buque como el *Lusitania* ni la vida de los mil doscientos pasajeros que el trasatlántico arrastró al fondo del mar, pero sobre todo y en definitiva, él había sido el causante de la horrible muerte de su mujer.

Sentado en el sillón en el centro de la habitación, esperó que se le enfriara el sudor y se acompasara su corazón. Recordó que fueron los ingleses los que le habían enseñado a actuar con aplomo y a no precipitarse en el cumplimiento de sus objetivos. Lo siguiente era enterrar el cuerpo de aquella mujer a la que sus jefes alemanes habían hecho pasar por su madre y rezar una oración por su alma.

De repente se sintió tranquilo y decidió que en otro momento pensaría en cómo burlar la vigilancia a la que estaba siendo sometido. Incorporándose de la cama, se dirigió al cuarto de baño silbando entre dientes una vieja canción.

Capítulo 17

LONDRES, GRAN BRETAÑA
VERANO DE 1939

Durante el otoño de 1938 y la primavera del año siguiente, el Primer Ministro Chamberlain continuó enviando a su primo a entrevistarse periódicamente con Winston Churchill en su retiro de Chartwell House. Sus premoniciones relativas a los avances militares de Hitler se habían ido cumpliendo con asombrosa exactitud, hasta que el *premier* entendió que era mejor tenerlo lo suficientemente cerca como para poder contar con su consejo en los momentos de crisis, pero no tanto como para verse obligado a soportar su soberbia, la arrogancia de sus desplantes y, sobre todo, su aborrecible acento de Chelsea.

Cuando no tuvo más remedio que admitir que, como anticipara el antiguo ministro de Hacienda, la Lutwaffe alemana había conseguido una notable superioridad aérea sobre la RAF británica, Chamberlain invitó a Churchill a instalarse en una lujosa propiedad del gobierno en

Watford, al noroeste de Londres, con comunicación directa con el primer ministro y un coche con chofer que podía conducirlo hasta el 10 de Downing Street en menos de media hora. Churchill se negó con argumentos bastante razonables. Su mansión de Chartwell House, en Westerham, estaba a cincuenta minutos del centro de Londres y tanto desde Westerham como desde Watford llegar hasta el corazón de la City era peor que un dolor de muelas. Disimulando la ira que le hacía sentir su prepotencia, el primer ministro no tuvo más remedio que aceptar las exigencias de Churchill, que finalmente se instaló con su biblioteca en una exclusiva mansión de quince habitaciones en el barrio de Knightsbridge, con vistas directas a Hyde Park.

Frente a la mesa de su nuevo despacho, como si fuera un general del Alto Estado Mayor, un panel desplegaba un enorme mapa de Europa saturado de chinchetas de todos los colores que mostraban la disposición de las tropas alemanas y las de sus países vecinos. Alejado de la política, a través de sus conversaciones con militares de alta graduación y cargos relevantes de la administración como único apoyo había llegado a estimar que, contrariamente a lo que declaraba, Alemania estaba gastando 1500 millones de libras al año en armamento, estimación que el servicio secreto británico acababa de descubrir muy cercana a la realidad. Churchill se desesperaba; tales cantidades no se ajustaban ni de lejos a los gastos conocidos en cañones, carros de combate, aviones o buques de superficie, y se maliciaba a donde estaban yendo a parar los desconocidos. Mientras Chamberlain seguía confiando en la palabra de Hitler y Mussolini como única vía de agotar las posibilidades de evitar una guerra en Europa, sus enemigos se armaban hasta los dientes. Sintió que se lo llevaban los demonios cuando los periódicos conservadores alabaron la firmeza del primer ministro al denunciar a Alemania e Italia ante la Liga de Naciones, pero la realidad, como era de esperar, fue que dicho organismo no impuso sanciones y, mucho menos, ninguna medida militar. Como respuesta, Hitler ocupó el corredor del Rin que años antes Francia había desocupado como gesto de buena voluntad y más tarde, visto el resultado fallido del intento de golpe de Estado en Austria, el canciller alemán decidió ocupar militarmente el país ante la incredulidad de las potencias europeas.

Los países iban cayendo como las piezas de un dominó diabólico, y tras la caída de cada una de ellas Chamberlain no tuvo más remedio que escuchar de labios de su primo que Churchill se lo había advertido. Cuando el presidente del Gobierno checoslovaco dimitió y las más de 30 divisiones de su ejército que hacían de colchón entre Alemania y Rusia se disolvieron, Stalin tomó nota y no vio otra salida que un acuerdo de mutua protección con Hitler para garantizar su integridad territorial ante la inoperancia de Francia y la Gran Bretaña. Por si fuera poco, Hitler, lejos de renunciar a sus pretensiones territoriales, después de haber ocupado los Sudetes, puso sus ojos en Polonia tal y como había pronosticado Churchill. A Chamberlain no le quedó más remedio que advertir a Hitler que si invadía Polonia, el Reino Unido y Francia le declararían la guerra.

Y así estaban las cosas ese tórrido verano de 1939. Churchill miraba sus mapas, consultaba los números relativos al armamento alemán que había conseguido el servicio secreto y ya veía los carros de combate alemanes atravesar como flechas el corredor norte de Europa y caer uno tras otro, como las piezas de un intrigante juego de ajedrez, países como Polonia, Holanda, Bélgica, Luxemburgo e incluso Francia, señalados todos en el mapa con chinchetas de color rojo. Su mirada se fijó entonces en las azules aguas del canal de la Mancha y las chinchetas de color amarillo al norte del Canal que representaban la fuerza aérea británica, muy inferior al número de chinchetas del mismo color que dentro del mapa de Alemania simbolizaban la fuerza aérea alemana. En ese momento imaginó los aviones Stuka alemanes dejando caer sus bombas sobre Londres y a los chicos de los Spitfire tratando de evitarlo a costa de sus jóvenes vidas, y de manera instintiva escribió en la carpeta abierta en su escritorio las palabras «sangre, sudor y lágrimas», las mismas con las que con el tiempo habría de construir otra de sus frases lapidarias. Con un gesto de preocupación sostuvo la cabeza entre las manos mesándose los escasos cabellos que en ella quedaban y en un movimiento instintivo se sirvió un vaso de whisky y encendió un cigarro. En ese momento sonó el teléfono y su secretaria le comunicó que el primer ministro quería hablar con él. La conversación fue breve y en esencia Neville Chamberlain vino a oficializar lo que era un secreto a voces: acababa de proponerlo ante la reina como primer lord del Almirantazgo.

Tras encender el puro que se había vuelto a apagar entre sus dedos, Churchill se puso en pie y caminó arrastrando los pies hasta una gran mesa dispuesta tras el panel del que colgaban los mapas. Se trataba de una enorme maqueta representando la gran isla de Inglaterra en la que aparecían todas y cada una de las bases navales de la Royal Navy, con expresión del número de buques en cada una de ellas. Parecía como si la noticia que le acababa de dar el primer ministro no hubiera causado ningún efecto en sus apagados ojos, incluso podría decirse que el rictus de tristeza que ensombrecía su rostro no estaba ahí antes de recibir la llamada. Sin apenas detenerse en el mapa de Inglaterra, el recién nombrado primer lord del Almirantazgo caminó hasta otra mesa menor que representaba con todo detalle la orografía y disposición de la Base de Scapa Flow, y sus dedos acariciaron la blanca superestructura de escayola que representaban sus edificios.

A pesar de la buena noticia que le acababa de trasmitir, el primer ministro se sentía invadido por una inexplicable ola de tristeza. No olvidaba que entre aquellas paredes de la principal base naval inglesa se gestó tiempo atrás uno de los reveses más amargo de las fuerzas armadas de su país y tal vez el golpe más doloroso a su arrogancia. Cerrando los ojos recordó su fuerte discusión hacía más de 20 años con el Almirante John Arbuthnot Fisher en la sala de planeamiento de aquella base que representaba entonces y seguía representando en aquellos momentos el corazón de la Royal Navy.

Jacky Fisher había sido primer lord del Almirantazgo antes que él, que fue elegido más tarde para desempeñar el importante cargo durante la Primera Guerra Mundial, siendo relevado tras la misma precisamente por el propio Fisher en su segundo nombramiento para el cargo. A lo largo de su dilatada carrera de marino Fisher ejerció una profunda influencia en el pensamiento naval inglés y en la modernización de la Marina británica.

En realidad, y en el silencio de sus pensamientos era algo que no tenía más remedio que reconocer: en tiempos de la Primera Guerra Mundial había actuado contra Fisher movido por la envidia y la soberbia. Antes de eso se habían llevado bastante bien e incluso habían sido buenos amigos a rebufo de la amistad y la camaradería surgidos entre su esposa Clementine, y Frances Catherine, la de Jacky.

Sir John Fisher conoció la fama cuando su prototipo de dreadnought como arma superior de la Royal Navy fue aplaudido e imitado por las marinas de todo el mundo. La admiración que sentía por él el rey Eduardo VII, sintetizada en una profunda amistad y en su nombramiento como caballero de la Orden del Baño, fue otra de las razones que hicieron que comenzara a sentir envidia por el almirante cuando comenzó a ser reconocido popularmente. Pero fue el incidente a propósito de la operación en Galípoli lo que quebró su amistad y los distanció definitivamente.

Ocurrió precisamente entre aquellas paredes de la Base de Scapa Flow, cuya maqueta acariciaba en ese momento. En presencia de una serie de reputados oficiales navales, Fisher y él habían ido elevando el tono de sus palabras hasta que, en sus funciones de primer lord del Almirantazgo, terminó imponiéndose a gritos al reconocido almirante apelando a la obediencia militar como argumento definitivo.

En esencia, el primer lord defendía que Rusia era un aliado esencial al que había que apoyar con todo tipo de suministros de guerra, pues su presión al Imperio alemán obligaría a Guillermo II a mantener en el frente ruso una fuerza importante que ayudase a facilitar las victorias inglesas en otros frentes, y la cadena de suministros a Rusia no podía hacerse por otro medio que a través del estrecho de los Dardanelos, lo que a su vez obligaba a la toma de Estambul, razón que hacía necesaria la incursión de una fuerza expedicionaria en algún lugar de la costa turca desde el cual proyectarse sobre la vieja Constantinopla. Y el lugar elegido por Churchill fue Galípoli.

Jacky Fisher se opuso con todas sus energías, y Churchill recordaba haberse sentido profundamente herido en su ego, por lo que impuso su criterio de la manera más humillante, en aquella sala de planeamiento de Scapa Flow ante docenas de oficiales navales a base de gritos y la amenaza de acabar con la carrera militar del prestigioso almirante, que finalmente tuvo que agachar la cabeza y obedecer las órdenes de su jefe. La campaña fue un desastre, con más de doscientas mil bajas inglesas y otras cien mil por parte de los aliados, lo que aumentó la popularidad de Fisher que había dimitido tras la discusión. Roto por la amargura de la derrota, cuando el partido conservador le obligó a renunciar al cargo de primer lord del Almirantazgo, resolvió enfundarse su uniforme de oficial del ejército y marchar al frente occidental al mando de un batallón de fusileros reales.

Unos golpes en la puerta le distrajeron de sus oscuros pensamientos. La secretaria le anunció la visita del señor Herbert Chamberlain y Churchill le invitó a sentarse frente a él en su despacho. Venía, según decía, a felicitarle por su inminente nombramiento como primer lord del Almirantazgo, pero el viejo león sabía que venía a algo más, seguramente a pulsar su opinión sobre los últimos acontecimientos en Europa para trasladarlos después al primer ministro. Churchill sabía que a esas alturas las cosas habían alcanzado una inercia imparable por no haberlas detenido a tiempo y que lo siguiente sería la ocupación de Polonia por parte de Alemania, tras lo cual la guerra se extendería por toda Europa.

—¿Hay alguna novedad respecto a *Comadreja*? —contestó ignorando su felicitación, con la mente puesta en la maqueta de Scapa Flow que contemplaba cuando llegó Chamberlain.

La pregunta dejó completamente desconcertado a su interlocutor.

—Señor Churchill, actualmente no hay ningún agente alemán con ese nombre. Ya hemos hablado de eso —repuso Chamberlain, que acababa de ocupar la jefatura del MI6.

—¿Y qué hace Rafferty en Escocia? Y por favor, Herbert, no me digas que sigue trabajando en el refuerzo de las defensas de nuestra base en Scapa Flow. Cualquiera podría hacer eso y seguramente mejor que él. ¿Estás completamente seguro de que *Comadreja* ya no trabaja para los alemanes?

—No al menos el agente llamado así que los ayudó durante la otra guerra.

Churchill se mordió el labio para no dejar escapar sus pensamientos. Herbert Chamberlain hablaba por boca de su primo, quien aún conservaba sus infantiles esperanzas de alcanzar la paz con alemanes e italianos por la vía de la negociación, pero sus últimas palabras le habían traicionado. Al hablar de la del 14 como la otra guerra, su subconsciente le había delatado. Una nueva guerra estaba a punto de estallar, únicamente faltaba ponerle nombre.

—¿Sigues pensando que era aquel pescador, ¿cómo se llamaba?

—Scott Hendry. Sí, todo apunta a que se trataba de *Comadreja*.

Las investigaciones de Rafferty en Kirkwall habían encontrado un posible agente alemán en la figura de Scott Hendry, un individuo huraño y poco dado a relacionarse con los demás que por aquellos días regentaba un pequeño negocio de venta de pescado. La evocación de su nombre y su relación con el escurridizo agente alemán surgió en la oficina del sheriff Grinnell cuando en el viejo local en el que se había dedicado a vender pescado tiempo atrás, cerrado desde hacía muchos años, se originó un incendio que estuvo a punto de hacer arder el barrio completo. Cuando más tarde Rafferty supo que se trataba de un individuo de carácter esquivo, que pasaba las tardes en su bote con sus cañas de pescar sacando del mar el pescado que habría de vender al día siguiente sus alertas se dispararon. Para entonces el principal sospechoso, el relojero Oertel, ya había sido descartado.

Tirando del hilo, Rafferty supo que mientras permaneció en Kirkwall, Hendry acostumbraba a deambular en solitario por los islotes aledaños a la base naval y también que era aficionado a pescar, bien desde su bote o encaramado a cualquier roca en la parte norte de la isla de Burray desde la que tuviera una buena panorámica del interior de la rada en la que solía fondear la flota. Naturalmente, la zona por la que solía moverse fue objeto de todo tipo de investigaciones y durante semanas permaneció cerrada e incomunicada mientras los hombres de Rafferty trabajaban supuestamente en instalar una batería de defensa aérea.

Como resultado de la búsqueda, en la zona de rocas desde las que Hendry acostumbraba a echar la caña encontraron un hueco debajo de unas piedras con una pequeña bolsa de cuero impermeable, dentro de la cual aparecieron unos prismáticos viejos y un cuaderno con dibujos de la ensenada en la que los fondeaderos tenían nombres asignados y unos cuadros con fechas en los que a cada punto de fondeo le correspondía un grupo de tres letras, posiblemente trigramas con los que se identificaba cada una de las grandes unidades de combate inglesas.

Cuando la información llegó a Londres, el MI6 comenzó a trabajar y no tardó en descubrirse que la última anotación se ajustaba a la fecha del intento de ataque a la base llevado a cabo por el U-116 a las órdenes del teniente de navío Hans Emsmann. Las discretas pesquisas llevadas a cabo en Kirkwall, alertaron a los agentes de contrainteligencia en Londres. Apenas unas pocas personas recordaban a aquel hombre y nadie supo decir en qué momento desapareció de la pequeña capital escocesa. El sheriff Grinnell se sintió avergonzado por no haberse cuestionado en ningún momento la presencia en Kirkwall de aquel hombre tan insignificante como extraño y lamentó que por entonces no existiera un censo de sus habitantes. La discreción y la bruma de que se había revestido el pescadero hicieron pensar a las autoridades del MI6 que pudieran estar ante una buena pista y se pusieron a buscarlo como locos, hasta que encontraron su rastro y su final en Liverpool atropellado por una camioneta de reparto de leche. Para ellos el caso estaba zanjado. Liverpool había sido un nido de espías durante la guerra y, aunque a menor escala, siguió siéndolo después. Por otra parte, la muerte por atropellamiento de los agentes de campo quemados era bastante corriente. Pero la investigación todavía reservaba una sorpresa a los agentes del MI6: el conductor de la camioneta desapareció más tarde en el mar mientras disfrutaba de un plácido día de pesca. Por su parte, Scott Hendry fue enterrado a cargo de la beneficencia en un osario común. En el MI6 dieron el caso por cerrado y así se lo presentó Chamberlain a Churchill, aunque el gesto de desconfianza del político conservador le hizo comprender que no parecía demasiado satisfecho con el resultado de la investigación, y cada vez que se encontraban volvía a preguntarle si había alguna novedad respecto al escurridizo espía alemán.

—¿Qué me dices de Randolph Rafferty? ¿Quedó conforme con vuestras averiguaciones?

Chamberlain ignoró la pregunta. Prefería no tener que contestar que el viejo agente seguía instalado en Kirkwall husmeando el panorama, convencido, igual que Churchill, de que volverían a oír hablar de *Comadreja*.

—Está bien, Herbert —suspiró el viejo estadista tras aspirar una vez más el humo de su cigarro—. Después de todo es bien sabido que el pescado es uno de los platos preferidos de esos pequeños mustélidos tan escurridizos que son las comadrejas —completó sin esconder el tono irónico de sus palabras.

»Y ahora, supongo que te gustaría llevarte alguna reflexión con la que entretener a tu primo.

Por primera vez a lo largo de la entrevista, Herbert Chamberlain esbozó lo que parecía el asomo de una sonrisa.

—En realidad habéis sido vosotros, los del servicio secreto, los que habéis dado por bueno que los alemanes están gastando 1500 millones de libras en armamento, y de esa cantidad hay 300 millones que no tienen paradero conocido. Yo te diré dónde van: Submarinos.

—Sabemos que Hitler no es muy amigo de…

Con un movimiento del brazo Churchill detuvo el ímpetu de su interlocutor.

—Te aseguro, Herbert, que en cada uno de esos túneles opacos a nuestros aviones y agentes de información, los alemanes están produciendo submarinos como pretzels[9]. Y en cuanto empiece la guerra uno de ellos, con o sin el auxilio de esa comadreja, correrá a Scapa Flow para tratar de entrar en la dársena y hundir todos los barcos

---

9   Bollos salados en forma de lazos típicos de la repostería alemana.

ingleses que pueda. El Almirante Döenitz sabe que pocas cosas alegrarían más el funesto semblante de Hitler y eso le permitirá seguir fabricando sus juguetes a mansalva. A estas alturas no necesito decirte el perjuicio estratégico y moral que el hundimiento de una sola de nuestras unidades en Scapa y el consiguiente cierre de la base naval tendrían de cara a la guerra.

Chamberlain se arrellanó en su asiento. Parecía interesado vivamente en las palabras del Chrurchilll.

—Cerrar Scapa —continuó el recién investido como primer lord del Almirantazgo—, significa dar una oportunidad de oro a la flota de superficie alemana para salir a mar abierto y aparecer en cualquier lugar del mundo. ¿Sabes qué velocidades pueden alcanzar los barcos que está construyendo Hitler? ¿Conoces su potencia de fuego? Podrían aparecer en la India obligándonos a enviar allí una fuerza de protección que no tenemos, por no mencionar lo que pueden hacer sus cañones con los convoyes que se dispongan para abastecer Inglaterra. La clave está en Scapa, Herbert, díselo a tu primo. Lo demás ya se verá, pero tenemos que proteger a toda costa la Base de Scapa Flow.

El teléfono volvió a sonar y Churchill lo señaló con un gesto. Tras ponerse en pie y despedirse con una inclinación de cabeza, Herbert Chamberlain abandonó el despacho.

Tras atender la llamada de su secretaria, el viejo estadista sacó una carpeta con la etiqueta de Top Secret destacando en color rojo en los lomos, la abrió y se dedicó a contemplar una serie de fotografías en las que aparecía el rostro sereno de Albert Oertel. En una de ellas trazaba sobre una cuartilla las líneas básicas de las alas, de una gaviota y en otra sonreía junto a una mujer en el cementerio español en la isla de Fair. Pasando una tras otra las fotos que le habían hecho en Kirkwall, se encontró con la colección de las que le habían tomado durante un reciente viaje a Londres, a donde había acudido a enterrar a su madre. Una vez más, como siempre que contemplaba aquellas fotografías, volvió a preguntarse dónde había visto antes a aquel hombre.

Capítulo 18

SCAPA FLOW, ISLAS ORCADAS
VERANO DE 1939

Con el extremo del bastón con el que solía ayudarse a la hora de caminar entre los desolados paisajes aledaños de la Base Naval de Scapa Flow, Albert Oertel señaló el vuelo de un ave y preguntó a su joven acompañante.

—¿Qué puedes decirme de esa gaviota, Mike?

—Es una patiamarilla, señor Oertel.

—Ajá —aprobó el relojero invitando a su joven pupilo a desarrollar la respuesta con mayor amplitud.

—Es un pájaro de tamaño grande, con una enverga-dura superior al metro y medio. Se le reconoce por el color gris de su plumaje dorsal y de las alas y el blanco inmaculado en vientre y cabeza. Las patas y el pico son anaranjados y en este último sobresale una mancha de color rojo. En sus ojos destaca el iris amarillo y el anillo ocular rojo oscuro.

—¿Dónde la encontramos? —preguntó Albert dando por buena la respuesta del chico con el esbozo de una sonrisa.

—Principalmente en ambientes marinos y en los urbanos próximos a los muelles. No resulta difícil encontrarla en acantilados, saltando entre las rocas, en las playas y también en los humedales cercanos, además de sobrevolando los tejados de la ciudad en busca de vertederos de basura.

Sin dejar de contemplar el vuelo del ave, el joven Mike continuó con su exposición.

—Se reproduce mediante una única puesta anual de dos a tres huevos a partir del mes de marzo. Durante el periodo reproductor se vuelve muy agresiva, especialmente a partir del nacimiento de los pollos. Como los animales omnívoros que son, consumen desde cualquier tipo de vegetal hasta toda clase de restos de animales y desperdicios. También la solemos ver siguiendo a los barcos de pesca para alimentarse de los descartes. Su graznido es bastante habitual en la madrugada, cuando vuela en grandes bandadas hacia el mar a recibir a la flota pesquera. Es la especie urbana más común y nidifica también en los tejados de las casas. Es capaz de capturar palomas y ataca también a las aves cantoras en sus jaulas en terrazas y azoteas.

—Excelente, Mike —aceptó el relojero escenificando su aprobación dando un par de aplausos con sus enguantadas manos.

»Estás hecho un maestro de la ornitología. Sinceramente, creo que deberías completar tus estudios en Aberdeen. Con un título colgando en la pared podrías dedicarte a la enseñanza.

Albert invitó a Mike a sentarse a su lado y sacó del zurrón un trozo de queso Cheddar, unas salchichas de

Cumberland y unas rebanadas de pan, invitándole a compartir el yantar mientras servía sendas tazas de café caliente directamente del termo. La desconfianza inicial con la que había recibido la llegada del muchacho a su vida, hacía tiempo que se había visto sustituida por una franca corriente de empatía en ambas direcciones.

Todavía no habían dado las ocho y el sol ya alumbraba con fuerza, permitiendo a la pareja disfrutar de la salida a la mar de buena parte de las unidades de la Home Fleet que en ese momento abandonaba sus fondeaderos en la gran ensenada de Scapa Flow.

—Últimamente salen prácticamente a diario —comentó el chico masticando un trozo de queso.

Albert asintió en silencio. Parecía bastante obvio que los esfuerzos de los políticos en aras de la paz habían fracasado, y la escuadra inglesa había comenzado un exhaustivo plan de adiestramiento. Frente a ellos, arbolando la insignia del Almirante de la Flota, el *Rodney* enfiló la salida de la dársena dejando un penacho de denso humo negro flotando por la popa. En la cubierta del acorazado un grupo de hombres se movía alrededor de la catapulta del avión, que seguramente sería lanzado al aire poco después de salir a mar abierto, como solían hacer habitualmente.

Ajeno a los comentarios del chico, el relojero pensaba en la gran cantidad de información que en el caso de ser un espía al uso podría trasmitir a los jefes de la Marina alemana que lo habían incrustado en Escocia. Había aprendido a calibrar la calidad de la combustión del carbón en las calderas de los buques ingleses en función de la densidad del humo negro que expelían sus chimeneas y a menudo alguno de los cañones de las torres triples o dobles de las grandes unidades no acompañaban a sus gemelos en los movimientos, algo que sugería problemas en las propias torres o en las direcciones de tiro que los gobernaban y lo mismo podría decirse de las antenas de los radares que algunas veces no giraban en lo alto del palo, lo cual le permitía predecir averías en los sofisticados equipos de exploración de superficie.

Pero Albert no estaba allí para eso. De hecho, y en aras de la más elemental de las reglas de la prudencia, había renunciado a mantener un enlace directo con las personas que esperaban los resultados de su trabajo, a pesar de que mientras gozó de libertad para moverse dentro y fuera del reducido espacio de Kirkwall, encontró media docena de formas sencillas de comunicación, tanto por medio de mensajes de radio como por entrevistas personales con correos humanos dirigidos por las mismas personas que le habían situado en Scapa Flow.

Hacía ya más de veinte años que se había establecido en Kirkwall como relojero, y aunque los comienzos fueron difíciles debido a la guerra y al período de tensiones que le siguió y culminó en aquellas mismas aguas con el hundimiento de la Flota alemana del almirante Reuter, se había hecho un hueco en la comunidad local, donde era respetado y apreciado no sólo por sus conocimientos de la maquinaria de los relojes, sino también como un experto ornitólogo, alguno de cuyos libros había alcanzado cierta fama. Sin necesidad de pasar por la vicaría, había formalizado su relación con Aily McAmis, lo cual había robustecido los lazos de camaradería con su pequeño círculo de amistades en Kirkwall. Todo marchaba sobre ruedas tanto en sus asuntos de relojero como en los de recolección de información para sus jefes en Alemania, hasta que Randolph Rafferty apareció en escena.

El señor Rafferty llegó a Kirkwall enviado por el gobierno inglés para reforzar el sistema de defensa de la Base Naval de Scapa Flow, y aunque todos sabían que procedía de las más altas instancias del servicio secreto, nadie imaginó que en realidad sus funciones en aquella recóndita punta de la Gran Bretaña tuviera que ver con sus cometidos antiguos de agente del MI6. Nadie excepto Albert.

Rafferty no tardó en hacerse un hueco entre sus nuevos vecinos y era habitual encontrarlo en las largas tertulias del Gran Grifón, donde se comportaba como si hubiera pertenecido toda la vida a aquella minúscula sociedad, aunque Albert sospechó de él desde su llegada y desde el primer día entabló con él una silenciosa partida de ajedrez que únicamente podría ganar el más discreto. Ninguno de los dos era persona de mucha locuacidad y en el Gran Grifón ambos solían permanecer callados escuchando al resto de parroquianos. Aunque procuraban evitar cruzar la mirada entre ellos, mentalmente ninguno dejaba de tomar nota de la actitud del otro y de sus palabras las pocas veces que las pronunciaban.

Una de las parejas de vigilancia del perímetro de la base naval saludó a Albert desde la distancia y el relojero alzó el termo en un gesto amistoso. Los dos hombres se acercaron y aceptaron agradecidos los vasos metálicos que les tendía.

—Gracias, señor Oertel. La verdad es que se agradece el café a esta hora, y el que prepara la señora McAmis no tiene parangón.

Albert agradeció el cumplido con una sonrisa.

—Es lo menos que podemos hacer por nuestros soldados, ¿verdad Mike?

El chico asintió mientras seguía llenando una hoja de papel con trazos de lo que empezaba a parecer el largo y curvo pico de un albatros.

Los soldados se despidieron y volvieron a su patrulla. Contemplándolos mientras se alejaban, Albert recordó los tiempos no demasiado lejanos en que no se mostraban tan amistosos.

De repente, y tras muchos años en los que había conseguido ganarse su confianza, las patrullas volvieron a pararle y a registrar sus pertenencias e incluso llegaron a requisarle la cámara de fotos, que le devolvieron al cabo de los días sin el carrete y tras hacerle saber que no podría volver a hacer uso de ella en sus paseos por los aledaños de la base naval.

En realidad todo había empezado a torcerse unos días antes, cuando Aily le comentó su extrañeza por el hecho de que su amiga Meribeth Campbell, responsable de la biblioteca municipal, le hubiera comentado que unos hombres habían estado en el local preguntando por los libros que Albert solía consultar. Aunque lo cierto fue que pidieron los registros de los libros consultados no sólo por él, sino por una docena de individuos más, con voz asustada Aily le preguntó si estaba pasando algo, y él se mostró impasible en su respuesta, tranquilizándola sin traslucir la extrañeza que le había hecho sentir una medida cuya responsabilidad adjudicó calladamente al señor Rafferty.

Con el paso de los días se sintió algo más tranquilo. Tal vez no le buscaban a él o tal vez sí, pero le dio la impresión de que no parecían tener nada tangible en su contra, pues de otro modo lo habrían detenido sin vacilaciones. Sin embargo, ese sábado pasó algo que volvió a llenarle de preocupación.

Sucedió en el Gran Grifón. Como otros fines de semana el grupo de amigos bebía cerveza comentando las noticias de actualidad cuando, de forma inesperada, Mark Grinnell expuso la atracción que su hijo Mike comenzaba a sentir por la ornitología y, prácticamente a continuación, como si en realidad fuera una cosa ensayada, Steve Mc Klintock sugirió que el chico podría acompañarle en sus excursiones por las islas que rodeaban la gran rada en la que fondeaba la Home Fleet. A Albert le pareció una encerrona, y tras la sugerencia del propietario del bar sintió el peso de la mirada de todos, especialmente la de Randolph Rafferty, que en aquella ocasión no puso cuidado en evitar clavar en los suyos sus incisivos ojos azules. Desde el mismo momento en que el sheriff hizo el comentario sintió que aquello podía ser una maniobra de Rafferty para impedirle moverse a sus anchas por sus tradicionales zonas de observación, pero sabía que no podía permitirse dudar y aceptó sin aparente vacilación la compañía del joven Mike en sus paseos. En realidad, el resultado más importante de sus observaciones ya estaba hecho y en esos momentos a sus jefes en Berlín les interesaba poco más que las salidas y entradas de los barcos y sus lugares habituales de fondeo. Desde hacía mucho tiempo procuraba evitar que en sus fotografías de las colonias de aves aparecieran de fondo unidades de la Royal Navy precisamente para no levantar sospechas, y el hecho de que le hubieran prohibido el uso de la cámara de fotos significaba únicamente que ahora tenía que dibujar lo que antes fotografiaba, algo en lo que el joven Mike Grinnell había resultado una ayuda tan inestimable como inesperada.

En cualquier caso, para entonces las patrullas volvieron a pararlo y a revisar a fondo sus cosas. De alguna manera parecía haber levantado las sospechas de alguien que no podía ser otro que Rafferty, algo, a su entender, de importancia suficiente como para informar a sus jefes, por lo que el domingo siguiente a la hora de la misa ocupó con Aily un determinado banco en la capilla de San Magnus, aunque, finalmente, abandonó el templo más preocupado de lo que había entrado al detectar entre los fieles la presencia de un par de individuos que en los últimos días parecían seguirle a todas partes y que entre susurros Aily identificó como los mismos que habían preguntado por él en la biblioteca.

Para poder trasmitir sus sospechas a Berlín, unos días después se trasladó a la vecina localidad de Tankerness, donde solía visitar una librería especializada en la que ya le conocían y su visita no levantaría ninguna sospecha. Bastaría con coger un libro, ojearlo y devolverlo a su estantería en posición invertida y alguien interpretaría que le estaban siguiendo y husmeando en su vida, aunque finalmente desistió cuando se dio cuenta de que los dos individuos que había detectado en la catedral de San Magnus y que ya habían preguntado por él en la biblioteca de Kirkwall le habían seguido igualmente hasta Tankerness.

Pero lo peor estaba por llegar. Cuando regresó a su casa se dio cuenta de que alguien había estado allí y a pesar de que habían puesto bastante esmero en el registro de sus cosas, no habían dejado ningún rincón sin inspeccionar. Más tarde, cuando se reunió con Aily en su casa a la hora de cenar,, supo que también habían estado en su pequeño apartamento, seguramente aprovechando las horas que la viuda dedicaba cada tarde a reunirse a jugar al bridge con sus amigas. Entre otras cosas era evidente que la radio en la que escuchaba las noticias por la noche junto a Aily después de cenar había sido abierta para escudriñar en su interior.

Sin poder apartar a un lado su preocupación, se sintió reconfortado al mismo tiempo. Los que le prepararon para su trabajo le habían enseñado a manipular un receptor de radio para convertirlo también en un trasmisor e incluso había adquirido tiempo atrás, en un viaje a Aberdeen que hizo acompañado de Aily, los elementos necesarios para la transformación, aunque finalmente desistió de hacerlo por temor a que pasara lo que finalmente había terminado sucediendo, que alguien abriera el aparato y descubriera las piezas añadidas, lo que sin duda le hubiera puesto en una situación más que comprometida. Afortunadamente no lo hizo y ahora las piezas que había adquirido en el Best Buy de Aberdeen estaban a buen recaudo, aunque lo que había quedado meridianamente claro era que sospechaban de él y eso era algo que en Berlín debían saber cuanto antes. Sin haber llegado a rendir ningún servicio práctico, tuvo que admitir con pena que tendría que empezar a considerarse un agente quemado.

Al día siguiente, tras permanecer un par de horas con Mike haciendo recuento de huevos de gaviota en los acantilados del pequeño islote de Rysa, caminó por el intrincado dédalo de calles de Kirkwall hasta descubrir a uno de los individuos que parecían seguirle a todas partes. Entonces se dirigió a la calle Mill y entró en Smokers, donde permaneció un rato contemplando pipas, hasta que finalmente se interesó por una de madera de brezo que le mostró el dependiente, al cual explicó que quería regalársela a Douglas McKintosh, pues el farero de la isla de Samphrey estaba próximo a cumplir la edad de jubilación. El dependiente le mostró un catálogo en el que aparecía una pipa cuya cazoleta imitaba la figura de un faro, aunque se disculpó diciendo que en ese momento no tenía el modelo en la tienda, si bien podía pedirlo a la casa Rattrays en Gales y tendría la pipa en Kirkwall aproximadamente un mes después. Ni el propio dependiente fue capaz de apreciar el amago de sonrisa que se dibujó en su rostro.

La respuesta a la solicitud de la pipa llegó doce días después en forma de una carta procedente del hospital London Bridge de Londres en la que el director del centro le comunicaba el fallecimiento de su madre. Antes de abrir la carta, Albert la examinó detenidamente y no le costó descubrir que ya había sido abierta, lo que no hizo sino confirmar lo que hasta ese momento eran algo más que sospechas. El contenido de la carta era breve, y se limitaba a notificarle el fallecimiento de Greta Bride en una de las habitaciones del centro benéfico debido a una hemorragia cerebral. En el caso de no recibir instrucciones concretas, su cuerpo sería inhumado en una fosa común del cementerio de indigentes de Crossbones. De manera inmediata Albert se dirigió a la oficina de telégrafos y cursó un telegrama al director del hospital notificándole su llegada a la mayor brevedad y solicitándole la adquisición de una tumba y una lápida en algún cementerio cercano.

Tardó dos días en llegar, y tanto en el trasbordador a Thurso como en los distintos trenes a Inverness, Edimburgo, y el que lo condujo finalmente a Londres, no le costó identificar a los individuos que le seguían. Fue el último pasajero en embarcar en el ferry cuando la sirena anunciaba su salida inminente, a pesar de lo cual no tardó en descubrir a sus perseguidores a bordo, lo que le permitió confirmar que habían embarcado antes que él y por tanto conocían sus intenciones, seguramente por haber leído la carta y quizás también su telegrama de respuesta. Por otra parte, el hecho de que prácticamente no ocultaran su presencia y que la vigilancia en Londres frente a la pensión Smithfield la hubieran llevado a cabo desde un coche aparcado bajo el haz de luz de una farola le sugirió que, al no tener nada sólido en su contra, trataban de ponerlo nervioso para que cometiera alguna equivocación.

En cualquier caso, durante aquel viaje, en la soledad de sus pensamientos y aunque a esas alturas ignoraba qué esperaban de él sus jefes en Alemania, llegó a la dolorosa conclusión de que las sospechas que claramente había levantado serían suficientes para que Berlín lo quitara de la circulación. Con independencia de lo que pudieran querer de él estaba claro que había perdido la capacidad para llevar a cabo sus exploraciones dentro del clima de discreción imprescindible.

A su lado Mike Grinnell llamó su atención mostrándole el dibujo terminado. Estaba claro que el joven hijo del sheriff tenía un talento especial para el dibujo y una inusitada curiosidad sobre todo lo relacionado con las aves. Una pequeña flota de cuatro barcos de pesca regresaba a puerto tras haber pasado la noche en la mar y Albert retó a su joven pupilo.

—¿Te atreverías a dibujarlos? Quién sabe, a lo mejor, además de como profesor de ornitología podrías llegar a plantearte ganarte la vida como dibujante.

El chico aceptó el reto con una sonrisa y preparó una cartulina. El dibujo le llevaría algo de tiempo y de esa forma él podría poner en orden sus pensamientos.

Con el joven Grinnell dibujando los primeros trazos de los barcos de pesca, Albert regresó a sus recuerdos.

Pasó mal la noche en la pensión de la señora Smithfield y se sentía cansado cuando a primera hora de la mañana arrastró los pies en dirección al hospital de London Bridge. Recordaba que había llegado a sentirse preocupado por aquel detalle, pues sabía que el día iba a ser importante y justo cuando mayor claridad de ideas necesitaba, su cerebro flotaba en una bruma tan densa que se sentía incapaz de pensar con claridad.

El padre Merrin le causó una grata impresión. La claridad que le faltaba a su cerebro en aquellos difíciles momentos la puso el clérigo con su diáfana y sincera manera de exponer sus ideas. Le dijo que su madre hacía mucho tiempo que había perdido la cabeza. Durante el breve responso que ofició por su alma se refirió a ella como una mujer ausente con el corazón de un ángel. Más tarde, en la sacristía, le agradeció que nunca hubiera abandonado a su madre y le aseguró que las aportaciones que había hecho al hospital habían sido utilizadas en favor de los más necesitados. Finalmente, antes de despedirse, le entregó una carta, asegurándole que había sido escrita por su madre cuando todavía tenía conciencia de los acontecimientos.

En la penumbra de la sacristía le impactó la lectura de las últimas letras de aquella desgraciada a la que habían hecho pasar por su madre, precisamente porque le hicieron recordar a la mujer que le había traído al mundo, muerta en Alemania muchos años atrás debido a una cruel enfermedad. La carta encerraba grandes dosis de tristeza, y de haber sido escrita por su verdadera madre en esos momentos estaría llorando a lágrima viva en aquella oscura dependencia de la capilla. El último párrafo parecía estar escrito para una persona que necesitara iluminación, justo lo que más falta le hacía a él en aquellos momentos: "Hijo, recuerda portarte siempre como un buen cristiano; cumple con tu obligación en todo momento y no olvides a los que te hemos amado con todo el corazón...". Sintió un estremeciendo al pensar que aquellas letras podía haberlas escrito su amada Amelia.

Caminó cabizbajo siguiendo al coche fúnebre que llevaba el cuerpo de su madre al cementerio, localizado a apenas un par de manzanas del hospital. Iba solo y por un momento sintió un arrebato de felicidad al pensar que después de todo, aquella pobre mujer tendría su propia tumba y alguien la acompañaría en el momento del adiós definitivo.

El cementerio de Crossbones le llamó la atención desde que prácticamente se dio de cara con él al doblar una esquina, pues en lugar de levantarse entre cipreses apartado de la ciudad, formaba parte de esta como un aditamento urbano más. Los tradicionales muros de cemento que suelen rodearlos se veían sustituidos por una colorida valla de barrotes de hierro en los que aparecían prendidos todo tipo de lazos, amuletos, flores, notas y cartas. El padre Merrin le había contado que en tiempos inmemoriales, antes de constituir formalmente un cementerio, el lugar había sido un solar en el que se daba sepultura a los cuerpos de las prostitutas de Londres. Siglos después, en unas obras de ampliación del metro, habían aparecido cientos de cadáveres de fetos, neonatos y niños menores de un año. Fue entonces cuando se decidió acotar como cementerio aquel espacio que para entonces ya había sido absorbido por el barrio londinense de Southwark. Una placa metálica a la entrada lo señalaba como «el cementerio de los marginados».

El sepulturero se hizo cargo del féretro a la entrada al camposanto y lo condujo en un carro hasta una tumba recién excavada, donde lo esperaba el padre Merrin, que rezó sus últimas oraciones por el alma de aquella mujer antes de dejarlo solo. A pesar de permanecer ensimismado en sus pensamientos, a Albert no le sorprendió descubrir entre las lápidas la figura de uno de los hombres que venían siguiéndole desde Escocia, pero sí el hecho de que, sin levantar la mirada del suelo, el sepulturero se dirigiera a él en un perfecto alemán.

—¿Quiere recitar algún salmo?

Albert permaneció petrificado mirando alternativamente al hombre cuyo rostro permanecía oculto bajo la visera de una gorra y al libro que tenía entre las manos, una biblia que había aparecido sobre el féretro con los restos de aquella señora que alguien había hecho pasar por su madre.

—Sea breve. No tenemos mucho tiempo. Y disimule. Nos están observando.

En ese momento se dio cuenta de que entre las páginas del libro santo sobresalía una pequeña cinta de seda que hacía las veces de marcador. Abriendo el libro por la página que señalaba la cinta se encontró con el Libro de los Salmos y de manera instintiva leyó el primer párrafo que encontró:

—Aunque ande en valles de sombras y muerte no temeré mal alguno, porque tú estarás conmigo; tu vara y tu cayado me infundirán aliento...

—Está bien, señor Oertel. Mantenga la mirada en las hojas del libro y lea o al menos mueva los labios como si lo hiciera —dijo el sepulturero comenzando a arrojar sobre el féretro la tierra amontonada alrededor de la tumba.

—¿Quién es usted? ¿Cómo sabe mi nombre?

—Puede llamarme Edelweiss. Me envía Canaris.

Se asustó al escuchar el nombre del jefe de los Servicios de Inteligencia del Ejército alemán, pero al mismo tiempo se sintió reconfortado al constatar que no le habían dejado solo.

—Y ahora escúcheme con atención sin levantar la mirada del fondo del hoyo y sin dejar tampoco de mover los labios, apenas tenemos tiempo.

»Su hora está próxima. Nadie volverá a establecer enlace con usted. No pierda el libro que tiene entre las manos y escuche los días impares el programa de Radio Edimburgo "La hora del cielo". ¿Hay algo que quiera preguntar?

Albert dudó. Acostumbrado durante años a no confiar en nadie se sentía incómodo en aquella situación, pero, como decía el enterrador, en breve se separarían y en ese momento, por más preguntas que se le ocurrieran no encontraría a quién formulárselas.

—¿Qué será de mí? —consiguió preguntar en un hilo de voz—. Me siguen a todas partes y en Kirkwall desconfían. Si no han descubierto ya que soy un impostor deben estar a punto de hacerlo.

—No se preocupe. No le buscan a usted. Buscan a *Comadreja*. Nosotros nos ocuparemos en encontrar a alguien que les sirva. Espero que después de eso cese la presión sobre usted. A su regreso a Kirkwall recuerde seguir estrictamente su rutina habitual mientras espera su momento. Confiamos en usted.

Tras las últimas paladas de tierra, Edelweiss se dedicó a dar forma al montículo de tierra, colocando finalmente una lápida en la cabecera de la tumba en la que podía leerse el nombre de la finada y las fechas de su nacimiento y muerte. Finalizado su trabajo, el sepulturero se irguió y le miró a los ojos. Fue un instante efímero, el único en el que Albert pudo contemplar los rasgos faciales de aquel hombre, en cuyos ojos grises leyó una inquietante determinación antes de que se despidiera con una leve inclinación de cabeza y, con la pala al hombro, se perdiera entre el bosque de tumbas de aquel cementerio de marginados.

Tanto durante el regreso de Londres como a lo largo de las dos primeras semanas en Kirkwall, sintió el peso del seguimiento al que seguía sometido. Por su parte, mantuvo sus movimientos rutinarios tal y como le había pedido Edelweiss, con la única excepción de que a las 12 de mañana los días impares se sentaba frente a la radio a escuchar el programa religioso en la frecuencia de Radio Edimburgo. Siguiendo las enseñanzas que había recibido en Alemania, cada vez que lo sintonizaba tomaba nota escrupulosa de los capítulos y versículos que el presentador utilizaba como referencia, los cuales consultaba a continuación en la pequeña Biblia que había leído en el cementerio de Crossbones. Cuando descifró un mensaje que decía literalmente «los ingleses han cazado su *comadreja*» se sintió reconfortado, pero cuando verdaderamente se sintió libre fue cuando el Sheriff Grinnell comentó dos días después en el Gran Grifón que al fin había sido descubierta la identidad del espía alemán que había operado en la zona con el alias de Comadreja. En el momento en que el sheriff contó que al parecer se trataba de un hombre llamado Scott Hendry, que había regentado una pescadería en la pequeña Kirkwall durante la Gran Guerra sintió con inusitada fuerza el peso de la mirada de Randolph Rafferty, pero consiguió reunir la sangre fría suficiente para comentar escuetamente que le sonaba aquel hombre de haberlo visto pescando en la rada algunos amaneceres.

En cualquier caso la revelación del sheriff dio paso a un sinfín de comentarios de los que apenas participó, y aunque Rafferty tampoco lo hizo, las palabras de Mark Grinnell le aliviaron como si le hubieran descargado el peso de una losa que empezaba a hacérsele demasiado pesada. A partir de ese día, por otra parte, los seguimientos cesaron y pudo volver a hacer una vida normal, aunque en sus paseos a lo largo de las islas del perímetro de la base nunca dejó de acompañarle el joven hijo del sheriff.

Capítulo 19

KIEL, ALEMANIA
SEPTIEMBRE DE 1939

El día amaneció claro y soleado en el canal que a través de casi cien kilómetros del curso del río Elba une la ciudad de Kiel con el mar Báltico, donde una treintena de barcos se mecían al ancla esperando la señal de la oficina de prácticos para remontar el río como forma de acceder a los muelles de la capital del estado federado de Schleswig-Holstein, el más septentrional de Alemania.

La actividad comercial del gran puerto de Kiel quedaba en suspenso los fines de semana, mientras que, por el contrario, en esos días se multiplicaba el número de ferris que unían la ciudad alemana con la sueca de Gotemburgo y la Noruega de Oslo, como si la guerra que Alemania acababa de iniciar invadiendo Polonia el primer día de ese mismo mes no fuera lo suficientemente importante como para alterar la rutina de las relaciones entre las principales ciudades ribereñas del Báltico, y como si la declaración de guerra a Alemania por parte de Gran Bretaña y Francia dos días después de la ocupación de Polonia por los *panzers* de Hitler, tampoco fuera materia de preocupación.

A las siete de la mañana del lunes 11 de septiembre, el submarino alemán U-14 emergió frente a la desembocadura del río e inició el tránsito hacia su discreta base en Kiel. Había llegado el día antes, pero obedeciendo órdenes de sus jefes permaneció sumergido todo el día para tratar de mantenerse apartado de los cientos de ojos indiscretos que solían embarcar los domingos en los ferris de uno y otro lado.

En la vela del submarino, que junto al numeral mostraba la figura de una lechuza avistando el paisaje a través de un catalejo, su comandante, el teniente de navío Ulises Benhoff, oteaba la proa junto a su oficial de derrota, que permanecía atento a la carta de navegación en la que aparecían desplegados los campos minados defensivos en los accesos al río.

Ulises estaba relativamente contento. La misión que le habían encomendado había resultado un éxito, y eso que desde la perspectiva más elemental era, a priori, extremadamente peligrosa, pues consistía en acercarse todo lo posible a Scapa Flow para confirmar la información de inteligencia reunida por los servicios secretos alemanes en relación con la base naval más importante del Reino Unido. Y ahora, sentado cómodamente en el asiento reservado para el comandante en la parte alta de la vela de su sumergible, se relamía de gozo a la vista de la esclusa en la que solía atracar pensando en la satisfacción que le produciría a su jefe escuchar de sus propios labios el informe que sabía que esperaba con impaciencia.

Fue una gran sorpresa. Cuando se disponía a informar a su jefe en su despacho como había hecho al regreso de otras patrullas, el oficial de guardia de la base de submarinos le indicó que debería acudir a la sala de planeamiento, donde rodeado por todo tipo de mapas y fotografías encontró un grupo de hombres encabezado por el almirante Karl Döenitz, comandante supremo de la fuerza submarina, a cuyo lado, inclinados ambos sobre una fotografía aérea de la base de Scapa Flow, aparecía el también almirante Wilhelm Canaris, desde hacía cuatro años jefe de la Abwehr, la oficina nacional de inteligencia y contraespionaje.

La llegada de Ulises Benhoff a la sala fue recibida con expectación. El jefe de la base, el capitán de navío Heydt, hizo las presentaciones. Además de los dos almirantes, a quienes ya conocía, le presentó a un coronel de la Lutwaffe, jefe del servicio de reconocimiento aéreo, y a Günther Prien, un capitán de corbeta, submarinista como él y comandante del U-47, una de las unidades más modernas de la flota submarina. Tras recordar Döenitz la escrupulosa reserva que todos los presentes debían guardar sobre cualquier cosa que se hablase en la sala, el jefe supremo de la Ubootwaffe cedió la palabra al comandante del U-14, recién llegado de Scapa, el cual comenzó su disertación algo intimidado por la presencia en la sala de tan distinguidas personalidades, aunque, a medida que transcurrieron, sus explicaciones fueron ganando en confianza.

—Los campos minados coinciden perfectamente con los que figuran en nuestras cartas de navegación, aunque debo hacer notar que resulta bastante frecuente el garreo de alguna mina y raro es el día en que no aparece alguna a la deriva. En tierra, frente a los campos de minas, hay casamatas dotadas de potentes reflectores nocturnos levantadas exprofeso para la observación de las minas a la deriva y un servicio de botes a motor cuya finalidad es hacer estallar las que afloran a superficie.

—Lo sabemos —Döenitz interrumpió la exposición del comandante del U-14—. Tenemos identificadas catorce de esas casamatas. ¿Durante su período de vigilancia presenció alguna actuación de los botes de motor a esos efectos?

—Cuatro veces en los cinco días que estuve posicionado frente a la base, señor.

—Está bien, continúe, por favor.

—Además de explosionar minas a la deriva, esos botes, junto con una pequeña flotilla de unidades de pesca, suelen efectuar patrullas arrastrando un hidrófono submarino remolcable. El fondo del mar no es en absoluto silencioso, sin embargo buscan detectar ruidos que no queden enmascarados por los habituales. Resulta del todo imprescindible acolchar el calzado de las tripulaciones, evitar ruidos mecánicos como la apertura o cierre del aire de lastre o los tubos lanzatorpedos; incluso el periscopio debe ser manejado con extrema delicadeza. Ni que decir tiene que un sonido violento como el de un martillazo o la caída de una herramienta supondría con toda seguridad la pérdida de la unidad en cuestión con todos sus hombres, como le sucedió a Emsmann en la Gran Guerra con su U-116.

—De acuerdo, comandante, tomamos nota. Háblenos de los accesos, por favor.

—El único acceso franco es el de entrada y salida, y está fuertemente vigilado, especialmente en los momentos de apertura y cierre de la cortina metálica que lo protege del paso de intrusos. La estructura de la cortina es sólida, pero una sierra de proa bien afilada podría abrirla, aunque, lógicamente, se trata de una maniobra reservada para una situación de emergencia, pues no sería en ningún caso una operación discreta.

»Pasé dos noches completas buscando brechas entre los islotes y obstáculos que guarecen la rada como auténticos guardianes y el único que encontré fue el que señala el informe de inteligencia que había recibido a bordo. Efectivamente, el hueco entre los islotes de Fara y Flotta está cerrado por una cadena de la que penden una serie de hidrófonos alternados con bombetas explosivas de contacto que, con independencia del daño que pudieran causar al casco de un sumergible, son lo suficientemente potentes como para llamar la atención de las patrullas de vigilancia. Pero, como digo y así está señalado en el informe, en el centro de la catenaria la cadena ha perdido tensión y permitiría el paso de un pequeño sumergible por encima, dejando un resquicio de un metro de agua por debajo de la quilla y otro tanto por encima hasta la superficie del agua. Yo mismo lo pasé en un par de ocasiones para comprobar mis estimaciones e incluso llegué a sentir una fuerte sensación de impotencia una vez dentro, pues esa noche la Flota británica dormía dentro de la base a tiro de mis armas. Lamentablemente, el U-14 es un submarino de inteligencia y sólo carga dos torpedos defensivos incapaces de causar grandes daños a los buques enemigos. En conclusión, un submarino de la clase VIIB como el que mencionaba mi orden de misión, podría pasar dejando un metro de agua por encima y por debajo del casco, aunque sería conveniente proteger las hélices, ya que de tocar la cadena con ellas, además del estruendo que causaría, más si llegaran a explotar las bombetas que de ella cuelgan, el submarino podría quedar sin propulsión e irremediablemente habría que darlo por perdido.

Como colofón a su exposición, Ulises Benhoff entregó a sus jefes unas hojas llenas de datos sobre las patrullas en tierra, las áreas de superposición de luz de los focos de las casamatas y las oscuras donde no alcanzaban los proyectores. Finalmente, obedeciendo una señal de Döenitz, Ulises Benhoff abandonó la estancia, aunque antes de cerrar la puerta creyó escuchar de labios de Canaris una palabra desacostumbrada en aquellas salas de mapas: «Wiesel».

*   *   *

En ese mismo momento, en Londres, 750 kilómetros al suroeste de la base de submarinos de Kiel, en el ampuloso edificio de la oficina de guerra en Whitehall, sede del Almirantazgo, los gritos de Winston Churchill se escuchaban por encima de los sonoros tañidos de las campanas del cercano Big Ben. Uno de los chistes más recurrentes del personal de servicio en aquellas oficinas era que, al contrario que en cualquier otra cercana al Támesis, en las oficinas del Almirantazgo habían conseguido eliminar el problema de las gaviotas gracias a un espantapájaros dotado de una potente voz al que se referían entre risas como «el tío Winston».

Desde que se había encumbrado como primer lord del Almirantazgo, las cosas en Europa habían ido sucediendo tal y como había pronosticado, y cuando el viernes primero de septiembre tropas alemanas ocuparon el corredor de Dánzig, expulsando a la población polaca por la fuerza hacia zonas de la Polonia ocupada por los nazis, dando inicio así a la Segunda Guerra Mundial, y Gran

Bretaña reaccionó dos días después declarando la guerra a Alemania, lejos de asustarse los ingleses continuaron sus vidas como si nada hubiese sucedido y ese mismo viernes la turística isla de Wight recibió más visitantes ingleses que cualquier otro día de su historia y, de hecho, Jorge VI firmó la declaración de guerra en Osborne House, su castillo de verano en la propia isla, donde permaneció dos semanas más a pesar de la grave situación a la que se enfrentaba el país.

Por el norte, los Panzers del general Heinz Gudarian maniobraban hacia el oeste a toda prisa en ejecución de lo que el propio general nacido en Kulm había bautizado como la *Blitzkreig*, la guerra relámpago. La idea estaba clara: conquistar los Países Bajos, Luxemburgo, Dinamarca, Noruega y Bélgica para presentarse al otro lado del canal de la Mancha con el objetivo de rendir Inglaterra a base de oleadas de los Stukas que habían venido produciendo como churros mientras los políticos ingleses seguían disfrutando del néctar de la victoria en la guerra anterior.

Pero eso no era todo. Por el sur los alemanes concentraban cada día más divisiones acorazadas y de infantería, y los Junkers Ju 52 lanzaban más lejos sus oleadas de paracaidistas. Todo apuntaba a la conquista inmediata de los principales países que los separaban de Grecia.

Para Churchill, la razón de Hitler a la hora de apoderarse del país heleno no era otra que poner sus fuerzas a tiro de piedra de África, donde procurarían por todos los medios conquistar Alejandría como forma de llegar a los pozos de petróleo de Oriente Medio y lanzarse posteriormente sobre la India, la joya de la Corona británica. Churchill había evacuado sus temores ante el primer ministro, pero tenía la sospecha de que sus palabras no eran tenidas en cuenta, lo cual era una de las causas principales de que la úlcera de estómago que le tenía rabiando a todas horas no terminara de curar.

Pero más allá de la inquietante partida de ajedrez sobre el tablero europeo que para el primer lord del Almirantazgo estaba proponiendo Hitler, la razón principal de su desasosiego era el hundimiento el 3 de septiembre, mismo día de la declaración de guerra de Inglaterra, del buque de pasaje británico *Athenia* por parte de un submarino alemán, si bien, las razones de su malestar, más que por el hundimiento en sí, estaban relacionadas con el escaso rédito político que el gobierno inglés estaba obteniendo del mismo.

El *Athenia* era un trasatlántico que en vista de cómo se habían puesto las cosas en Europa, zarpó de Liverpool a Montreal el 3 de septiembre con más de 1500 pasajeros que huían de la guerra. En plena navegación, el capitán James Cook recibió un mensaje del Almirantazgo en el que se le alertaba de que Inglaterra acababa de declarar la guerra a Alemania y que, en consecuencia, su buque podía ser atacado por submarinos alemanes. En realidad el espectro de posibilidades de actuación de Cook era muy reducido, pues poco podía hacer más allá de redoblar las guardias, navegar en zigzag e insistir a los pasajeros y tripulación para que no dejaran entrever ninguna luz ni fumaran de noche en la cubierta. En esas circunstancias, la anochecida sorprendió al *Athenia* a 400 millas de la costa escocesa cuando, a pesar de navegar en condiciones de oscurecimiento total, fue detectado por el submarino alemán U-30, cuyo comandante, el teniente de navío Fritz-Julius Lemp, al verlo navegar fuera de las rutas comerciales, a oscuras y en zigzag supuso que se trataba de un crucero auxiliar.

Los comandantes de submarinos habían sido instruidos severamente por el almirante Karl Döenitz en cuanto a que debían a toda costa respetar el Convenio de Ginebra en lo tocante a atacar blancos navales sin confirmar su naturaleza y nacionalidad, de modo que Lemp llevó su submarino a superficie ordenando al buque encender sus luces, pero, o no lo entendieron o no quisieron hacerlo, de manera que disparó un torpedo que lo alcanzó a popa dejándolo sin propulsión ni generadores, por lo que si habían tenido intenciones de encender las luces a partir de ese momento ya no podrían hacerlo. En cualquier caso, el comandante del U-30 quedó muy sorprendido al escuchar el griterío de los pasajeros, de forma que se acercó y comprobó con horror que había abundancia de mujeres y niños. Interpretando que acababa de disparar sobre un buque de pasaje, resolvió renunciar a sus intenciones de abatir las antenas de comunicaciones con su cañón de 88 mm., alejándose sigilosamente de la escena de acción hasta desaparecer en la noche.

Por su parte, creyendo erróneamente que su buque no tardaría en irse a pique, el capitán Cook ordenó abandonarlo, pero la oscuridad, el frío y el miedo se conjuraron para instaurar un clima de pánico y un desorden mayúsculo en el arriado de los botes salvavidas, algunos de los cuales cayeron al mar dándose la vuelta.

Un petrolero, un carguero, dos buques de vela y otros tantos destructores ingleses se presentaron en el lugar del ataque atraídos por las llamadas de socorro del *Athenia* y los despropósitos continuaron, de modo que, finalmente, el trasatlántico terminó hundiéndose a las diez de la mañana del día siguiente y aunque se consiguió rescatar a 1300 personas, otras 200 se fueron a pique con el buque.

Cuando Churchill conoció la noticia llamó inmediatamente al primer ministro exhortándole a que espoleara los ánimos del presidente Franklin Roosevelt, como había hecho él 22 años atrás con Woodrow Wilson tras el hundimiento del *Lusitania* por el ataque de otro submarino alemán. Neville Chamberlain le escuchó en silencio. Desde luego conocía la historia del *Lusitania* y su hundimiento y sabía del juego sucio que Churchill se había traído con el presidente de los Estados Unidos para involucrar a los americanos en la Primera Guerra Mundial, pero finalmente prefirió no presionar a Roosevelt, porque, según dijo, le parecía deshonesto.

A Churchill se lo llevaban los demonios. Debido a la dejadez del *premier,* los alemanes llevaban una delantera considerable y si la participación de los americanos en la Primera Guerra había sido determinante para la victoria de los aliados, lo mismo podría decirse de aquella Segunda recién comenzada, pero Chamberlain daba claras muestras de agotamiento y no parecía el hombre más adecuado para regir el destino de Inglaterra en aquellos momentos. El primer lord del Almirantazgo pensó en hablar con el rey para exponerle sus dudas respecto a Chamberlain, pero en su fuero interno reconocía que, en realidad, no sólo pretendía sacar a Chamberlain del 10 de Downing Street, sino que se postulaba a sí mismo para relevarlo y finalmente decidió que trasladar su inquietud al rey podía ser mal visto en los círculos políticos más elevados, de modo que prefirió ahogar su frustración en el whisky.

Unos golpes en la puerta le distrajeron momentáneamente. Su secretaria le traía dos oficios. Por el primero supo que los alemanes acababan de conquistar la ciudad polaca de Gdynia, uno de los principales enclaves marítimos del mar Báltico, a distancia suficiente de Inglaterra para levantar un astillero en el que no podrían ser molestados por los bombarderos aliados. El segundo informe lo dejó petrificado. En realidad no sabía si era peor o menos malo que el primero: un grupo de submarinos alemanes había hundido un convoy británico en el Atlántico Norte. No se había salvado un solo barco. Churchill hundió la barbilla en el pecho. Sabía que tras una semana desabastecida, la isla tendría problemas graves y que después de 20 días sin suministros no les quedaría otra opción que la de rendirse. En ese momento recordó al *Athenia* y concluyó que sin ayuda de los americanos, Inglaterra difícilmente saldría viva de aquella guerra.

Capítulo 20

SCAPA FLOW
10 DE OCTUBRE DE 1939

A pesar de la lluvia y el intenso frío, el lunes 9 de octubre de 1939 Albert Oertel salió a la calle antes de que el sol despuntara por encima de las negras nubes que cubrían el cielo de Kirkwall. A lo largo del fin de semana, un frente de bajas presiones atravesó el norte de Escocia castigando a la capital de las islas Orcadas con una de las peores tormentas que se recordaban.

Las calles estaban completamente solitarias. La fuerza del viento había destrozado buena parte de los tejados de la ciudad, desgajado las ramas de castaños centenarios y de los secuoyas de más de 40 metros que crecían desde hacía siglos a la salida de la capital en dirección a la Base de Scapa Flow.

Albert pedaleaba nervioso sintiendo la dureza de las gruesas gotas de lluvia en la cara. Tenía un mal pálpito. Ese año el anidamiento de la mayor parte de las aves se había retrasado a agosto y la incubación de los huevos no pudo terminarse hasta mediados de septiembre, de modo que en los primeros días de octubre los polluelos no estaban todavía preparados para enfrentarse a una tormenta como la que había azotado la zona días atrás, sin contar con que los padres no habrían encontrado forma de procurar el necesario alimento a sus crías, las cuales debían estar desperdigadas entre los arbustos, donde serían presa fácil de los depredadores.

Desde la bicicleta, Albert hizo un gesto a la pareja de soldados que hacían guardia en los aledaños de la base. Le sorprendió que uno de ellos alzara el brazo obligándole a detenerse.

—Alto, señor Oertel, no se puede pasar.

—¿Cómo que no se puede pasar? —protestó Albert desde el sillón de su bicicleta—. Es la primera vez en veinte años que me prohiben pasar.

—Órdenes del comandante. Recuerde que estamos en guerra, señor Oertel.

—El mes pasado también estábamos en guerra y nada prohibía venir a vigilar el crecimiento de las gaviotas.

Ante la nueva queja de Albert, el soldado se limitó a encogerse de hombros.

—Por favor, díganle al comandante que se trata de algo importante. Con semejante tormenta, la mayoría de los polluelos de todas las especies estarán desorientados o perdidos. Las crías de hoy son las que salvaguardarán el equilibrio ecológico de mañana.

—Lo siento, señor Oertel, no hay excepciones. Vaya si quiere a la base y trate de obtener un permiso especial, pero ya le adelanto que la tormenta ha causado muchos estragos. El batallón de ingenieros tiene trabajo para unas cuantas semanas.

Volvió a casa empapado y con el ánimo por los suelos. Se dirigió al taller y se dedicó a reparar algunos relojes que tenía pendientes. El día transcurrió lentamente, y aunque con el paso de las horas cesó la lluvia e incluso el sol se asomó tímidamente entre las nubes, los nervios le tuvieron agarrotado mañana y tarde, y en cuanto volvió a oscurecer corrió al Gran Grifón a pulsar el ambiente con sus amigos. Su principal temor era que la supuesta prohibición de acceder a las islas que conformaban el perímetro de la base naval no fuera tal y sí una medida dirigida exclusivamente a negarle el acceso a él, pues de ser así tendría que aceptar que volvía a ser blanco de las sospechas de Londres.

En el pub, sus amigos no dieron importancia al hecho de que no le hubieran permitido acceder a las islas. Al parecer era cierto que la tormenta había causado grandes daños y que los militares se habían encontrado con una carga de trabajo extraordinaria. En cualquier caso, el asunto estrella aquella noche era la visita a la base del primer lord del Almirantazgo al día siguiente. Alguien sugirió que la razón de prohibir el acceso al perímetro a los civiles podría estar relacionada con la llegada de Winston Churchill. Una cuestión de seguridad.

La conversación con sus amigos consiguió devolver la paz a su atribulado corazón. Randolph Rafferty no se dejó caer por el Gran Grifón aquella noche, y eso le causó también alguna inquietud, pero alguien recordó que precisamente era el encargado de la defensa de la base y, además de que desde que había empezado la guerra sus visitas al pub habían disminuido considerablemente, el volumen de trabajo que suponía la presencia de Churchill en Scapa al día siguiente debía tenerle bastante absorbido.

La mayor parte de los que bebían cerveza en el Gran Grifón habían sido invitados a la recepción en la base naval con ocasión de la visita de Churchill y parecían nerviosos y excitados. En realidad, en una localidad como Kirkwall donde nunca pasaba nada, la visita de una figura de la talla del primer lord del Almirantazgo lo había puesto todo patas arriba. Desde la perspectiva de la importancia de la Royal Navy en la defensa militar de Gran Bretaña en tiempos de guerra y la de que la de Scapa Flow fuera una de las más estratégicas de sus bases, la llegada de tan ilustre visitante tenía toda la lógica, pero lo que mantenía alterados a los parroquianos del Gran Grifón aquella noche era que la mayoría estaban invitados a la recepción que tendría lugar a continuación del encuentro de Churchill con los militares. Según decían, al viejo político se le habían bajado los humos y venía a disculparse con los oficiales y suboficiales que tuvieron que presenciar su discusión años atrás con el Almirante John Fisher, que terminó con la orden de Churchill de desembarcar en Galípoli, una decisión equivocada que costó cientos de miles de muertos a Inglaterra. Y ahora el viejo arrogante venía a expiar sus pecados en la misma sala y, en buena parte, ante la misma gente que se vio obligada a presenciar más de veinte años atrás la humillación de uno de los almirantes con mayor prestigio de los escalafones de la Royal Navy de todos los tiempos.

Pero aquella guerra había terminado hacía tiempo y los hombres y mujeres a los que iba a dirigirse querían conocer de primera mano cómo estaban las cosas respecto a la que acababa de dar comienzo contra los mismos enemigos. Y estaba la recepción, en la que, según decían, todos los asistentes tendrían ocasión de saludar personalmente al primer lord del Almirantazgo y estrechar su mano. En realidad, el hecho de haber sido invitados a la base y la posibilidad de saludar a Churchill no podía ser considerado un simple honor, pues los estadistas, los políticos y la gente famosa se prestaban a aquellos baños de masas a cambio de dinero en forma de bonos de guerra con los que sostener el enorme esfuerzo bélico. Desde luego la asistencia era voluntaria y no era ni mucho menos barata, pero en Kirkwall nadie que se diera un mínimo de importancia habría renunciado a asistir a un acontecimiento tan importante para el que las plazas estaban contadas.

Inicialmente Albert Oertel pensó en esgrimir cualquier excusa para justificar su ausencia. Nadie conocía sus razones, que, por otra parte, eran puramente personales, pero lo cierto era que no quería ver de cerca a la persona que años atrás le había condenado a muerte de manera tan ignominiosa, el hombre que había jugado con su vida para terminar arrebatándosela a su mujer de la forma más perversa y cruel. Además, Albert pensó que exhibirse en aquellos salones que conocía desde que había trabajado con Ernest Cox en la recuperación del acero de los barcos alemanes tras la Gran Guerra no tenía ningún sentido práctico y podía representar un riesgo innecesario. Fue Aily la que lo convenció. Por una parte ella tampoco quería perderse un acontecimiento del que todo Kirkwall venía hablando desde que se anunció, pero también tenía razón en que su ausencia podía ser vista como una postura antipatriótica por lo que representaban los bonos de guerra en el depauperado presupuesto militar, de modo que aceptó finalmente estar en aquella recepción para la que conforme se acercaba la fecha se sentía cada vez más angustiado.

Cuatro autobuses recogieron frente a la catedral a los invitados civiles. Para las viudas de guerra se fletó otro diferente que las recogió a primera hora de la mañana, pues Churchill quería recibirlas particularmente antes de la recepción general como reconocimiento a su singular esfuerzo de guerra. De ese modo a Albert le tocó viajar sin Aily en el autobús, cosa que, íntimamente, agradeció al cielo, pues en su cabeza anidaban no pocas preocupaciones y quería concentrarse en sus pensamientos.

Ocupó un asiento junto a una ventanilla. A su lado se sentó Douglas Mc Allister, un sastre jubilado entusiasmado por su primera visita a la base naval que no dejó de hablar durante la media hora de tránsito. Sin dejar de contemplar el paisaje a través de la ventanilla, Albert escuchaba contar al sastre su frustración por no haber podido visitar antes el recinto militar, porque, según aseguraba, hasta su jubilación el trabajo había sido siempre lo primero, aunque Dios lo había bendecido con aquella visita inesperada en la que, además, iba a conocer a Winston Churchill, lo cual, para un votante asiduo de los conservadores desde que había tenido derecho al sufragio, representaba un añadido especial.

Albert sabía que una vez superada la barrera de acceso a la base, la carretera discurría durante unos trescientos metros paralela a la línea de costa y aunque Mc Allister no dejó de hablar en ningún momento, el relojero pudo vislumbrar aquí y allá no menos de media docena de patrullas de soldados que trabajaban en la restauración de los desperfectos causados por el temporal. Cerca de la carretera, en el estrecho de Kirk que separaba la tierra firme por la que transitaban de la isla de Holm, un carguero de tres mil toneladas que había sido hundido allí como parte del sistema de defensa, aparecía inclinado y sus puntales que antes de la tormenta apuntaban al cielo aparecían ahora completamente vencidos sobre las rocas, un detalle que llamó la atención de los viajeros, que especulaban en voz alta sobre la fuerza de una tormenta capaz de tumbar un buque de semejante tamaño que, además, antes de su hundimiento había sido lastrado en sus bodegas con un buen número de toneladas de cemento.

Mientras el sastre comentaba con asombro la extraordinaria fuerza del mar, Albert buscaba en las islas vecinas restos de aves muertas, pero debió ser lo primero que recogieron de entre las rocas las patrullas de mantenimiento, porque no quedaba rastro de ellas. Entonces vio algo que le heló la sangre y, paradójicamente, además de hacer que su cuerpo sudara como hacía mucho tiempo que no recordaba, puso su corazón a palpitar como si quisiera escapar de su pecho al galope: un grupo de soldados trabajaba en la cadena tendida entre las islas de Fara y Flotta que aparecía completamente tensa y desprovista del sistema de hidrófonos y bombetas que, junto a la propia cadena, constituían el entarimado defensivo en aquella parte de la ensenada. Se trataba del acceso a la rada que Albert había señalado a sus mandos alemanes como el más propicio para la incursión de un submarino, y ahora, una vez recolocadas las bombetas, la cadena recuperaría la tensión que había ido perdiendo con el paso del tiempo y la catenaria seguramente sería insuficiente para que un submarino pudiera penetrar en la base por encima de ella. Se sentía descompuesto, cosa que debía leerse en su semblante, pues el propio Douglas Mc Allister interrumpió su monólogo para preguntarle si se encontraba bien.

Tenía que pensar con rapidez. Debía informar a Berlín con urgencia, y eso exigía procedimientos extraordinarios que podrían poner en peligro su seguridad. Contaba con dos pisos francos que disponían de sendos trasmisores a través de los cuales podría comunicar a sus jefes la nueva situación. El procedimiento no era de su agrado, pues aunque estaba preparado para utilizar los métodos más sofisticados y discretos, los receptores de la base podrían interceptar la comunicación y el piso que utilizara no podría volver a ser usado. Su cabeza bullía en el momento en que el autobús se detuvo frente al edificio principal de la base, donde se apearon y pudo al fin librarse del insufrible sastre. En ese mismo punto les esperaban las mujeres que habían viajado a la base más temprano. Cuando pudo reunirse con Aily, que repetía una y otra vez la exquisitez de los modales con que el viejo Churchill se había dirigido a ellas, se sintió extrañamente seguro. Para entonces ya había decidido que en cuanto quedara libre de aquella absurda reunión social viajaría a Work, donde se situaba uno de los pisos francos. Desde allí enviaría una señal explicando las importantes novedades que se habían producido en la base tras el paso del frente de bajas presiones.

De no ser por el estado de nervios que le atenazaba y su inquina personal hacia la figura del primer lord del Almirantazgo, su discurso podría haberle parecido brillante. Durante quince minutos Winston Churchill se dirigió al grupo de civiles tratando de inculcarles que su energía no era menos importante y necesaria que la de los militares. La patria los necesitaba a todos y todos habrían de participar del esfuerzo común para ganar la guerra. Tras el speech, los civiles formaron en una larga línea encabezados por el gobernador de las islas Orcadas y el alcalde de Kirkwall. Uno detrás de otro, Churchill fue estrechando sus manos con su secretario a un lado susurrándole los nombres de quienes iban siendo saludados. Albert tuvo que restregarse la mano varias veces en el pantalón. Se sentía extraordinariamente nervioso y cuando el primer lord del Almirantazgo saludó al padre Kenneth, formado inmediatamente a su lado, chorreaba sudor por todos los poros de la piel.

Cuando oyó al secretario pronunciar su nombre, como si no lo hubiera escuchado bien Churchill inclinó el cuerpo de manera que el oficial volvió a repetirlo, momento en que el gran estadista se le quedó mirando a los ojos con un gesto de perplejidad dibujado en la mirada. El relojero extendió la mano, pero Churchill se mantuvo impasible sin dejar de estudiar su rostro, hasta que giró el cuerpo y echó a caminar buscando a alguien con la vista. Cuando sus ojos encontraron los de Rafferty lo llamó con una seña y durante un rato ambos cuchichearon antes de que Churchill se girara y apuntara a Albert con la barbilla, tras lo cual, emprendió el camino hacia la salida del salón y desapareció tras la puerta.

La recepción siguió adelante, aunque el tema del que se hablaba en todos los corrillos era la extraña actitud de Churchill. Algunos de sus más allegados preguntaron al relojero si había pasado algo entre ellos, incluso Aily quiso saber qué palabras concretas se habían cruzado. Cuando el almirante jefe de la base tomó la palabra y se disculpó en nombre del primer lord del Almirantazgo, justificando que se había tenido que ausentar debido a una leve indis-posición, la mayoría de la gente pareció tranquilizarse, pero Albert Oertel lo único que deseaba era que los autobuses lo devolvieran a Kirkwall para poder pensar a solas y sin agobios en la inesperada evolución que habían tomado los acontecimientos.

Llegó a su casa pasadas las tres. En la recepción y en el viaje de regreso en el autobús estuvo reflexionando hasta llegar a la conclusión de que la situación requería una solución apremiante. Tenía que arriesgarse y notificar a

Berlín lo más urgentemente posible la deriva que habían tomado los acontecimientos.

De alguna manera y por alguna razón que desconocía, estaba seguro de que Churchill había recelado de él. Lo había leído en su mirada. Y en cualquier caso, la reposición de la cadena entre las islas de Fara y Flotta daba un giro nuevo e inesperado a la situación. La noticia tenía que llegar a Berlín cuanto antes.

Esperó sentado en el salón. A las cinco de la tarde el sol desapareció tras el horizonte por debajo de las nubes y las calles de Kirkwall quedaron en la más completa oscuridad, con la excepción aquí y allá de unas pocas farolas, tal como señalaban las restricciones de guerra. A pesar de que no se veía un alma, caracoleó en su automóvil por la ciudad durante quince minutos hasta llegar al convencimiento de que no le seguía nadie y entonces enfiló la salida de Kirkwall en dirección al norte.

La carretera entre Kirkwall y Work apenas serpenteaba. Se trataba de unos cuatro kilómetros de línea prácticamente recta, de manera que no le costó certificar que estaba solo, a pesar de lo cual detuvo el coche a un lado del camino y estuvo diez minutos pendiente del espejo retrovisor, y como si las medidas que había tomado para asegurarse de que nadie seguía sus movimientos no fueran suficientes, al llegar a Work volvió a serpentear por entre las calles hasta que, finalmente, entendió que no podía dilatar más el momento de entrar en aquel pequeño piso donde no había estado nunca y en el que, en cualquier caso, podían estar esperándole para capturarle.

El apartamento estaba vacío y Albert se dirigió directamente al salón, donde encontró una biblioteca en cuya parte central un tirador ponía al descubierto lo que parecía un pequeño mueble bar que, una vez abierto, mostró un aparato de trasmisión de última generación que encendió y dejó que se calentara mientras tomaba un cuaderno que había sobre una de las estanterías y comenzaba a redactar el mensaje que habría de enviar.

1.- La situación en los accesos a Scapa ha cambiado. La cadena entre Flotta y Fara ha sido revisada y ha recobrado la tensión. No hay catenaria. Imposible acceso a la base por esta parte. En el extremo contrario una tormenta ha inclinado uno de los barcos que cegaban la entrada por el estrecho de Kirk. La nueva brecha podría ser suficiente para la entrada de un submarino. Imposible informe completo por el momento debido a nuevas y contundentes medidas de seguridad.

2.- Recibida visita en la base del señor Winston Churchill. Tengo la fuerte impresión de que sospecha de mí.

3.- No tengo la seguridad de poder informar de nuevo. Será difícil que pueda volver a hacerlo.

Después de repasar un par de veces el mensaje, procedió a encriptarlo según un código simple pero que sería difícil de quebrar por algún interceptador potencial de la comunicación. Tras poner el transmisor en modo *burst*, accionó el botón de trasmisión y el mensaje salió al éter a través de la antena disimulada en un pararrayos[10].

De regreso a Kirkwall, su cabeza daba vueltas como el tambor de una lavadora a todo lo que había sucedido a lo largo de aquella jornada tan intensa. A pesar de sus precauciones pensaba que la señal sería interceptada y triangulada por el servicio de inteligencia de comunicacio-

---

10 La trasmisión en modo burst fue muy empleada en la II GM, especialmente por los submarinos alemanes. Consiste en comprimir la señal hasta el punto de que una trasmisión que ordinariamente dure diez o doce minutos pueda efectuarse en unos pocos segundos.

nes de la Rotal Navy, pero las cosas estaban sucediendo a velocidad vertiginosa y había que tomarlas como venían; confiando en que en el caso de que pudieran descifrar el código, cuando tuvieran la trascripción de la comunicación seguramente sería tarde.

Cuando llegó a su casa se encontró a Mark Grinnell y al sargento Duff esperándole, sus alertas se dispararon de nuevo y volvió a sudar copiosamente.

—¿Puedo saber de dónde vienes? —preguntó el sheriff encarándole nada más salir del coche.

—¿A qué viene esto, Mark? —contestó a la defensiva—. ¿Desde cuándo te interesan mis movimientos?

—Lo siento, Albert. No es cosa mía. Viene de Londres. Por favor, dime dónde has estado.

Albert pensó en responder que venía de sus habituales paseos en las inmediaciones del perímetro de la base, pero imaginó que debían seguir estando prohibidos y fabuló una mentira sobre la marcha.

—Está bien, Mark. He estado en el bosque de Lillias Adie. Creo que sabes que me ocupo de preservar la reserva ornitológica de aquel lugar. La tormenta ha causado grandes estragos en la zona. Se han perdido muchos nidos y una buena cantidad de pollos e incluso aves adultas han aparecido muertas.

El Sheriff Grinnell permaneció un rato mirándole a los ojos.

—Está bien, Albert. Informaré de ello. Ahora tengo que notificarte oficialmente que deberás permanecer en tu casa hasta nuevo aviso.

Esta vez fue Albert el que se quedó mirando al sheriff.

—De acuerdo, Mark, pero en realidad mi intención era recoger unas cuantas cosas que necesito y dormir en la pensión de Aily.

El sheriff dudó, pero finalmente se dirigió a su compañero:

—Sargento Duff, acompañe al señor Oertel a su casa. Yo les esperaré aquí. Por favor, Albert, sé breve.

Una vez recogidas sus cosas, que el sheriff examinó con inusitado interés, caminaron en silencio hasta el apartamento de Aileas McAmis. Antes de permitirle entrar, el Sheriff Grinnell volvió a advertir a Albert de que bajo ningún concepto podría abandonar la casa y que debería solicitar permiso para hacerlo en el caso de que se presentase una situación de urgencia.

—¿Estoy detenido, Mark? —preguntó Albert a su amigo con una mirada cargada de reproche.

—No, no lo estás... Por el momento —contestó el sheriff antes de girar sobre sus pasos y desaparecer calle abajo.

Capítulo 21

KIRKWALL
12 DE OCTUBRE DE 1939

El grupo de amigos que solía reunirse en el Gran Grifón al atardecer, se apretó alrededor del Sheriff Grinnell para escuchar los susurros en que se habían convertido sus palabras.

—Os aseguro que no lo sé. Os digo lo mismo que le dije a él: La orden vino de Londres.

El comentario del sheriff instaló el frío de un glaciar en el corazón de los hombres congregados a su alrededor.

—Pero de algo tiene que estar acusado —protestó Steve Mc Klintock después de servir otra pinta al padre Kenneth.

—Os digo que no hay acusación alguna, sólo la orden de que Albert permanezca sin moverse de su domicilio hasta nueva orden.

—¿Cómo llegó esa orden? ¿Quién la dio? —Insistió el propietario del local.

—Eso es lo más extraño, amigos —Mark Grinnell volvió a bajar la voz hasta convertirla de nuevo en un susurro—. Una orden de ese tipo procedente de Londres, por lo general llegaría mediante un oficio policial con el sello de Scotland Yard, pero en el caso de nuestro amigo Albert se produjo en forma de llamada telefónica de alguien que dijo hablar en nombre del señor Churchill. La orden sería refrendada por escrito más tarde, según dijeron, pero hasta el momento no ha llegado nada.

—Esa orden no tiene validez —esta vez Mc Klintock alzó la voz hasta el punto de que algunos parroquianos próximos giraron la cabeza.

—¡Por la sangre de Cristo, Steve, baja la voz! —volvió a susurrar el sheriff—. No debería haberos contado nada. Os digo que no entiendo lo que está pasando, pero debe de ser grave, así que os pido por favor que esto no salga de aquí. Pocos minutos después de recibir la llamada de Londres, el señor Rafferty se presentó en la comisaría para certificar que se cumplían las órdenes recibidas telefónicamente. Me dirigí con Duff a casa de Albert, pero no estaba allí. Entonces fuimos a buscarlo a casa de la viuda McAmis, pero tampoco se encontraba en la pensión. Lo más extraño es que Aily nos contó que en el momento de separarse al regreso de Scapa Albert dijo que se encontraba agotado y se retiraba a descansar.

—Lo que me extraña sobremanera es la participación del señor Rafferty en todo esto —opinó el padre Kenneth acariciándose la barbilla.

—Pues a mí no —intervino Douglas McIntosh pidiendo otra pinta a Steve Mc Klintock—. Todos vimos lo que pasó en Scapa. La cara del primer lord del Almirantazgo tras dar la espalda a Albert dejaba a las claras que había visto u oído algo que disparó sus alarmas. Y si os disteis cuenta, Churchill fue inmediatamente a buscar a Rafferty y ambos hablaron un buen rato sin dejar de mirar y señalar a Albert. Es evidente que pasa algo gordo.

—Tal vez se trate de ese espía que tanto han buscado.

El comentario salió de los labios del padre Kenneth. El sacerdote era un hombre bondadoso en extremo y nadie quiso ver la menor malicia en el mismo, pero todos giraron el cuello y buscaron la mirada del sheriff. Al fin y al cabo, la localización y desentrañamiento del supuesto espía al que todos habían aprendido a referirse casi amigablemente como *Comadreja*, constituía una de sus mayores obsesiones.

—Por Dios, padre, en qué cabeza cabe —susurró el sheriff descartando la idea con un movimiento de la mano—. Albert es uno de los nuestros.

—Cierto que Albert lleva mucho tiempo entre nosotros —dijo Steve Mc Klintock antes de apurar la pinta que se calentaba entre sus manos—. Pero en casos de espionaje todos somos susceptibles de ser considerados sospechosos y al fin y al cabo nadie le conocía antes de presentarse en Kirkwall, además de que sus idas y venidas a lo largo del perímetro de la base podrían resultar un tanto ambiguas. No tendría nada de especial.

—Os estáis volviendo locos —volvió a defenderlo Mark Grinnell—. Debe tratarse de uno de esos casos de alucinación colectiva de los que habla la radio. Robert lleva más de veinte años entre nosotros, ha formalizado una relación con una de nuestras viudas de guerra y os aseguro que su amor por los pájaros no es ninguna pantalla.

Una seña del joven camarero Allom Siul, que solía ayudar a Mc Klintock a servir la barra por la noche, hizo que el sheriff interrumpiera su defensa del confinado y se dirigiera al teléfono. Los demás lo siguieron con la mirada y le vieron hablar por el aparato. Cuando colgó, no les pasó desapercibido que tenía la cara descompuesta.

—Debo ir a comisaría. Se ha recibido por escrito la orden de detener oficialmente a Robert.

*   *   *

Los gritos del primer lord del Almirantazgo alcanzaron tal intensidad que algún funcionario de la Oficina de Guerra en Whitehall temió ver levantarse al soldado desconocido que duerme el sueño eterno en el cenotafio erigido al otro lado de la calle en memoria de los soldados británicos muertos en la Gran Guerra. Los funcionarios que se habían desplazado arrastrando los pies cuidadosamente al pasar por delante de la puerta del despacho del primer lord, le habían escuchado gritar denodadamente durante diez minutos antes de colgar el teléfono bruscamente con un exabrupto que hubiera sonrojado a los marineros más viejos y decadentes de Brighton.

Los resultados del viaje a Scapa Flow habían sido mucho peores de lo que había podido imaginar. De regreso a Londres a bordo del avión Vickers Wellington especialmente acondicionado para su transporte, su mente divagaba recordando el horrible viaje de ida en aquel lento e incómodo tren que parecía no llegar nunca.

En realidad no podía hacer responsable a nadie más que a sí mismo de tales incomodidades, pues los oficiales a su servicio le habían recomendado dilatar la visita a Scapa Flow hasta poder hacer uso de su avión en una atmósfera menos agitada que la que había dejado la profunda borrasca que atravesó Escocia los días previos al viaje.

La mañana siguiente a su llegada, se levantó temprano para repasar el discurso que pensaba dar a los hombres y mujeres que trabajaban en la Sala de la Guerra, la misma en la que 24 años atrás había humillado ignominiosamente al Almirante Fisher cuando este se opuso a sus deseos de desembarcar unas cuantas divisiones de soldados en Turquía, operación que finalmente llevó a cabo con el luctuoso saldo de cientos de miles de Tommies muertos.

Desde el momento en que se produjo el desastre, Churchill supo que tenía que disculparse por su arrogancia en el mismo lugar y ante los hombres y mujeres, muchos de los cuales eran también los mismos que habían asistido en obediente silencio a su arrogante manifestación de poder.

A pesar de poner en ello toda la humildad que fue capaz de reunir, los resultados no fueron los esperados. Aquellos hombres y mujeres que tenían ante sí la responsabilidad de dirigir la guerra en la mar contra los alemanes le escucharon bajo el mismo silencio y con idéntico respeto que lo habían hecho los que trabajaban allí 24 años antes. Ninguno dijo una palabra y tampoco nadie movió un músculo. En sus pétreos rostros el primer lord adivinó que hacía falta mucho más para que aquel grupo de personas perdonara su soberbia de años atrás.

Cuando se reunió con la viudas de guerra se sentía profundamente frustrado, lo que no hizo sino convertir el encuentro en una carrera de despropósitos, con unas mujeres que lo único que querían era colgarse de su brazo y tomarse una fotografía que saludara desde el salón principal a los huéspedes de las pensiones que regentaban la mayoría de ellas. De ese modo, cuando su secretario le informó que su siguiente acto en la agenda consistía en reunirse con más de un centenar de miembros de la sociedad civil de Kirkwall, sabía de antemano que definitivamente el viaje se había echado a perder. Mientras saludaba uno a uno a aquellos hombres y mujeres que le sonreían bobaliconamente desde unos rostros estúpidamente acicalados, lo único que pensaba y deseaba era correr a sus habitaciones privadas, encender un cigarro y atizarse en salva rápida dos o tres vasos del Mc Allan single malt que le acompañaba en todos sus viajes y que, curiosamente, se elaboraba en Easter Elchies House, una hacienda no lejos de allí, en las tierras regadas por el río Spey.

La visión de aquel hombre plantado frente a él y que su secretario identificó como Albert Oertel, un relojero local, le deslumbró hasta el punto de casi noquearle. El relojero le tendía la mano, pero él no fue capaz de atraparla entre las suyas. Dentro de su cabeza se había producido un fogonazo que le impedía desenvolverse como mandaba la etiqueta para la ocasión.

Recordó de una manera imprecisa que aquel hombre había sido investigado como uno más de los sospechosos de encarnar al famoso espía *Comadreja*, que algunas voces aseguraban que desde hacía muchos años trabajaba al servicio de los alemanes en las cercanías de Scapa Flow. Sin embargo, la alarma que se había encendido en su cabeza no estaba relacionada con aquella sospecha. A pesar de que el expediente de aquel hombre había permanecido unos días sobre su mesa en Whitehall, el fogonazo que había estado a punto de tumbarlo al suelo estaba relacionado con otro asunto que por más que lo intentaba no era capaz de recordar.

Dando la espalda al relojero que seguía esperando la suya con su mano tendida, buscó a Randolph Rafferty con la mirada y este corrió a reunirse con él en el centro de aquel enorme salón donde el tiempo parecía haberse detenido y todos permanecían en silencio pendientes de sus movimientos. El antiguo jefe del MI6 no hizo sino confirmar su vago recuerdo de que aquel hombre había sido investigado como el posible espía *Comadreja* e incluso se le había seguido a Londres con ocasión de un viaje que hizo a enterrar a su madre, muerta en un hospital de caridad. Rafferty le comentó que aquella investigación se había cerrado cuando Comadreja fue identificado en la persona de Scott Hendry, un pescadero que había trabajado en Kirkwall durante la Gran Guerra, muerto años atrás en un extraño accidente de circulación.

Churchill recordó que aquella identificación no le había dejado satisfecho del todo, y aunque con el paso del tiempo había terminado aceptándola, la explosión de luz que se produjo en su cabeza con la primera visión del rostro del relojero volvió a poner de manifiesto unas dudas que nunca terminaron de disiparse. En ese momento decidió que necesitaba un trago y que no quería seguir participando de aquella farsa. Ordenó al almirante en jefe de la base naval que le disculpara y representara durante la recepción, y a Rafferty que cursara órdenes al sheriff para que aquel hombre permaneciera recluido en su domicilio mientras se llevaba a cabo una investigación más profunda.

De regreso a Whitehall trató de trabajar en otras cosas, pero cada vez que intentaba leer un documento o escribir una resolución, el recuerdo del rostro del relojero volvía a irrumpir en su cabeza llenándola de una luminiscencia que le impedía pensar, cosa que a su vez le hacía sentir cada vez más nervioso. Así pasó buena parte del día, hasta que con la caída de la tarde, la noticia llegada de labios de Rafferty de que el relojero había sido recluido en su domicilio tuvo la virtud de serenar sus exaltados ánimos.

Leyó una y otra vez el expediente abierto al efecto cuando Albert Oertel levantó sospechas en el MI6 de que pudiera ser un agente alemán. Contempló con detenimiento las tres o cuatro fotografías que incluía el expediente, pero ninguna de ellas disparó sus alarmas como lo había hecho el fogonazo de luz que se produjo dentro de su cabeza al encontrarse cara a cara con el relojero, y a esas alturas cada vez que rememoraba el momento en que se plantó frente a él y vio que le tendía la mano, su cuerpo volvía a transpirar exageradamente.

Se sentía agotado y unos cuantos tragos le ayudaron a cerrar los ojos, pero no pudo descansar. Paradójicamente, cada vez que sus ojos se cerraban veía con mayor claridad el rostro impasible de Albert Oertel. Le había pasado otras veces y sabía que la mejor forma de dar forma en su cabeza a un recuerdo que bailaba etéreamente en ella era pensar en otra cosa y antes o después el recuerdo iría tomando forma hasta materializarse en su mente. Entonces recordó el *Athenia* y el escaso rédito político que el Primer Ministro Chamberlain había sacado a su hundimiento por un submarino alemán. Inicialmente sintió un ramalazo de frustración, pero se le pasó cuando comprendió que era agua pasada y ya no podía hacerse nada. En cualquier caso, el convencimiento de que sin la participación de los Estados Unidos sería muy complicado que Inglaterra consiguiera derrotar a Hitler, le hizo ver que necesitaban una víctima propiciatoria como podía haber sido el hundimiento del *Athenia*, igual que en su día lo fue el del *Lusitania*. Una idea se abrió paso en su mente y con un bufido a través del intercomunicador ordenó a su secretaria que pidiera a Inteligencia el expediente de la pérdida de este buque que debía yacer en los archivos cubierto del polvo acumulado desde los cerca de 25 años que habían pasado desde su torpedeamiento en el canal de San Jorge.

Conforme iba pasando las hojas los detalles de aquella operación fueron surgiendo en su cabeza como las marionetas de una danza siniestra. Woodrow Wilson necesitaba un *casus belli* para meter a los americanos en la Gran Guerra y él estuvo dispuesto a servírselo en bandeja. Una fotografía del capitán William Thomas Turner le transportó a aquellos tortuosos días de mayo de 1915. Turner era un tipo duro y les había puesto las cosas difíciles. Entonces pensó que encarnaría uno de esos capitanes que se hunden heroicamente con su barco y que ahí se acabaría la historia, pero William decidió sobrevivir para contar al juez Mersey que en el hundimiento de su barco había habido juego sucio. Poniendo en marcha toda la maquinaria de estado de la que pudo disponer, desde aquel mismo despacho, Churchill puso en marcha una ignominiosa campaña que desacreditara al capitán, estigmatizándolo hasta el punto de que su esposa lo abandonó, largándose a Australia y llevándose con ella a sus dos hijos, de modo que su padre nunca volvió a verlos. Por su parte, la Cunard, en lugar de despedirlo o retirarlo sin más lo humilló dándole el mando del *Ultonia*, un viejo transporte de mulas. De esa forma, la palabra de Turner dejó de ser oída y él eludió cualquier tipo de investigación que pudiera relacionarle con el hundimiento del trasatlántico.

Por su mirada volvió a pasear la proclama de la embajada alemana en Nueva York anunciando que tenían noticias de que el *Lusitania* transportaría armas en su viaje a Liverpool, convirtiéndolo de esa forma en objetivo de guerra. Naturalmente los alemanes llegaron a esa conclusión gracias a la información con la que él mismo se había encargado de intoxicar la oficina del puerto de Nueva York y no había olvidado la satisfacción que le produjo saber que finalmente, en aquel mismo puerto habían embarcado en el *Lusitania* individuos de la talla de los millonarios Vanderbilt o Withington, el filósofo Elbert Hubbard o William Broderick Cloete, etiquetado pomposamente como el rey de las minas de oro de California. En total embarcaron 304 pasajeros norteamericanos de los que muchos eran niños o bebés, y 124 de ellos perdieron la vida. Una fúnebre fotografía, que sus colaboradores se encargaron de que diera la vuelta al mundo, mostraba a una joven pasajera norteamericana abrazada al bebé al que había dado luz a bordo, muertos ambos tras el hundimiento del trasatlántico.

Conforme pasaba las páginas del informe, recordó haber dado órdenes al almirante jefe del área por la que tenía previsto navegar el *Lusitania* para que no se informara a Turner de la presencia en esas mismas aguas de tres submarinos alemanes cuyos torpedos ya habían provocado algunos hundimientos. En su cabeza brilló también con nitidez el recuerdo de haber ordenado personalmente el envío a puerto del crucero *Juno*, encargado habitualmente de convoyar y proteger hasta Liverpool a los trasatlánticos procedentes de los Estados Unidos, poniendo de ese modo al *Lusitania* en el visor del periscopio del submarino U-20, que finalmente terminó hundiéndolo. Estaba leyendo detenidamente cómo había conseguido llevar hasta las bodegas del buque de la Cunard la potente bomba cuya explosión harían coincidir con la del torpedo alemán, cuando al pasar una página los fuegos artificiales volvieron a estallar dentro de su cabeza. ¡Al fin! ¡Allí lo tenía! Sabía que había visto antes a aquel relojero y que su recuerdo era previo a las investigaciones hechas para desenmascarar a *Comadreja*, cuyo expediente había apartado a un lado.

Steve Boozer era el nombre ficticio que había utilizado Cyril Sparks, un condenado a muerte que aceptó su ofrecimiento de conmutar la pena capital por el servicio a la corona espiando para Inglaterra en los muelles de Nueva York. Le sorprendió que *Comadreja* se identificara finalmente con aquel Cyril Sparks, un tipo al que no conoció personalmente pero que según sus informes era débil de carácter y con pocas agallas, pero que al mismo tiempo había resultado bastante escurridizo. En cualquier caso no había dudas, aquel tipo vestido con traje de presidiario que posaba ante la cámara con mirada perdida era el mismo que le había tendido la mano en Scapa y que le había tenido sumido en un sinvivir los dos últimos días.

Extendiendo el brazo, descolgó el teléfono y pidió a su secretaria que le pusiera con Randolph Rafferty en Escocia. Mientras se producía la comunicación, encendió uno de sus cigarros puros a medio consumir y se bebió un largo trago de whisky, tras el que, por primera vez desde hacía muchas horas, sonrió.

Permanecía extasiado contemplando las volutas de humo de su cigarro que ascendían al techo inundando la estancia con su acre aroma. Recordaba, más de cuarenta años atrás, cuando siendo un joven teniente fue enviado a Cuba como observador en la guerra contra España de aquel país. En realidad trabajaba al lado de los españoles, pero cada semana recibía una caja de cigarros con la que los mambises trataban de congraciarse con él.

El timbre del teléfono interrumpió sus pensamientos. Rafferty estaba al otro lado.

—Señor Churchill, aquí Randolph Rafferty.

—Buenas noches, Randolph. Ya lo tenemos.

—¿A quién tenemos?

—¿Cuál es la situación de Albert Oertel? —preguntó el primer lord del Almirantazgo ignorando la pregunta de su interlocutor.

—Está recluido en su domicilio tal como usted dispuso —contestó Rafferty secamente—. Con vigilancia en la puerta de su residencia —agregó convencido de que sería la siguiente pregunta.

—Está bien Randolph, buen trabajo, pero ahora quiero que lo detengáis. A partir de esta noche y hasta nuevo aviso dormirá en la comisaría.

—¿Cuáles son los cargos?

—Es él, Randolph. Es *Comadreja*.

Randolph Rafferty permaneció en silencio al otro lado de la línea. Le habría gustado saber cómo había llegado Churchill a ese convencimiento, pero el propio primer lord del Almirantazgo aceleró el final de la conversación.

—Rápido, Randolph. No hay tiempo que perder. Me quedaré más tranquilo cuando sepa que esa rata está entre rejas. Permaneceré en el despacho esperando tu llamada.

Un clic al otro lado de la línea hizo saber a Churchill que Randolph Rafferty se había puesto en marcha.

Capítulo 22

En el Gran Grifón, el sheriff Mark Grinnel tomó extrañado el teléfono que le tendía el camarero Allom Siul. No era habitual que el sargento Duff le llamara al pub. Las pocas veces que había surgido una emergencia en sus horas francas, le había recogido con el coche patrulla, pero no recordaba que nunca le hubiera llamado por teléfono.

—Mark Grinnel al aparato —dijo el sheriff receloso una vez se puso al teléfono.

—Jefe, soy Simon Blackweiter, agente de servicio en la estación de policía. Me pide el sargento Duff que le llame para que se presente inmediatamente. Él está atendiendo al señor Rafferty.

—¿Qué pasa? ¿A qué vienen estas prisas?

—Hemos recibido un telegrama de Londres con una orden de arresto del señor Oertel. La firma nada menos que el superintendente.

El sheriff colgó y corrió a la comisaría. Allí el sargento Duff le mostró el oficio llegado desde la más alta institución policial de Londres.

—He hablado con el señor Churchill. Es un hecho, Albert Oertel es *Comadreja*. Tenemos que actuar rápido.

Acompañados de dos agentes, Rafferty, Duff y él mismo se presentaron en la pensión de la viuda McAmis cuya puerta vigilaban otros dos agentes. La propietaria del establecimiento estaba en el chiscón trabajando en los libros de registro.

—Buenas noches, Aileas —saludó el sheriff nada más entrar—. Tenemos que hablar con Albert.

La señora McAmis lanzó una mirada a la comitiva por encima de los lentes.

—¿Qué está pasando Mark? Esos dos hombres tuyos están ahí fuera desde ayer como dos pasmarotes.

—Lo siento Aileas. Venimos a detener a Albert. Tenemos una orden de registro, pero preferiría que lleváramos esto con discreción y por las buenas…

—¿Detener a Albert? ¿Se puede saber qué pasa? Sabes bien que Albert es incapaz de hacer daño a una mosca. ¿De qué se le acusa?

—Alta traición —contestó Mark Grinnell secamente.

Los cuatro policías acompañaron a la viuda escaleras arriba mientras, renqueante, Rafferty los seguía algo distanciado. Con el rostro descompuesto, la señora McAmis abría la comitiva entre sollozos.

—Tiene que ser un error, Mark. Albert es el hombre más bueno del mundo.

Una vez dentro del apartamento que servía de vivienda a la viuda, esta se dirigió directamente al dormitorio y pareció sinceramente sorprendida al no encontrar a Albert allí.

—Esto es muy extraño —comentó sorprendida elevando el tono de voz—. Lleva dos días metido en casa —completó dirigiéndose al salón, que también encontraron vacío.

—Generalmente pasa las horas aquí escuchando la radio —dijo señalando el aparato mientras un leve temblor comenzaba a apoderarse de ella.

Tras buscar por toda la casa, la señora McAmis tuvo que admitir que no tenía ni idea de donde estaba Albert, al que se refirió por primera vez como su esposo.

—Únicamente podría estar en alguna de las habitaciones desocupadas, pero sería muy extraño, él no pasa nunca a la pensión.

Una tras otra registraron todas las habitaciones del establecimiento, hasta que la propietaria tuvo que rendirse a la evidencia: a Albert Oertel se lo había tragado la tierra.

—Es muy importante que haga memoria, señora McAmis —Rafferty tomó la voz—. ¿A qué hora lo vio por última vez?

—Yo me he pasado el día entero en la recepción, el negocio no da para pagar empleados —se disculpó la viuda—. Subí un par de veces a la casa a lo largo de la mañana y en ambas ocasiones Albert estaba en el salón, en su sillón favorito. Escuchaba la radio como suele hacer a menudo. Más tarde almorzamos juntos y por la tarde volví a subir poco antes de las cinco, Albert había preparado el té. Fue la última vez que lo vi.

—¿Hay alguna otra entrada a la pensión? ¿A dónde dan las ventanas?

Había cierta presión en las preguntas de Rafferty y la señora McAmis se sintió intimidada.

—Casi todas las ventanas dan a la calle. Todas las de la planta baja. Algunas en las plantas más altas dan al interior, a un patio sin otra salida que la propia pensión. La salida a la azotea está cerrada. Yo tengo la única llave, y en cualquier caso la azotea no está comunicada con ningún edificio.

—¿Está usted segura de que no salió por la puerta?

—Completamente. Lo hubieran visto sus hombres. No hay otra forma de abandonar la pensión.

—A menos que… —intervino el sheriff Grinnell.

—¿Los túneles? Están sellados desde hace años, Mark — se anticipó a la viuda agitando la cabeza.

—¿Túneles? —preguntó Randolph Rafferty sintiendo que se disparaban sus alarmas.

—Algunas casas de Kirkwall, las más antiguas, cuentan con túneles de evacuación que datan de la época de las invasiones vikingas. La pensión es una de ellas —dijo Mark Grinnell dirigiéndose al señor Rafferty.

—¿Dónde está el acceso? —preguntó el antiguo director del MI6 nerviosamente, sintiendo que la adrenalina se le concentraba en algún lugar del pecho.

—Tras la última ampliación quedó en una de las habitaciones de la planta baja. Albert no se metía en nada relativo a la pensión, pero siempre me pedía que en la medida de lo posible mantuviera esa habitación sin ocupar.

Aileas enfiló el pasillo y se detuvo al llegar a la puerta de una habitación cuya puerta abrió con una de las llaves de un manojo que llevaba en el bolsillo del delantal. El interior de la habitación estaba limpio y ordenado. Olía a polvo, lo que confirmaba que la habitación llevaba tiempo sin usarse.

—Está debajo de la cama —dijo la viuda señalando un camastro a un lado de la habitación.

A una seña del sheriff, los dos agentes retiraron la cama a un lado. Bajo esta apareció una esterilla que cubría el suelo, y los agentes procedieron a retirarla también. Ante sus ojos apareció una oquedad cuadrada de casi un metro de lado, cubierta por una lápida que se disimulaba con el color del suelo. Resultaba evidente que alguien la había manipulado hacía poco tiempo. A los agentes no les costó abrirla sobre los goznes a uno de los lados.

—Santo Dios —exclamó Rafferty, convencido de que Comadreja había escapado por aquel lugar.

»No hay tiempo que perder. Hay que seguir el túnel a ver a dónde nos lleva. Necesitamos luz.

Ambos agentes llevaban sus linternas de mano. Uno de ellos inició el descenso al túnel y el sheriff ordenó al otro que permaneciera en la pensión acompañando a su propietaria. Tras hacerse con su linterna, Mark Grinnell descendió siguiendo al primer agente acompañado por Rafferty.

El pasadizo era bastante estrecho, estaba encharcado y algunas ratas corrieron para alejarse de los focos de las linternas. Debido a la lentitud de movimientos de Rafferty, tardaron cerca de media hora en recorrer la distancia algo inferior al kilómetro que los separaba del otro extremo del túnel, en el que encontraron una tapa metálica cerrada por dentro con un candado que alguien había reventado. Cuando salieron al exterior la oscuridad era absoluta. Estaban muy cerca del mar, a la altura del Promontory Point, un pequeño acantilado de menos de 15 metros de elevación. Allí se encontraron con una de las patrullas de vigilancia de la ensenada de la base. Habían encontrado un pequeño bote neumático rajado. Las olas lo habían lanzado contra las rocas justo debajo del promontorio. Rafferty insistió en visitar el lugar, donde trató de encontrar huellas, pero si las había habían sido borradas por las de la propia patrulla.

De regreso a comisaría, Rafferty estudió el pequeño bote de caucho y pidió a Mark Grinnel que lo guardase y lo mantuviera bajo custodia antes de pedir que un vehículo policial lo trasladase a su despacho, donde revisó unos informes que encontró sobre su mesa elaborados por el batallón de comunicaciones de Scapa. Una vez a solas, cogió el teléfono y marcó de memoria una larga serie de números.

—Buenas noches, señorita, póngame con el primer lord. Es urgente.

—Es usted el señor Rafferty, ¿verdad?

—Sí, soy yo.

Rafferty esperó unos segundos que le parecieron una eternidad. Sabía que no era portador de buenas noticias y esperaba cualquier exabrupto de Churchill una vez fuera conocedor de ellas.

—Buenas noches, Randolph. Dime que ya tenemos al pájaro entre rejas —escuchó la ronca voz de Churchill, que a esa hora ya debía haberse servido unos cuantos whiskis.

—Lo siento, Winston. Ha desaparecido.

—¿Desaparecido? ¿Cómo que ha desaparecido? ¿Qué broma es esta Randolph?

En pocas palabras, Rafferty explicó al primer lord del Almirantazgo que Albert Oertel no estaba en su casa, donde había sido confinado siguiendo órdenes suyas. Le habló del túnel y del bote de caucho rajado que habían encontrado en la playa y que a él le parecía que podía ser de origen alemán. Finalmente le explicó que el servicio de radiogoniometría de la base había interceptado el día anterior una señal bastante extraña, pues se trataba de una comunicación muy breve, probablemente *burst*, pero al mismo tiempo muy potente, como si quisiera llegar a un lugar lejano. La señal había sido triangulada en algún lugar de la localidad de Work, un pequeño enclave turístico junto al mar situado unos cuatro kilómetros al nordeste de Kirkwall. A su regreso de la recepción en Scapa Flow, el rastro de Oertel se había perdido durante algo más de una hora y todo apuntaba a que podía haber sido él el causante de la comunicación, consistente en un grupo de cerca de un centenar de trigramas compuestos por letras y números codificados. Seguramente se apoyaban en algún tipo de publicación que desconocían, probablemente un libro. La policía y también el batallón de seguridad de la base naval buscaban al espía por todas partes, aunque en su opinión todo apuntaba a que pudiera haber sido exfiltrado a bordo de un submarino alemán.

A Churchill se lo llevaron los demonios. La desaparición de *Comadreja* comprometía gravemente la seguridad de la base naval. Las unidades más potentes y valiosas deberían abandonarla a la mayor brevedad. Con palabras subidas de tono hizo responsable a Rafferty de la búsqueda del espía y pidió ser informado en tiempo real del avance de las investigaciones.

—En cuanto a ese mensaje, quiero saber desde donde se trasmitió y lo quiero descifrado sobre mi mesa en menos de una hora. Me da igual si en su cifrado *Comadreja* se ha apoyado en la Santa Biblia —completó antes de colgar con una andanada de descalificaciones.

*   *   *

A pesar de su aparente tranquilidad, Albert Oertel se sentía muy inquieto. Era evidente que Winston Churchill sospechaba de él, lo cual significaba que Mark Grinnell y sus hombres podrían reaparecer en cualquier momento para llevárselo esposado. Inglaterra y Alemania volvían a estar en guerra, y en ese estado una acusación de alta traición ya sabía lo que significaba. Definitivamente estaba quemado, si no muerto.

Desde que había quedado confinado en el apartamento de Aily, no había parado de recorrer el salón arriba y abajo sin parar de pensar en lo que acababa de pasar en Scapa. Una y otra vez concluyó que lo prudente hubiera sido no acudir a la recepción. Habría bastado contribuir con una cantidad de dinero para los bonos de guerra y haberse quedado en casa alegando cualquier indisposición, pero por más vueltas que le daba, una y otra vez tuvo que admitir que la verdadera razón de su presencia en la base radicaba en la curiosidad que le producía la posibilidad de ver de cerca a la persona que más odiaba del mundo, la que había propiciado que su tranquila vida diera un giro de ciento ochenta grados, que se convirtiera en un agente de información al servicio, primero de los ingleses y de los alemanes a continuación, y, sobre todo, de la persona responsable de la tortura y muerte de Amelia.

Pasó mala noche y apenas fue capaz de pegar ojo. Preocupada, Aily le comentó que lo notaba ansioso. Se trataba de una mujer prudente y seguramente no querría agobiarlo, pero como cualquiera de los habitantes de Kirkwall había presenciado el incidente en la recepción de Winston Churchill y lo lógico era que se hiciera preguntas, si es que no se las habían hecho sus amigas, y por otra parte tenía que ser consciente de que desde su desacostumbrada salida nocturna la noche anterior al regreso de Scapa Flow, la entrada de la pensión permanecía custodiada por un par de agentes de policía.

Desayunaron juntos en silencio. Albert interpretaba la perplejidad en su mirada como una acusación, y trató de aliviar su desconcierto susurrando que debía haber algún error y que esperaba que todo se solucionase pronto. Cuando Aily desapareció escaleras abajo y se recluyó en su chiscón para trabajar en sus cosas, él se sentó en su sillón en el salón, donde dejó pasar las horas escuchando la radio con la mirada fija en la pared. Afortunadamente —pensaba— había podido desplazarse a Work in extremis y ahora sus jefes eran conscientes de la crudeza de la situación. Otra cosa era que tuvieran algún recurso para aliviar la suya propia, que conforme pasaban las horas era cada vez más desesperada.

A las 12 de la mañana, Radio Edimburgo comenzó a emitir su programa «La hora del cielo». Albert estaba preparado para tomar nota por si recibía algún mensaje encubierto como había sucedido en otras ocasiones. Aquel mediodía la trasmisión estuvo dedicada enteramente a repasar el «Libro de Jonás». El programa arrancó diciendo que el Libro de Jonás era una historia narrativa que tenía como propósito dar testimonio de la gracia de Dios y que su mensaje de salvación era para todos los seres humanos, haciendo hincapié en que el factor principal que lo diferenciaba de otros libros santos del Antiguo Testamento era el hecho de que el de Jonás se concentraba en el profeta y no en sus profecías. Durante cerca de una hora, el presentador habló de Nínive, de la traición y de cómo Jesús llegaría a mencionar la historia de Jonás como una ilustración de su propia resurrección. Una vez más, Albert tomó nota de todos los versículos y capítulos mencionados a lo largo del programa y al final del mismo, cuando hubo contrastado sus notas con la pequeña biblia de la que no se separaba nunca, llegó al convencimiento de que el Jonás al que se referían era él y la ballena que habría de tragárselo un submarino alemán que merodeaba Scapa Flow. La huida tendría lugar esa misma noche, a las 8, en Promontory Point.

Se encontraba mejor cuando se sentó a almorzar con Aily. Por una parte sentía una pena profunda, pues aunque ella aún no lo supiera, aquel sería su último almuerzo juntos, y tampoco volverían a compartir el mismo lecho, pero por otra parte se sentía reconfortado al ver que su mensaje había sido recibido y sus jefes en Berlín se habían preocupado por él. Lo sentía mucho por Aily, pero aquella era la misión para la que llevaba tantos años preparándose y tocaba llevarla a su final. El convencimiento de que eludiría la muerte frente a un pelotón de fusilamiento y, sobre todo, que escaparía a la ira de Churchill, a quien, por otro lado, lograría trasmitir en toda su intensidad la suya propia, le habían conducido a un estado de ánimo en el que se permitía dirigirse cariñosamente a la que había sido su mujer durante los últimos años, de forma que pudo trasmitirle el alivio suficiente como para poder borrar de su rostro durante unas horas aquel gesto de tormento que tenía en el momento de sentarse a desayunar juntos. Fue sincero cuando a la hora del té sostuvo su mano entre las suyas y le susurró aquel te quiero que tuvo la virtud de dulcificar el amargo mensaje de su rostro, pero no lo fue cuando omitió que, en realidad, por muy muerta que estuviera, su mujer era y había sido siempre Amelia, la persona a la que había entregado el corazón muchos años atrás y por quien se había integrado en el veleidoso y escurridizo mundo de los agentes de información.

A las siete y media, vestido completamente de negro se dirigió a la habitación en la que se ubicaba el túnel, el cual lo condujo a las inmediaciones de Promontory Point. La noche debía estar oscura como la boca de un lobo, pero sabía que en aquella zona de la costa las patrullas eran frecuentes y antes de salir al exterior se tiznó el rostro y las manos con betún. En Promontory Point, la línea de costa constituida por la arena de la playa se interrumpía durante doscientos metros y se elevaba en aquel promontorio que le daba nombre, por donde solían pasar las patrulla de vigilancia. En lugar de subir, Albert se pegó a las rocas y avanzó por ellas sintiendo en sus pies la humedad de las gélidas aguas del mar del Norte. Bajo el promontorio, la oscuridad era absoluta y las rocas oscuras se insinuaban como lobos hambrientos que en cualquier momento podrían arrojarlo al agua si cometía la menor equivocación.

Calculó que serían las ocho cuando una sombra se movió frente él. Se trataba de un individuo vestido a la usanza de los hombres rana que había permanecido mimetizado con las rocas de su entorno y que lo saludó en un susurro:

—*Herr Wiesel?*

El hombre aparejó un pequeño bote de caucho que tenía escondido y le entregó una espadilla, advirtiéndole que evitara el chapoteo del agua al introducirla en el mar para remar, cosa que hicieron durante unos quince minutos hasta que el desconocido le ordenó detenerse. Cinco minutos después la forma de la vela de un submarino emergió un metro por encima del agua y tras volver a remar para acercarse, un robusto marinero tiró de él para conducirlo al interior de la ballena que le había anunciado Radio Edimburgo.

Estaba empapado y sentía que el frío le calaba los huesos, cuando otro marino con el rostro cubierto por una poblada barba le tendió una mano que Albert aceptó sin dejar de tiritar de frío.

—Mi nombre es Günther Prien —le saludó enviándole una cálida sonrisa—, soy el comandante del U-47, el submarino en el que se encuentra usted en estos momentos. Bienvenido a bordo. Enseguida le darán ropa seca.

—Gracias, comandante —musitó *Comadreja* sonriendo por primera vez después de mucho tiempo.

Capítulo 23

INMEDIACIONES DE SCAPA FLOW
13 DE OCTUBRE DE 1939
A BORDO DEL SUBMARINO U-47

Los dos hombres se mantenían inclinados sobre la pequeña mesa de cartas de la sala de control del submarino. Frente a él, Albert Oertel veía proyectado sobre una carta náutica el trabajo de muchos años de observación: en rojo los campos de minas y sobre los perfiles del cinturón de islas que resguardaban la base naval de Scapa Flow, en amarillo, un cuadro representaba el número y frecuencia de paso de las patrullas de vigilancia, la situación de los focos y el terreno iluminado. En verde aparecía el campo de minas ofensivas sembradas por algún submarino alemán como el que le había recogido en Promontory Point la noche anterior. En un susurro, el relojero recién evacuado de Kirkwall advirtió a Günther Prien sobre el lugar de acceso a la base por entre las islas de Flotta y Fara, impenetrable tras las obras de reparación que siguieron al paso de un tremendo temporal, algo de lo que el comandante del U-47 ya había sido informado desde Berlín. Sobre la carta, unas fotografías aéreas mostraban el estado de las defensas unos días antes de la tormenta.

—Vi con mis propios ojos como tensaban la cadena de separación entre las islas, y es más que probable que los hidrófonos que colgaban de la cadena alternándose con un grupo de bombetas hayan sido completamente renovados. Por sí solos esos artefactos explosivos sería difícil que causaran daños de consideración a un submarino, pero la explosión de uno activaría los demás, produciendo una traca que serviría de aviso a las patrullas que recorren incansablemente el contorno de la base.

—El último informe que recibí de Berlín decía que esa misma tormenta podía haber abierto una brecha en el extremo opuesto —susurró a su lado Günther Prien recorriendo con la fina punta de su lápiz las islas del lado de levante.

—Así es, comandante Prien. No pude verlo más que fugazmente, pero este carguero que aparece en las fotografías en su posición natural, está ahora inclinado a una banda. Este barco cegaba el paso por el estrecho de Kirk, que separa la tierra firme de la isla de Holm. Hace muchos años se pensó abrir un segundo acceso a la rada precisamente por aquí —dijo Albert colocando la punta del dedo en el acceso que describía—. Eso me hace pensar que el paso pueda estar libre de las rocas puntiagudas que seguramente encontraríamos en cualquier otro lugar. A pesar de que fue hace muchos años, todavía recuerdo las explosiones con que se volaron aquellas rocas. Lo que es seguro es que entre la quilla del carguero y la isla de Holm tiene que haber espacio, aunque, francamente, no sé si será suficiente para que pueda penetrar un submarino como el U-47.

—Tendremos que intentarlo, señor Oertel. Gracias por su valiosa ayuda. Ahora, me gustaría que permaneciera en la sala de mando. Voy a convocar a mi dotación. No saben dónde estamos ni cuál es nuestro objetivo. Luego podrá descansar un rato.

El teniente de navío Prien hizo una seña a su segundo y pocos minutos después los silenciosos tripulantes del submarino aparecían desperdigados por la sala de mando. Entre susurros, su comandante se dirigió a ellos:

—Dotación del U-47. Os he convocado para deciros que estamos posados en el fondo en los aledaños de la principal base naval del Reino Unido. Esta noche entraremos en Scapa Flow.

Prien hizo una pausa para que sus hombres pudieran digerir el alcance de sus palabras. Sabía que en la mente de todos ellos flotaba el hecho de que se encontraban en los umbrales de una cita con la historia, pero, con toda probabilidad, la mayoría recordaría también los intentos de penetración en Scapa al principio y final de la Gran Guerra de los submarinos U-18 y U-116, respectivamente, y que sus restos yacían despanzurrados entre el limo del fondo de la bahía, debido, muy probablemente, a alguna indiscreción. Cuando consideró que sus palabras habían hecho el efecto deseado, el comandante del U-47 completó su breve disertación.

—Ahora quiero que todos os retiréis a vuestras literas. Deberéis mantener los pies acolchados incluso en la cama. Procurad no cruzar palabra alguna entre vosotros a menos que sea completamente imprescindible. Las órdenes os llegarán a través de los compañeros designados al efecto. En la medida de lo posible, queda prohibido también el uso del retrete y bajo ningún concepto se abrirán grifos en cocina o aseos. Permaneceremos recostados en el fondo hasta que llegue nuestro momento. Sé que cada uno de vosotros dará lo mejor de sí. Dios nos alumbre y nos guie.

Poco a poco la reunión se disolvió. Entonces Prien se dirigió al relojero:

—Señor Oertel, usted también debería descansar. Imagino que los últimos han debido ser días muy intensos para usted y esta noche lo necesitaré a mi lado.

Albert se dejó acompañar hasta una litera dispuesta para su uso y se tumbó. En ese momento se dio cuenta de que verdaderamente se sentía muy cansado, y aunque agradeció poder tumbarse a solas con sus pensamientos, fue incapaz de dormir. Cada vez que sus ojos se cerraban los recuerdos volvían a ponerlo en tensión impidiéndole descansar.

No era la primera vez que un submarino le salvaba el pellejo y recordó cuando aquel otro sumergible lo rescató de las garras de la muerte después de enviar al *Lusitania* al fondo del mar. De aquellos momentos recordaba con nitidez cómo consiguió recuperarse poco a poco del lacerante dolor de su pierna rota en una litera como la que ocupaba en esos momentos. Por su cabeza circuló también el tiempo que pasó recluido en una prisión en Rumanía. Fueron días difíciles, pero el sueño de volver a encontrarse con Amelia resultó en todos los casos un estímulo suficiente para superar todo tipo de adversidades.

Pensó también en sus amigos de Kirkwall, y sobre todo, en Aily. Probablemente ella no lo sabía todavía, pero lo cierto era que acababa de enviudar por segunda vez. Un sentimiento a caballo entre la lástima y la culpa se apoderó de él al pensar en la pequeña Rebeca y en cómo su cálida mano buscaba la suya en los inocentes paseos familiares que daban de vez en cuando por la ciudad y por el campo. Entonces volvió a pensar en Amelia y sintió la tensión de todos los músculos de su cuerpo como un gladiador en el momento de saltar a la arena. Todo era por ella; sus esfuerzos, su odio, su sed de venganza y la razón de levantarse a vivir cada día, y al recordarla volvió a sentir que su cuerpo recuperaba la fuerza perdida en los momentos de melancolía y, como cada vez que entraba en uno de esos trances, el rostro cínico y mofletudo de Churchill surgió en su cabeza como un títere para hacerle, una vez más, responsable de los muchos o pocos errores que hubiera podido cometer a lo largo de su agitada vida. La cortina del camarote se abrió inesperadamente y el rostro barbudo del comandante Prien lo saludó en un murmullo.

—Señor Oertel, ¿está bien?

Inicialmente Albert no supo ubicarse, pero pronto recordó donde estaba y quien era aquel hombre que le susurraba desde el pasillo del submarino.

—Sí, estoy bien —respondió sentándose en la cama—. He debido quedarme dormido.

—Parecía tener una pesadilla. ¿Quiere un café? Podemos ir a mi pequeña cámara.

El relojero siguió a Prien por el pasillo y a unos pocos metros penetró tras él en un reducido cubículo que hacía las veces de despacho y camarote del comandante del U-47.

—Le apetece un trago de Jäger? —preguntó Prien tras servirle una taza de café, señalando una botella sobre la mesa.

—No suelo beber, comandante. Y hace un siglo que no pruebo el Jägermaster. Pero creo que esta noche me tomaré un dedo.[11]

—¿Sabía que en la actual Sudáfrica se han excavado algunos enterramientos que datan de la guerra de finales del siglo pasado? En los restos de cientos de los guerreros Boers desenterrados se han encontrado altas concentraciones de una potente droga que aquellas tribus obtenían de algunas plantas locales.

—No lo sabía, comandante, pero venga esa copa. El Jäger es el licor de los cazadores y parece que esta noche saldremos de caza.

—Así es, señor Oertel, aunque para ser sincero con usted, en este momento soy un océano de dudas.

—¿Desea exponerlas, comandante? No creo que pueda resultarle de mucha ayuda, pero al menos tendrá quién le escuche.

—Cierto, señor Oertel. La soledad del comandante de una unidad de combate en la mar es legendaria. Particularmente creo que la que acompaña al comandante de un submarino es la más inhumana de todas.

El relojero se mantuvo en silencio dejando que Prien se desahogase.

—Esta noche asaltaremos la fortaleza inglesa de Scapa Flow. En estos momentos 39 hombres reposan en sus literas tratando de no pensar en lo que podría suceder. Ninguno es ajeno a que estas podrían ser sus últimas horas de vida, y aunque cuando se les llame cumplirán con su obligación, tendrán un ojo puesto en su comandante. Si lo vie-

---

11 Literalmente «maestro de caza», licor muy popular en Alemania, elaborado mediante una receta secreta en la que intervienen más de cincuenta hierbas diferentes.

ran vacilar, su moral se derrumbaría estrepitosamente, lo que a su vez incidiría negativamente en nuestras posibilidades. Yo también tengo mi propia lucha interior, señor Oertel, pues soy responsable de mi propia vida y de la de mis hombres también, a pesar de lo cual soy la única persona a bordo que no puede permitirse ser trasparente en sus emociones. Aunque algunos de ellos tengan que dormir abrazados a los torpedos o entre sacos de patatas y yo tenga el lujo de disponer de este habitáculo para mi uso exclusivo, estoy solo. Esa es la soledad a la que me refiero.

El relojero asintió haciendo sentir a Prien que comprendía su tribulación, pero este, haciendo un gesto con la mano como si quisiera apartar sus preocupaciones, se dirigió a su interlocutor con una sonrisa.

—Disculpe, señor Oertel, que añada mis preocupaciones a las suyas. Si le soy sincero, nunca había hablado con un espía. ¿Le importa que le haga algunas preguntas? Es mera curiosidad.

Albert Oertel se sorprendió del clima de empatía que aquel hombre enjuto y de aspecto inofensivo había conseguido crear, y se sorprendió a sí mismo en su respuesta.

—En absoluto, comandante. ¿Qué desea saber?

—Para empezar, cómo llega uno a convertirse en espía. Imagino que no debe haber escuelas públicas para eso...

Durante dos horas Albert compartió los asuntos más enrevesados de su vida con aquel individuo que había sabido ganarse su aprecio. Tal vez se trataba de una habilidad personal del pequeño comandante del U-47, o quizás era el momento que estaban compartiendo en la antesala de una arriesgadísima misión de guerra. La llegada del teniente de navío Engelbert Endrass, segundo comandante del sumergible, puso fin a la conversación.

—Comandante, ha llegado la hora. La dotación ocupa sus puestos.

—Gracias, segundo. ¿Alguna noticia de los hidrófonos?

—Sí, comandante. La salida de buques de Scapa Flow se ha mantenido a lo largo de todo el día, pero cesó hace más de tres horas. Hemos calculado que cerca de una veintena de ellos han abandonado la base. La mayoría unidades pesadas.

—Ha debido haber alguna alarma—. Susurró el comandante aceptando la situación. O eso o una alimaña anda suelta —completó lanzando una mirada cómplice al relojero.

—Sí, comandante, seguramente sea eso —asintió el segundo a pesar de que ambos sabían que Berlín había prohibido esa noche el movimiento de ninguna unidad alemana que pudiera poner en alerta a la Home Fleet para no interferir con la misión del U-47.

Albert Oertel prefirió callar. Estaba convencido de que Prien sabía tan bien como él que la salida de los buques ingleses obedecía a una orden directa de Churchill, conocedor del peligro que corrían sus buques con la desaparición de *Comadreja* de su improvisada prisión en Kirkwall.

—Caballeros, es la hora —dijo Prien poniéndose en pie y escanciando un dedo de licor en tres pequeños vasos.

»¡Buena caza! —completó en un susurro alzando el brazo y bebiéndose de un trago el contenido de su vaso.

—¡Buena caza! —balbucearon el segundo y el relojero al unísono, imitando el gesto del comandante.

Capítulo 24

BASE DE SCAPA FLOW
NOCHE DEL 13 AL 14 DE OCTUBRE DE 1939
A BORDO DEL U-47

El U-47 levantó sus 249 toneladas del fondo del mar e inició un lento y desesperante ascenso hasta situarse a cota
periscópica. Una vez allí y comprobado que todos los
parámetros de situación, navegación y máquinas eran los
correctos, Günther Prien desencajó el periscopio de su
pozo y oteó los 360° del horizonte, tras lo cual se lo ofreció a Albert Oertel que repitió el mismo movimiento que
acababa de ver hacer al comandante del sumergible.

La superficie del mar se encontraba completamente a
oscuras, a pesar de lo cual la silueta de la escarpada costa
era apreciable por la ubicación de los grandes focos de
luz que la barrían, gracias a lo cual el relojero pudo ver
que se acercaban parsimoniosamente al estrecho de Kirk
y aunque navegaban completamente a oscuras, los con-

tornos de la isla de Holm resultaban apreciables entre las sombras.

Envueltas en un susurro, el comandante daba las órdenes de rumbo y profundidad, y unos marineros las trasmitían en los oídos de los timoneles correspondientes, mientras que las instrucciones a máquinas se trasmitían a través del telégrafo, al que habían suprimido la chicharra que avisaba mediante un chirrido grave de la llegada de órdenes desde la sala de gobierno.

Metro a metro, Günther Prien fue dirigiendo el submarino hasta el pequeño hueco que quedaba entre la isla de Holm y el casco de un viejo vapor que guarecía el paso a la dársena donde se mecían al ancla sus posibles objetivos. La luna nueva dificultaba en extremo que su periscopio pudiera llegar a ser visible, mientras esperaba que los ruidos producidos por la intensidad de la corriente de la marea vaciante enmascarara los propios, rogando al cielo que el relojero tuviera razón en cuanto a que las puntiagudas rocas junto a la isla hubieran sido explosionadas tiempo atrás. Una vez situada la proa en la improvisada brecha de entrada a Scapa Flow, Prien mandó soplar lastres mínimamente y la vela del submarino emergió del agua hasta la mitad de su altura. Obedeciendo sus órdenes, Albert, su segundo y un marinero con la misión de ejercer de serviola con unos prismáticos en los 360° del horizonte, le siguieron al exterior de la vela.

Acostumbrado a la densidad del aire en el interior del sumergible, Albert se sintió renovado cuando la brisa húmeda y fresca de la noche golpeó su rostro y, sobre todo, cuando pudo llenar sus pulmones de oxígeno puro. Fuera del socaire que les daba la isla de Holm el viento soplaba con fuerza y el relojero pensó con satisfacción que en su ulular enmascararía cualquier sonido que pudiera producirse a bordo de la nave.

Para él la vista de aquellas rocas peladas no era nueva, pero le inquietó la presencia a menos de cinco metros del casco del carguero hundido, aunque su proximidad no pareció impresionar a Günther Prien que, con el auxilio de su segundo, maniobraba diestramente el sumergible para tratar de introducirlo en la base a través de aquella brecha mínima. Entonces sucedió lo inesperado.

El casco del U-47 golpeó el de la motonave hundida y en su avance produjo un chirrido tan agudo que desde el puente del sumergible escucharon los graznidos de protesta de algunas gaviotas. El ruido se había dejado escuchar a popa de la vela y Prien interpretó que la mayor parte de la eslora de su submarino estaba dentro de la base, de manera que ordenó a los tres hombres que le acompañaban que procedieran de nuevo al interior, siguiéndoles él mismo a continuación con toda rapidez. Una vez dentro del submarino Prien ordenó una inmersión de cinco metros y esperó mientras avanzaba contra la corriente a apenas un nudo de velocidad por si escuchaba el motor de alguno de los botes de guardia en el perímetro. Cuando diez minutos después interpretó que el roce del casco de su submarino con el del vapor sumergido parecía haber pasado desapercibido, escribió en el cuaderno de bitácora entre signos de exclamación:

¡Estamos dentro de Scapa Flow!

Albert sintió que Prien estaba eufórico cuando dio orden de emerger de nuevo hasta la mitad de la vela, aunque en esta ocasión ordenó a Endrass que permaneciera en la sala de control para cerciorarse de que sus órdenes eran obedecidas con toda exactitud. Cuando salieron al exterior acompañados por el serviola, los tres hombres descubrieron una claridad nueva e inesperada, pues aunque la operación se había planeado en condiciones de luna nueva para aprovechar la oscuridad de la noche, una centelleante aurora boreal comenzaba a insinuarse por el norte.

Navegando hacia el oeste a la luz de la inesperada aurora, Prien oteó con los prismáticos en busca de unidades enemigas, pero no encontró ninguno de los buques mayores. Sabía que la mayor parte de ellos habían abandonado la base porque el sonido de sus potentes hélices le había llegado a través de los hidrófonos mientras permaneció recostado en el fondo del mar, pero estaba seguro de que las averías o las obras de mantenimiento habrían obligado a alguna pieza importante a permanecer en su fondeadero en el sector noroccidental. Entonces, surgiendo de la bruma e iluminados desde el cielo por la aurora boreal como si fueran espectros flotantes, ante sus ojos surgieron dos sombras que a su lado Albert Oertel identificó como el crucero *Royal Oak* y el transporte de hidros *Pegasus*.[12]

---

12   El mapa de la incursión del U-47 en Scapa Flow está sacado de Wikipedia.

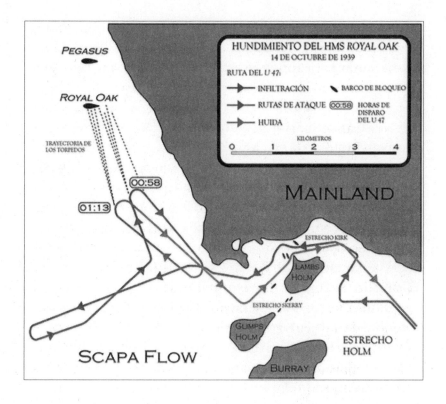

El primero, escuchó susurrar al relojero, era un viejo acorazado con más de 35 años de servicio que complementaba la defensa antiaérea de la base. A Prien le pareció un blanco adecuado y a las 00:58, navegando en superficie, ordenó el primer lanzamiento consistente en un ramillete de cuatro torpedos, dos a cada uno de los buques que cada vez se hacían más claros a sus ojos.

Uno de los torpedos quedó en el tubo al fallar el mecanismo de disparo y otros dos erraron el blanco, mientras que, después de una carrera de cuatro mil metros recorridos en tres minutos y medio, el cuarto torpedo alcanzó la proa del *Royal Oak*. La explosión se dejó sentir nítidamente a bordo del U-47, de modo que Günther Prien ordenó invertir el rumbo para escapar a uña de caballo, disparando en retirada el torpedo de popa, que también falló.

Mientras huía de la escena de acción a toda prisa, a través de sus prismáticos el comandante del U-47 permanecía pendiente de la reacción a bordo del *Royal Oak*, pero, para su asombro, tanto en el crucero como en tierra todo permanecía sorprendentemente en calma.

—Repetiremos el ataque —ordenó a su segundo a través de la escotilla que comunicaba la vela con la sala de control.

»Cargar tubos del 1 al 3. Esta vez dispararemos a una distancia menor para asegurar el blanco.

Junto a Prien, Albert Oertel se sentía cada vez más sorprendido de la sangre fría de quien en esos momentos tenía su vida en sus manos. Durante quince minutos se acercaron de nuevo al blanco sin que su rostro delatara ninguna emoción.

Los faros de un coche surgieron por un camino en tierra por estribor. Albert sabía que se trataba del tramo que unía el control de acceso con el interior de la base y advirtió a Prien de que el vehículo giraría a la derecha y podrían hacerse visibles a su conductor si los barría con el haz de sus luces, por lo que el comandante ordenó a su segundo sumergir el submarino una vez dentro los tres hombres de la vela.

Antes de descender, Prien vio que los faros de aquel vehículo barrían, efectivamente, la negra superestructura de la vela del submarino, y enviando una última mirada al exterior vio que el vehículo se detenía e iniciaba la marcha atrás, seguramente con intención de volver a iluminar la superficie del mar con sus faros, pero para entonces el U-47 había desaparecido bajo las aguas de la ensenada.

A la una y trece minutos, esta vez en inmersión y tras calcular el ángulo de tiro a través del retículo del periscopio, tres nuevos torpedos abandonaron los tubos de lanzamiento del submarino y emprendieron una veloz carrera en pos del *Royal Oak*, que un minuto y medio después encajaba el ataque en sus cuadernas con tres explosiones y otras tantas columnas de agua. Al darse cuenta de que había hecho blanco, Prien ordenó salir a superficie para aumentar la velocidad de escape, mientras por la popa veía escorarse al acorazado que terminó por darse la vuelta.

A toda velocidad, Prien sacó al U-47 de Scapa Flow por el mismo lugar por el que había entrado. Una vez en mar abierto ordenó descender a la máxima profundidad, imaginando que los destructores saldrían a buscarlo como avispas enfurecidas, cosa que no sucedió.

Igual que había hecho a la ida, Günther Prien regresó a Alemania navegando en inmersión a cota profunda durante las horas de luz, ascendiendo a la superficie de noche para recargar baterías. En la intimidad de su cámara brindó con Albert Oertel y con su segundo por el éxito conseguido, aunque se lamentó de que no hubieran podido hundir alguna de las unidades más modernas y valiosas, teniendo que contentarse con un viejo crucero que ya apenas navegaba.

—En realidad, comandante —el relojero trató de animar a Prien y a Endrass—. Aunque sea meterme en terrenos ajenos, dejadme deciros que en mi opinión habéis cumplido sobradamente con el sentido de la misión, que, hasta donde yo sé, consistía en trasladar a los ingleses el mensaje de que su base en Scapa Flow es vulnerable.

Churchill se verá ahora obligado a llevar a sus buques a otras bases, lo que podría facilitar la salida a mar abierto de las unidades de la Kriegsmarine. Por otra parte, el *Royal Oak* no es ni mucho menos una unidad menor.

Günther Prien, que había escuchado de sus labios el rencor que sentía hacia el primer Lord del Almirantazgo, permaneció contemplando al relojero, esperando que continuase con su explicación.

—En 1649, Carlos I de Inglaterra fue ejecutado por su opositor Oliver Cromwell, que proclamó la república en la que él mismo se reservó el papel del llamado Lord Protector. La primera disposición de Cromwell fue localizar y asesinar al heredero, Carlos II, de tan solo 19 años. Tras una serie de amagos, los republicanos y los leales al rey se enfrentaron en la batalla de Worcester, en la que se impuso Cromwell, y cuenta la tradición que Carlos II consiguió burlar a los que lo buscaban encaramado a un roble en el que pasó la noche sintiendo galopar a sus perseguidores a sus pies. Una vez que consiguió escapar huyó a Francia, donde esperó la muerte de Cromwell para restaurar la monarquía. El *Royal Oak*13, que la tradición sitúa en un bosque cerca de Worcester, tiene una gran trascendencia en la historia de Inglaterra y, además del barco que acabamos de hundir, otros ocho han ostentado el mismo nombre hasta la fecha. No habéis hundido un barco, comandante, habéis enviado al fondo del mar un símbolo. La misión ha sido un éxito.

Para no empañar la alegría de los marinos, Albert Oertel omitió que un centenar de los 1200 tripulantes del crucero inglés eran jóvenes de entre 15 y 17 años, pues era tradición de la Royal Navy desde tiempo inmemorial

---

13   Roble Real.

que los adolescentes entraran en contacto con la mar a la edad más temprana posible. Tampoco quiso participarle la pena que sentía, pues conocía a muchos de esos chicos y a la mayor parte de sus padres y sabía que con el poco tiempo que el crucero había tardado en hundirse muchos habrían perecido ahogados en los distintos compartimentos del buque.

El 18 de octubre el U-47 enfilaba la entrada a su esclusa en la base de Wilhelmshaven, donde ya habían sido informados por Prien del éxito de la misión, además de que cuatro aviones Junkers Ju 88 bombardearon la rada después del hundimiento del *Royal Oak* y a su regreso aterrizaron en Alemania con una copiosa colección de fotografías del hundimiento del crucero inglés. Los hombres del U-47 entraron en puerto alineados a lo largo de la eslora del sumergible y fueron recibidos por Karl Döenitz como héroes. En medio del éxtasis producido por el resonante éxito de la misión, nadie reparó en un individuo que abandonó el sumergible haciendo ostentación de una visible cojera y que desapareció de la base de Wilhelmshaven sin que nadie acertara a dar razón de él.

Epílogo

El Relojero es una novela de ficción centrada en un hecho real: el ataque del submarino U-47 a la principal base naval inglesa al principio de la Segunda Guerra Mundial.

Se ha dicho que para apoyar la incursión de un submarino en Scapa Flow, una vieja ambición alemana desde los tiempos de la Primera Guerra Mundial, la *Ubootwaffe* al mando de Karl Döenitz consiguió incrustar un espía en el entorno de la principal base naval inglesa, pero no hay documentación fehaciente que lo sostenga; de ese modo la figura del espía Albert Oertel, apodado literariamente *Comadreja*, es una ficción más, aunque es más que posible, en cualquier caso, que Günther Prien contara con la ayuda de un agente secreto para su incursión en Scapa Flow, un agente que de haber existido resultó tan hábil que apenas ha dejado huellas que hoy nos permitan llegar hasta él.

Tampoco existieron los personajes de Steve Boozer, Cyril Sparks o Amelia, su mujer, elementos producto de la fantasía del autor con la idea exclusiva de dar vida a la trama literaria.

La novela se sustenta en dos antagonismos: el del ficticio espía *Comadreja* y Winston Churchill, a quien se enfrenta aquel en virtud de unas razones personales inventadas, y el real de la base inglesa con el submarino U-47, pues es cierto que durante las dos guerras mundiales, como Primer Lord del Almirantazgo, Winston Churchill vivió obsesionado con la idea de que los alemanes atacaran a la Royal Navy en su centro de gravedad: la base de Scapa Flow.

Tras el ataque, un colérico Churchill ordenó construir una carretera que circundara al completo la Base de Scapa Flow de manera que el tráfico marítimo de entrada y salida de la misma discurriera bajo un puente construido al efecto, negando de esa forma la posibilidad de acceder a la base por otro lugar que no fuera su entrada natural. A este entarimado defensivo se le conoce hoy como «las Barreras de Churchill».

Poco antes de morir, a los 91 años, sumido en una fuerte depresión, el gran estadista dijo arrepentirse de tres cosas: el desembarco fallido en Galípoli, no haber levantado antes en Scapa Flow las barreras que hoy llevan su nombre y una tercera cosa que dijo preferir llevarse a la tumba. Un almirante de reconocido prestigio, amigo personal del político, dijo que Churchill era consciente de que los alemanes volverían a intentarlo en Scapa Flow a lo largo de la Segunda Guerra Mundial, aunque pensaba que fracasarían como les había sucedido las dos veces que lo intentaron en la Primera. Añadió que disfrutaba pensando en la llegada de ese tercer fracaso de la *Ubootwaffe*.

El U-47 lo consiguió la noche del 13 al 14 de octubre de 1939, naturalmente sin el concurso a bordo del ficticio espía *Comadreja*, aunque tal vez sí el de otro que habría pasado desapercibido para la historia. La dotación del

U-47 al completo fue condecorada con la Cruz de Hierro y Günther Prien, personalmente, con la Cruz de Caballero, siendo, de hecho, el primer comandante de submarinos en recibirla a lo largo de la guerra.

En cuanto al ataque, única parte de la novela basada en hechos completamente reales, como se ha descrito, uno de los torpedos impactó en el *Royal Oak* en el primer lanzamiento, y aunque la carga explosiva no detonó, la explosión de la espoleta se dejó sentir a lo largo de toda la eslora del crucero, achacándose a alguna explosión en un pañol de pintura, cosa hasta cierto punto frecuente en los barcos de la época. El capitán de corbeta Eugene McLean, de la dotación del *Royal Oak*, se encontraba fumando en cubierta mientras disfrutaba de la aurora boreal y describió lo que sintió como «un golpe de campana sordo que sacudió al buque de proa a popa». El vapor adquirido para cubrir la brecha por la que penetró el U-47, de nombre *Lake Neuchatel*, llegó a Scapa al día siguiente. El almirante jefe de la base fue juzgado por negligencia a instancias de Churchill y relevado en el destino. Es cierto también que a un taxista le pareció distinguir con la luz de sus faros la vela de un submarino entrando en la rada, pero cuando dio marcha atrás para alumbrarlo de nuevo había desaparecido, y pensó que era una alucinación consecuencia de la fuerte sugestión de guerra que se vivía en la localidad de Kirkwall. El *Royal Oak* tenía una dotación de 1200 hombres, de los que 836 perdieron la vida, incluyendo más de cien jóvenes aprendices. Tras la soldadura de las brechas ocasionadas por los torpedos de Prien, el crucero permanece hundido en el mismo lugar en el que fue torpedeado con las víctimas en el interior, constituyendo una tumba submarina en la que se llevan a cabo frecuentes homenajes.

A lo largo de la guerra, siempre al mando de Günther Prien, el U-47 torpedeó y hundió alrededor de 30 barcos aliados. El submarino y su tripulación al completo desaparecieron en aguas del Atlántico. Su último mensaje fue radiado el 7 de marzo de 1941 cerca de Islandia. Posiblemente fue hundido por las cargas de profundidad lanzadas por el destructor británico *Wolverine* durante el ataque a un convoy.

Igual que sucedió en la Primera Guerra Mundial, los norteamericanos terminaron entrando en la Segunda de la mano de Franklin D. Roosevelt y su participación volvió a resultar fundamental a la hora de inclinar la balanza de la victoria del lado de los aliados. Si el hundimiento del *Lusitania* fue una de las razones que los empujaron a participar en la Primera Guerra, en la Segunda el *casus belli* fue el ataque japonés a Pearl Harbor el 7 de diciembre de 1941 y no faltan voces que aseguran que las principales autoridades norteamericanas eran conocedoras de las intenciones niponas. Desde luego, cuesta creer que una fuerza en la mar como la japonesa, compuesta por 6 portaaviones, 2 acorazados, 3 cruceros pesados y docenas de unidades menores, fuese capaz de sorprender a los americanos jugando al golf en el amanecer de aquella fatídica mañana de domingo, y tampoco es normal que el ataque de 353 aviones japoneses pasase desapercibido a los radares norteamericanos hasta el momento final. Igual que sucedió en Scapa Flow, el hecho de que las principales unidades navales norteamericanas, léase portaaviones, hubieran abandonado la base de Pearl Harbor, en la hawaiana isla de Oahu, antes del ataque ha propiciado multitud de teorías conspirativas respecto al ataque nipón, pero esa, aunque sin duda bastante interesante, es otra historia. Lo cierto es que la inmensa multitud de ciudadanos japoneses nacionalizados norteamericanos asentados en las islas Hawái, fueron hechos prisioneros tras el ataque e investigados a fondo. Nunca se supo si buscaban un relojero o alguna alimaña...

Este libro se terminó de imprimir en su primera edición, por encargo de la editorial Almuzara, el 21 de octubre de 2022. Tal día del 1879, en EE. UU., Thomas Edison consigue que su primera lámpara eléctrica luzca durante 48 horas ininterrumpidas.